小芳出嫁

伊兆 /著

重庆出版集团 重庆出版社

图书在版编目（CIP）数据

小芳出嫁 / 伊北著. -- 重庆 : 重庆出版社, 2025.
6. -- ISBN 978-7-229-19501-4
Ⅰ. I247.7
中国国家版本馆CIP数据核字第2025VU9877号

小芳出嫁
XIAOFANG CHUJIA

伊　北　著

责任编辑：阚天阔
责任校对：刘　艳
装帧设计：刘沂鑫

重庆出版集团
重庆出版社　出版

重庆市南岸区南滨路162号1幢　邮政编码：400061　http://www.cqph.com
重庆诚迈文化传媒有限责任公司制版
重庆市国丰印务有限责任公司印刷
重庆出版集团图书发行有限公司发行
邮购电话：023-61520646
全国新华书店经销

开本：890mm×1240mm　1/32　印张：8.125　字数：200千
2025年6月第1版　2025年6月第1次印刷
ISBN 978-7-229-19501-4
定价：59.00元

如有印装质量问题，请向本集团图书发行公司调换：023-61520678

版权所有　侵权必究

自　序

这十年主要精力放在长篇小说，中短篇写得不多，现在集结成书，翻出来一看，实在有些汗颜。不过写小说就像做菜，要依原材料来定做法。如果天生适合写短，那就没必要硬拉长。反之也一样。

这些小说大多先在期刊发表。《小芳出嫁》的素材本打算写成长篇，名字都想好了，叫《桃树坪》，后来还是"取其精华"，压缩成了中篇。这篇被拿去改影视剧了。《朝朝暮暮》写的是小城青年到大城市旅行的见闻与感受；《天地春》探讨夫妻关系；《冰清玉洁》（发表时用的不是这个名字）记得发在上海的《小说界》，后来还入选了一个青年作家年度选本。《小儿女》讲的是亲子关系；《心事》则关注在大城市漂泊的底层中年人面临的生育困境。

这次出书，也算是给自己一个鼓励，今后争取在中短篇上多下些功夫。

目录

小芳出嫁   1

朝朝暮暮   81

冰清玉洁   117

天地春   143

小儿女   189

心事   227

PART 1

小芳出嫁

小説用紙

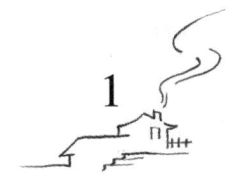

1

　　山是连绵的山，又密。路夹在当中，跟肠道似的。车走在路上，就仿佛肠道里一文菌，小得更没法说。从航拍角度看，有点类似游戏里的小甲虫通关，可可爱爱的。不过司机们却不觉得可爱。这路多半是从岩壁上凿出来的，行进十分艰险，夜晚不大能走，白天也必须打起十二分精神。一要注意对面来的车，弯路多，视野有障碍，对面来车可能到跟前才能发现；二要小心悬崖，路边只有矮矮的绿色护栏，方向一旦不对，随时可能冲下去，葬身密林。但这些危险可能只在外地司机眼中是危险，对于杨凡雁这种土生土长的本地人来说，这种路况根本算不了什么，她从小就在这里走动，没有什么险境是她不知道的。实际上，二〇一〇年之后，凡雁觉得每次回乡都是种享受。原因无他，老家空气好。这地界非东非西非南非北，自古也不是中原，属于一小块被遗忘的地带，而这里的十万大山就是个天然氧吧，是大城市不能比的，尤其是在全国上下频现雾霾的冬天。凡雁的故乡呢，天气不冷不热，空气则是甜丝丝的。这里没有工业，农业不算发达，县城里一条河穿过，青青碧碧的，顺着河往上走，迤迤逦逦，过了个山隘，就是凡雁老家了。她家门口也有河，就是县城那条河的上游，家里的宅院，推开门就能见到山。屋宅后院有竹林，祖辈去世的人，就葬在竹林后头。屋宅左侧种菜，右侧养羊养鸡，前场种着枇杷、桂花。凡雁最稀罕这两种树。每年春季，凡雁都会让她哥摘些枇杷，用松针铺底装进箱子，寄到深圳去。八月十五，她则会驱车由深返乡赏赏金桂、丹桂。当然春节也是必回的。农村格外讲究人场，凡雁不愿意让爸妈哥嫂失望。

杨凡雁从老家到深圳已快二十年了，今年过年，凡雁接老哥凡虎急电，希望她早些回来。凡雁问什么事，是爸妈的事吗？凡虎电话里没多讲，让她回来再说。看来是大事。凡雁不敢怠慢，跟窦城商量了一下，窦城表示理解。凡雁跟窦城是男女朋友，准备领结婚证那种。窦城四十多岁，上大学出来的，离过婚，有个儿子跟女方，房子也被女方拿走了。他跟凡雁租房子住。凡雁知道，让窦城跟着回老家也是种折磨。倒不是窦城看不起她，实在是老家亲戚太多，跟着回去过年，需要应酬的太多，基本类似于动物园的动物展览。窦城嫌麻烦。现在好了，凡雁有事提前回，他暂时不用跟着，也解脱了。凡雁很珍惜这段感情，人到中年，还图什么。她也是离过婚的。第一段年少无知，跟外村的男人结了婚，生了个女儿。等到深圳的时候，凡雁就已经恢复单身了。这些年在深圳，凡雁做过不少职业，谈过不少男朋友，内地的、香港的，她见证着深圳的崛起，甚至还一度有过自己的房子，但那些都是过眼云烟，得而复失。她现在是理财经理，时间自己把控。

凡雁提前回家，也是想避开大年下，提前见见女儿晶晶。她女儿二十岁，在苏州打工。高中没毕业就出去了。前夫没少在女儿面前说她坏话，加上这些年母女几乎没怎么相处，她对小孩总觉得亏欠。过年是个好时机,起码能见到人了。她给女儿准备了红包。晶晶讲究实际,只要钱。至于其他家里人,则是给礼物。老爸是补品,老妈是大衣,哥哥是鞋,嫂子是化妆品。至于哥嫂的三个孩子,到时候都给压岁钱。凡雁感谢老哥,心疼老哥,这么多年,她在外,家里全靠凡虎,为了生儿子,哥嫂生了三胎。大丫头小芳,二十五岁,十几岁出去打工,几年前大着肚子回来,生了个女儿。凡虎喜当外公。只可惜孩子的亲爹是个贵州穷小伙,早不知跑哪儿去了。小芳没有抚养能力,又不舍得丢,凡虎只好把外孙女养起来。凡虎家老二也是个丫头,上初中,成绩不错。老三是小子,在读小学。凡虎的老婆是个农村妇女,能干,少言,什么都听丈夫的。两口子平时在县上镇上干零活,也养鸡鸭猪羊,上面供两个老人,下面养两辈四个孩子。四辈一个屋檐下生活,其实说难也不算太难。农村养孩子不讲究,给口吃喝就行。但也的确操心,凡虎这两年头发白了许多。

  车开到镇上,凡虎来电话了,说妈在镇上二叔家吃席。二叔买不起县里的房子,在镇上买了一套。按照风俗,办席多少能收点钱,二叔不会放过这机会。挂了哥的电话,凡雁打给老妈,她停好车,在集镇上转悠,等老妈出来。她懒得去二叔那儿,人多,嘴杂,一去少不了被盘问。凡雁看红茶不错,称了一斤,八十块钱,又买了点茵陈留着泡水,窦城喜欢。窦城身体不算好,爱养生。给自己买的则是十多块钱的面糖,她小时候就喜欢吃,麦芽糖做的。约莫两点钟光景,她老妈出来了。凡雁招手,老人走过来。凡雁妈是典型本地乡村妇女的装束,黑裤子,花衣裳,最重要的是手上、耳朵上都有金饰。凡雁妈短头发,身材壮实,眉毛总是皱着,因而显得心事重重。车门刚开,凡雁就能感觉到老妈的气场不对。凡雁笑着劝:"别老生气,对身体不好。"

"知道你二婶去年挣了多少么，哼哼，二十万，养蚕挣十万，去平阳打工挣十万。"她妈说。

平阳是浙江的一个地方。他们这块不少人在那儿打工。车开了。她妈愤愤然："我是一步都动不了。"

凡雁仍旧带笑容："真那么缺钱？"

她妈："缺！"

"缺多少，我给补上。"

"我就觉得一辈子我窝囊，你妈又比谁差！"

凡雁不说话了。的确，她也觉得老妈窝囊。嫁给她爸，半辈子肠子没抻开过。她爸打年轻身体就不好，挣工分的年代，全靠她妈，现如今流行打工，她妈也出不去。老头子一天也离不开人。可问题是，这就是她妈的命。结婚生子，开枝散叶，大半辈子都过来了，还能怎么变？偏偏她妈这好强改变不了。凡雁左手开车，右手朝后捞，把那化妆品袋子拽过来，拿给老妈。

"用着特别好。"凡雁说。

她妈怀抱着，瞅那包装盒，读出"玻尿酸"三个字。

"就这东西好，对皮肤好。"

她妈得了礼品，暂且不闹腾了。从镇上到村上，开车十分钟，凡雁没顾上问家里的事，车子就停到屋场前了。她妈下车，帮着往里拿东西，又吼一嗓子。乡下人嗓门大，一出声，屋里就出来三个孩。个子最高的女孩是凡虎的二女儿翠翠。男孩是凡虎的儿子相南。最小的女孩是凡虎大女儿小芳的女儿丹丹。所以按辈分儿论，这三个孩子，两个是凡雁的侄辈，一个是孙辈。翠翠相南叫她姑，丹丹得叫她姑奶奶。果然到跟前，丹丹就叫错了。其他两孩叫姑，她也跟着叫。凡雁妈纠正：

"她是老姑奶奶。"

"老姑奶奶。"

孩子遵命叫了。姑奶奶就姑奶奶，凡雁不喜欢"老"字。她知道自己不年轻了，何必"耳提面命"。屋门大开着。这也是老家的习俗。早上起来，第一件事就是开门，直到晚上睡觉前才关。冬天亦如是。乡下人喜欢串门，不知什么时候就有邻居过来站一会儿。下午，凡雁家照例有桌麻将，但今儿凡雁妈到镇上吃席，蠲了。屋子是二层小楼，顶上贴琉璃瓦。楼是二〇一〇年左右盖的，凡雁出了八万，算是贡献巨大。凡虎表示过多少次，家里永远有凡雁一间房。其实凡雁哪在乎这些，别说一年回不来几次，就是回来，又怎会缺了房子。她在县城还投资了一套。买的时候三十万，现在涨到七十万了。她在乎的是跟哥哥的感情。

夕阳西下。这屋子朝西，房门口金灿灿的。从门里朝外望，山峦的剪影跟女人的曲线一般，特别温柔。嫂子储荷拿着扫帚迎过来，跟凡雁打招呼。她刚把羊赶进圈儿，身上还有股骚味。但凡雁不觉得讨厌。六畜之中，她最喜欢羊，因为只有羊没恶相。家里的这两只黑山羊，过年要杀一只。凡雁问：

"哥呢？"

"到队里去了，马上回来。"

"爸呢？"

"屋里呢。"

凡雁往里走，大厅里头隔着的小客厅，她爸正坐在那儿看电视。还是瘦。她爸这辈子就没长过肉。前年小中风后，更是懒言。但抽烟却很凶。凡雁把带回来的烟递给她爸。她爸笑呵呵地，什么也没问就又静止在电视机前了。天黑之前，凡虎骑电动车回来了。到队里办完事，他又去镇上割了肉。蔬菜家里种，肉除了年下杀牲畜，平日都得自己买。凡雁回来，少不得做顿好的。凡虎和储荷一阵忙活,端出了酸菜猪肚、山笋腊肉等几道菜。都是凡雁爱吃的。凡雁把礼物分了,众人皆欢喜。凡雁奇怪,到家居然没人问窦城的去向,倒省得她交代了。饭吃到一半,凡雁才想起少了个人。

"小芳呢?"凡雁问。

"楼上。"凡虎说。

"怎么不下来?"

凡虎没好气:"随她!"

凡雁顿时明白,事情出在小芳身上。她爸妈都放下筷子。孩子们吃完了,到小客厅看动画片。储荷劝凡雁再多吃点。凡雁问:

"大人的事孩子的事?"

储荷搗她一下:"先吃饭,一会儿上去看。"

凡雁当然知道,小芳是这个家最不省心的成员。任性妄为,天不怕地不怕。不到二十岁出去打工,跟人谈恋爱,结果"带球回家"。好在这在乡下并不能算个大事。倒不是乡村"藏污纳垢",而是这里对于生命,很少做道德判断。这里的生命观很朴素,性爱不是什么不能提的话题。所以,人生育,也不像城里那么讲究。吃完饭,凡虎抽烟。嫂子储荷陪凡雁上楼。

二楼四间房。小芳住顶东头。

储荷敲门,不等里头响应就直接推开。

"芳呐,姑回来了。"

"姑呐——"杨小芳回应了一声。

当地人的口音习惯,尾部喜欢带个呐字,有点像唱山歌。凡雁应了一声。小芳斜靠在床上,穿着当地人上街都会穿的那种绒面袄裤。漂亮还是漂亮,就是邋遢。

"不饿吗?"凡雁问。

"下午刚吃的。"储荷代女儿答。

床头柜上有拆开的饼干袋子。凡雁朝里走,刚想问侄女哪儿不舒服,眼神掠过,凡雁一惊。适才她眼拙,到跟前才看到小芳隆起的肚子。实在是棉袄的掩护打得好。凡雁回头看储荷,储荷面露难色。好了,明白了,小芳又有了。

"谁的?"凡雁问。

储荷看看女儿,再看凡雁:"祁德曜家的。"

凡雁反问:"那不就在旁边吗?"

婆婆叫储荷。储荷忙不迭下去了,屋里只剩姑侄俩。凡雁走到床边坐下。小芳还是漂亮,毕竟年轻。而且杨小芳的样子,跟她年轻时候像极了。斜斜扎头发的时候,更像。凡雁抓着小芳的手,柔声问:

"要结婚的吧。"

"结不了,我懒得理他。"小芳声音很厉。

话音一落,杨凡雁就彻底明白了,这便是老哥让她早点回来的关键所在。

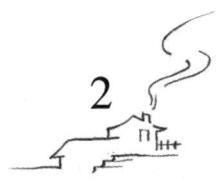

事情原本是简单的事情。头几年,小芳从外头打工回来,生

了女儿丹丹。凡虎就不让她出去了。一来怕再惹事；二来孩子小，需要照看；三来，小芳在家，也能帮衬爹妈，管管弟妹。谁知杨小芳除了两季农忙伸把手，偶尔管管孩子，其余时间，不是长在麻将桌上，就是闲逛。一不小心跟邻居祁德曜家的二儿子祁小伟好上，弄出个"人命"。有孩子了，自然要谈婚论嫁。小芳到祁家门上吃饭，公婆却不大喜欢。杨家没钱，就靠凡虎一人撑着，估计拿不出什么嫁妆。小芳呢，又是直脾气，大炮似的，没眼力见儿，不懂得巴结公婆，仗着模样俊俏，到哪儿都一副天下第一的样子。加之小芳虽是头婚，但已经有个女儿，所以基本等于二婚。祁家多少有点看不起她。磨叨了几个月，肚子大了。杨家着急，托人带话，要说法。祁家一直没回复。进了腊月，某日，祁家老娘突然带了三个人来通知杨家，说三天后过门。杨凡虎诧异，问："太急了吧。"

"不是你们着急么？"祁老娘反问。

"总要有个准备时间。"

祁老娘："不用准备，三天后接人。"

祁老娘又说："不用嫁妆，也不给彩礼了。"

如此仓促。显然是不把杨家当回事儿，不给杨凡虎脸了。

杨凡虎驳斥："那不行，得按规矩，你提亲，我出嫁。"

祁家老娘听罢，没作声，直接扭屁股走了。

杨小芳气得大骂："不嫁了！孩子送人！他都不在乎，我还能在乎？！"

小芳奶奶哭天抢地。爷爷还是跟石头人一般，他就是想争想辩，也没那个气力。只有储荷保持冷静。事情闹到僵局，她跟凡虎说，还是让凡雁回来处理。凡雁是女的，又见过世面，不像你愣头青。

等待姑姑杨凡雁回乡的日子里，杨小芳蹦跶过几次。完全的物理运动——跳绳。她想直接把孩子蹦掉得了，结果孩子没蹦出来，她倒崴了脚。拉到卫生所，女所长警告她，孩子已经上了月份，再流产对身体伤害大，八成将来不能再怀，这一胎还是踏实生下来为妙。小芳自觉半生潇洒，突然被个孩子拖累住，一气，病倒了。整日就在二楼床上过日子。

祁家再没来过人。

凡雁回家第一夜，凡虎跟她聊到快十二点。凡雁不明白，侄女为什么一个跟头要摔两次。第一次是傻，第二次呢？还傻？

凡虎解释："也是有人介绍。"

凡雁追问："然后呢。就谈了？"

凡虎："觉得喜欢就谈了。"

凡雁恼："就弄出孩子了？"

凡虎气弱："上次那个是贵州的，离得远，这次是老家人，刚开始谈得不错，就觉得肯定会在一起肯定会结婚。"

凡雁无言。月份大了，陷入被动，怎么开始的看来不用追究了。事已至此，只能面对未来。孩子如何安置是当务之急。

凡虎一说起来都是烦厌："我要有钱，也愿意多养，何况是自家孩子，问题是这孩子咱们就不能养！不说家里已经有四个，还有两个是上学的。好，硬着头皮养了，人卫生所的人都说了，这胎十之八九是男孩，养了男孩，亲爹离那么近，养到大，亲妈姥爷再好，能阻止孩子找亲爹认祖归宗？白养！"

"所以，能结婚还是结婚。"凡雁说。

"他就是拿劲！不把咱们当头蒜！我丫头哪不值钱，漂漂亮亮的！"

"这话就别说了，事得往好处想，照我看，就是两家别着劲，僵住了,明天我去说说,祁婶子也不是不讲理的人。"凡雁劝道。

"她讲理?那村里都是好人了,麻将都没人跟她打!"凡虎说完,凡雁就打发他休息了。照杨凡雁看,这事儿简单,跟城里那些调解节目一样,两家传传话,把事情说开,疙瘩解开,就又皆大欢喜了。小芳这种情况,结婚是最好的选择。孩子得有爹呀。她一个人怎么养?更何况,这要崩了,以后还怎么找人?都是愁事。迷迷糊糊睡了一夜,次日一早,凡雁抹了脸,又捯饬了一番,吃了嫂子储荷备好的早饭,便往旁边祁家去。

祁老爹在县城找了点零活儿,一早就带两个儿子去了。祁家儿媳妇芬是上游镇上的姑娘,嫁到祁家后,一口气生了两个男孩。她在本镇开了家服装店,专卖儿童衣服。到年底生意不错,她去县里拿货,所以一早也跟车走了。祁家门廊下,只有祁老娘带着两个孙子晃荡。凡雁迎上去,笑眯眯叫婶儿。她顺手带了双鞋,深圳买的,她妈嫌大,只好便宜了祁老娘的大脚。凡雁上门,祁老娘就站起来。她笑她也笑,一点不觉得尴尬。

"回来啦。"祁老娘问道。

"婶儿,你咋一年一年都没啥变化,越活越年轻。"凡雁客气道。

好听话喂过去,祁老娘笑得跟朵花似的。

凡雁直奔主题:"婶子,咱是不是有什么误会。"

祁老娘:"没误会。"

凡雁:"你看小伟和小芳,挺好两小孩。"

祁老娘:"一辈管一辈,不是不想管,是管不了。"

凡雁只好退一步,态度先虚下来。

"小芳不太懂事,婶子多担待,小孩心善,就是嘴巴直。"

祁老娘把皮鞋盒盖打开,瞄了两下,放在脚边小板凳旁,迎

着光,眼睛眯缝着,叹息:

"我劝过老二多少次,可他就说性格不合,感情破裂,没法过。也是头倔驴。"

凡雁上前,态度更柔和:"其他都好说,可肚子等不了。"

"本来也不是我们要要的。"祁老娘推得干净。

凡雁来火了,这话十足无赖,可走到这步,终究是女方被动些,在这乡村野下,跟他讲事实婚姻也白搭,就算去法院告,告赢了,他不给钱你也没办法。凡雁只好吸住气,说:

"婶子,再怎么说,也是你们家骨血。"

祁老娘低头瞄瞄两大孙:

"我们家,不缺男孩。"

凡雁用笑声掩饰愤怒,声量控制住:

"老婶儿,我替小芳给你赔不是行不行,本来是好事……不至于……真的……婶儿……你说你又娶媳妇又抱孙子两全其美……多好。"

祁老娘跟战士守阵地似的,她也来个推心置腹:

"凡雁,这三门里道,我最喜欢的就是你,以前我还说把你说给大伟,谁知道被王八蛋志强抢了先,可问题是这一码归一码,我们老辈再同意,小辈过不到一块,怎么搞?就是硬安到一块,也拧不成一股绳儿。"

娘的。祁老娘这看来是攻不破了。只是眼下凡雁还摸不清她的真实意图:到底是拿劲,还是真就坚决不支持。如果是拿劲,那还有希望,只要面子给足了,把他们家抬高,这事儿兴许能成。但要是王八吃秤砣铁了心了,这事就难办了。凡雁打祁家回去,一天没说话。她娘问,凡雁就说没碰着人,等明儿再去。哥嫂回来,见凡雁不响,也不多讲。晌午,凡雁又到侄女小芳屋里。她又拽住小芳的手：

"芳，你跟姑说句实话，你到底想不想跟他过。"

小芳沉默。凡雁有答案了，随即道：

"你要想过，姑就再想想办法，但这脾气要改，不能跟个大炮筒子似的，这样到哪都不招人喜欢。"

小芳拧着脖子。就算服软了。

凡雁把手放她肚子上，棉袄鼓鼓囊囊的。

"还哪不舒服？"

"又不是第一次了。"

"也注点意，一会儿弄个孩一会儿弄个孩。"

"知道。"小芳咬牙道。

"别傻了，早点成个家。"凡雁叮嘱。

"缘分没到。"小芳淡淡地说。

娘不行，找儿子。杨凡雁觉得，突破口还是应该在祁小伟身上。次日晌午，凡雁才在水渠边堵到小伟。他正推着电动车，往镇子方向去。凡雁从坡上走下来，跟小伟打招呼。祁小伟"嗯"了一声，态度冷淡。八成昨儿个也听他妈说了杨家人的到访。小伟跨上车，要走。杨凡雁步子加快：

"你等一下。"

小伟站住了。细长的小路就他们两个人。虽然是冬天，这会儿的太阳却有点能量，小伟额头出汗了。小伟是晚辈，凡雁不客气：

"你跟小芳打算怎么办？"

小伟不作声，又推车向前。凡雁一把拽住车屁股的小杠。他逃不了了。小伟眼珠子朝地，脖子上的青筋出来了：

"不办。"

他又企图逃离。怎奈杨凡雁大力回拉，两人只能僵持着。

"你是个男的，就要负起男人的责任，事情做了，你拍屁股走人了，像话吗？"

祁小伟在方圆几十里都没听过这么严肃的话。

"是她勾引我的。"小伟反驳。

凡雁火冒三丈：

"她勾引你你就上钩？你舒服了你走了，她呢，孩子呢？"

"那就是个意外。"

"这个不讨论了，谁造的孽谁收场。"凡雁严肃地说。

祁小伟抬头，盯着凡雁看了几秒，突然抽身，跳到电动车上。凡雁速度快，直接跳上后座。车刚开出几米，凡雁勒住小伟的脖子。司机失去平衡，车自然也开不稳了。两个人直接摔到路边的田里去了。小伟也恼了，爬起来说：

"雁姐，这事跟你就没关系！"

"我是她姑！她是我侄女！你就说那是不是你的孩子。"

小伟呛声："我不想跟她过！"

凡雁声音加重："早干吗了？"

"早不知道她是这样人。"

凡雁推了一把小伟，像是要打架。

"哪样人？你是好人？"

事态逐渐失控。

"她就是进了门，也过不下去，她跟谁都处不到一块，早发现早好，现在结，以后还得离。"祁小伟说道。

"那孩子呢？"凡雁逼问。

"我不要。"

"你不要？"

"我们家不缺男孩,不等着传宗接代。"

跟他老娘一个口径。串通好的。

"你这是犯法知道不。"凡雁恨得眼睛都红了。

"雁姐,别老为难我,我一个单身小伙,养个孩子,以后怎么找人。"

话说得不能再白了。杨凡雁认识到,这事儿,麻烦了。想让祁家回心转意殊非易事。她只好拿出最后一招,威胁道:

"我可告诉你,你不要,有人要!这孩子你一辈子别想见!"

撂完狠话,凡雁单手叉腰站在田地里。不远处一头水牛杵在那儿,正朝他们看。收效甚微,凡雁扭头往家去。她原本以为祁小伟会追上来吵吵,谁知背后一阵突突声,小伟直接跨上电动车,朝跟她相反的方向,扬长而去。

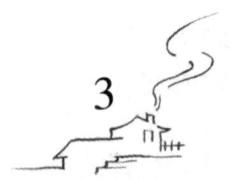

3

女儿从苏州回来了。杨凡雁得去县城一趟,顺带收房。她这房子多年前就买了,一直是毛坯,没装。爸妈习惯住乡下,哥嫂来县城次数也少。这次装修,一来是侄子侄女将来上中学,可能用得上,二来是因为有个同学撺掇。那同学过去跟凡雁同桌,黑不溜秋的,人老实,轴,十多年前在工厂打工,失手打死了个人,进去了。前年出来没事做，办了个小装修公司。凡雁这单算照顾老同学，给了五万，简单装装。凡雁起得早，不到八点就到县城的家了。开门验收，马马虎虎，她对县城的装修技术本来就没抱太大希望，地板铺整齐、墙面洁白，卫生间厨房还算规整，她就满足了。凡雁把这儿当成最后的退路，自己的养老房。九点多钟，晶晶打电话来说起来了。她自小跟着爸，但志强基本不管，所以晶晶算是奶奶带大的。实话实说，老太婆人真不错，就是不知怎么养了个儿子不着调。这些年，志强没出去做事，地不种，工不打，乡下县里来回晃荡，据说现在是职业打麻将。凡雁就没听说他挣过钱。过去模样还算周正，凡雁那时候年轻，就图这点。现在呢，瘦，黑，人几乎脱了相，就是个大烟鬼。凡雁在县城的路上遇到过他，但没打招呼，她朝小路一拐，避开了。但心里却觉得：这人完蛋了。当然凡雁也不认为自己的处境比他好多少。她不指望窦城。他比她大，又是男的，八成活不过她。他离婚离得恨不得倾家荡产。因此，钱上面她也不苟求。她对窦城，只要求一份陪伴。当然在工作上他也帮了她许多，她做理财经理就是他一手带出来的。

她同样不指望晶晶。这个女儿存在的作用多半是名义上的。哦——在这个世界上她还有个女儿。仅此而已。女儿从小不在她身边长大，说亲是谈不上的。但这两年，她能感觉到，晶晶成熟了。过去在电话里能和她吵起来，现在冷静多了。她生晶晶生得早。现在晶晶二十出头，她也还不算老。她们不像母女，更像姐妹。早上九点五十，杨凡雁到小区门口接了晶晶，母女俩一起去凤竹园吃早饭。本地早饭的特色是喝汤，玄参肉饼汤，或者就是吃面，口味还算清淡。但当地人又是爱吃辣的，凡雁觉得这一点很矛盾。一顿饭晶晶没跟她说几句话。晶晶在苏州的化工厂里做事,因为凡雁自己没什么事业,所以她也很少问别人的事业发展。自己女儿也不例外。而且,这么多年,她跟晶晶形成一种默契——无论大小事,她不说,凡雁就不问。吃完饭,杨凡雁要带女儿去看看房子。晶晶不去。凡雁建议去河边走走。晶晶同意了。这几乎也是她们的"老节目"。河是全县人的骄傲。河对岸是矮山,河水青碧,这时节水面还算安静。到了夏天丰水期,则龙腾虎啸,蔚为壮观。现在很少有这样干净的河了。母女俩沿着河岸往西走,不到二十分钟,便进了老城区。

　　河面上架着座以船做基的浮桥。河对岸是个景点。两个人走过去,刚巧碰到一群中老年男人正在做准备活动,要下水冬泳。凡雁和晶晶在凉亭里歇了。凡雁从包里拿水给女儿喝。晶晶喝了一口,笑嘻嘻问:"你还跟那个男的在一起不?"

　　凡雁一惊,但稳住了:"哪个男的?"

　　"银行那个。"

　　"差不多。"

　　"差不多"也是当地人常用的口头禅。问什么都差不多。虚虚实实的样子。女儿问敏感问题,凡雁趁机反问:

　　"你怎么样?"

　　晶晶又咕嘟咕嘟喝两口:"上不着天,下不着地。"

　　"眼光别太高。"凡雁劝。

　　"等会儿还要相亲呢。"晶晶开玩笑一般。

　　这是个新闻,杨凡雁报以极大兴趣。这会儿要拿出妈妈的权威了。逼急了,晶晶才说:

　　"我也不想相,家里老催,过年回来也就这点事儿。"

　　家里,不用说就是张志强他们家了。老催,无非希望女儿早点出嫁,他好"完成任务"。这些年,他没少打着晶晶的幌子找她要钱，美其名曰：抚养费。晶晶下学出去打工后，凡雁就直接给女儿了。其实杨凡雁倒希望女儿多读点书，学点本事，别那么着急结婚。就算找，也优先在外面，找志同道合年纪相当的男人，千万别走她的老路。可问题是，在苏州，晶晶除了年轻，长得也还算漂亮，还有什么筹码？恐怕晶晶也明白自己的处境，所以才有了"上不着天，下不着地"的感叹。过年回来相亲，也是权宜之计。万一碰到好的了呢？凡雁问晶晶人在哪儿见。

"男方要上门，我没同意。"

凡雁的理解是，或许晶晶嫌她爹家房子破，没面子。过年，二叔三姑四姑家那些个人往来频繁，撞到了也难为情。

"不行就到我那，新房子。"

晶晶坚决不去。

"那房子以后也是你的，看看自己的房子总可以吧。"

晶晶似乎有点感动。

"那你呢？"

"我陪你去。"凡雁自告奋勇。

"那不行，哪有相亲带妈的。"

"媒人来不？"凡雁问。

"来。"

"媒人不也是外人，你就说我是你堂姐。"

晶晶望着凡雁，憋了一会儿，笑了。说是堂姐，没准真没人识破。母女俩又掰扯了一会儿，晶晶便给媒人发微信，把见面地址改了。陪女儿相亲是杨凡雁始料未及的。她总觉得晶晶还小，还没到成家的时候，她也还不至于这个年纪就当丈母娘。可事情推到眼前，凡雁不得不将心理预期提前。到了家，她帮晶晶简单补了妆。啧啧，女儿看上去更漂亮了。其实化妆都是多余，这个年纪,胶原蛋白就是最好的化妆品,拼的就是朝气。一说相亲,凡雁的心思又变了。她忽然觉得女儿要能在县城找一个老实男孩也不错。成家立业,过普通日子。外面的风浪太大,如果这几年没有好机会,到了三十,再想回县城都难。凡雁也希望女儿早点生育,但前提是,必须结婚。绝不能像小芳那样不明不白。

到时间,媒人领着男方上门了。凡雁本以为媒人会是中老年妇女,谁知却是个年轻姑娘。梳着马尾,脚踩高跟,恨不得比男方还高。她妆化得浓,一进门就是一团火,把凡雁和晶晶都敷衍住。男方个子不高,胖头大脸,眼睛小,鼻子却微微有点趴。他手里拿个手包,看到晶晶,尴尬的笑容立刻就浮现出来了。

晶晶介绍:"这是我堂姐。"

凡雁微微点头致意。媒人拉住凡雁的胳膊,对着两个年轻人说:

"那你们聊聊。"

说罢,凡雁就被她拽到里屋去。杨凡雁第一次经历老家的相亲,不懂规矩。媒人把门轻轻阖上,留个缝儿。媒人伸出食指竖着在嘴唇边比了一下,示意不要出声。凡雁点头。卧室离客厅不远,能听清楚外面说话。

"你属什么的?"

"属鸡的。"男方答。

"那我俩不合适,我属狗的,鸡犬不宁。"

"看不出来你还挺迷信。"

"你哪儿的。"晶晶又问。

"桃坪的,你嘞?"

"丰坪,你干什么工作?"晶晶接着问。

"县邮政局,你呢。"

"我在苏州，厂里头。"

"可打算回来？"男方问。

"还在考虑，你家里可有兄弟姐妹？"晶晶继续问。

"弟兄俩，还有个妹妹。"

"可买房嘞？"

"有房，全款买的。"

"那先这样吧。"晶晶戛然而止。

"加个微信吧。"男方恳求。

"不加了，不合适。"

"加一个吧，不讲话也行。"

"不加了，说了不合适。"

"我不跟你讲话，只要你在我的微信里就行……"男方有些着急。

晶晶老大不乐意："你这人怎么这么肉，说了不合适不合适……"

男方还要纠缠。凡雁和媒人出来了。男方委屈，一个劲问哪不合适，要加微信。晶晶就是不同意。最后媒人好说歹说，晶晶同意让加"堂姐"微信——凡雁出马，把这胖头小伙加上了。

人走了，晶晶给出理由，说自己是独生子女，不想找家里有弟兄的。凡雁当然明白这是借口。女儿随妈，都是颜控。晶晶八成是没看上那张胖脸。毕竟人工作、住房都没得挑。人品，粗看也还憨厚。凡雁劝晶晶，说差不多就行了，别太搅毛。晶晶说没看上就是没看上。还说：

"你没看到他裤脚卷多高，一看就不是老实人。"

女儿这么说，凡雁就没话讲了。反正晶晶还年轻，还有机会。凡雁问她还有相亲局么，晶晶说：

"天天都有，满的，比上班还忙。"

凡雁苦笑。大城市婚恋是男方市场，剩下的女的多，还都条件不错。到了县城，乡下，那局面就要对调，是彻底的女方市场。谁家有女儿，到适婚年龄，媒人真能踏破门槛。凡雁就给晶晶两点嘱咐：第一，选个正派的。第二，结婚之前不要怀孕。晶晶记住了。半下午，母女俩在新房沙发上歪了一会儿，算午觉。晶晶睡着了。凡雁侧躺着打量女儿，那鼻子，那眼睛，那眉毛，都得了她的真传，只有嘴和下巴像志强。凡雁不记得多久没有这么近距离望着女儿，好像上一次如此，还是她小时候在襁褓中……慢慢地，晶晶睁眼了。第一句话就是：

"妈，借我点钱。"

没有上下文，突如其来，跟天降陨石似的。凡雁虽不适应，但毕竟是老江湖，脸上一丝波澜也没有。她用同样轻微的声音问：

"干吗的？"

"急用。"

"说说。"

"不借就算了。"晶晶破罐子破摔。

凡雁带点笑："不说用途怎么借，万一拿去做坏事呢。"

"做好事。"晶晶嘴硬。

"具体点。"

母女俩都坐起来了。四目相对，凡雁能捕捉到女儿眼里的忧愁。凡雁不得不追问下去：

"谁用？"

"算了，不找你借了。"晶晶放弃。

"你爸让你来借的？"凡雁反要追问。

"不是，是我自己。"晶晶沉住气说。

"要多少。"

晶晶犹疑，像在心算："差不多得……十万。"

这个数目是杨凡雁没料到的。她原本以为，充其量要个万儿八千，去买最新款的手机之类。如今上了六位数，肯定是大事，她更要问清楚了。晶晶被问急了，又炸毛：

"能不问吗？是借，又不是不还你。"

凡雁沉默以对。她知道，跟女儿没法讲理。过去是不好意思讲，现在讲了她也不听。她已经是大人了，有自己的意志，且非常坚固。她只能忍，拖，不放手，比耐力，等小姑娘疲惫了，自然就会口吐真言。母女俩耗了几分钟，晶晶果真耐不住了：

"是我奶，要治病。"

前婆婆？凡雁诧异。什么病？难道志强混蛋到这个地步？连老妈治病都不肯出钱？还是说山穷水尽了，拿不出钱来？不应该呀。老太太生养了四个儿女，一家凑一点也够了，怎至于让晶晶来找她要钱，她对前婆婆没有赡养义务。杨凡雁跟个侦探似的继续追问，小口子破开，晶晶便不抵抗了。她把大致情况跟凡雁说了：她奶现在小脑长了个瘤，老人不想开刀，要保守治疗，几个儿女也都尊重老人的意思。但晶晶发现了真相：老人不愿意开刀，一是怕花钱，二是怕术后恢复困难，家里无人照看。但晶晶托人咨询了上海的医生，说这种病是有希望治愈的。因此，她一回来就在做奶奶的工作。面对喋喋不休激动不已的晶晶，杨凡雁心里很不是滋味。她绝对相信女儿的话，也相信老太太的用心，更了解志强的冷酷。这也是许多农村老人的结局。她同情前婆婆，可问题是，这事儿，还轮不到她伸手。她劝晶晶跟张志强商议。晶晶反问：

"他这辈子办成过什么事？"

一句话说到尽了。可悲，连女儿都看透了他。杨凡雁心里乱，她不愿意立即同意，也不想当场否决。这事儿，她还得了解了解，考虑考虑。她告诉晶晶，眼下她钱不凑手，等过了年再说。

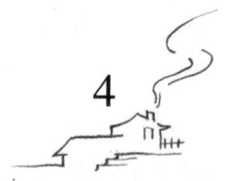

4

过小年，凡梅回来了。她家就在凡雁家旁边，也是二层宅院。她爸跟凡雁爸是亲弟兄。她跟凡雁，则是堂姊妹。凡梅是家里的老大，她下面还有一个弟弟两个妹妹。大弟凡竹三十出头，在上海打工，还没成家。二妹凡菊早早成了家，几年前不幸车祸去世。三妹凡兰在深圳，跟凡雁走得近，两年前嫁给了一个山东男人。就此，年三十到初一这两天，铁定是不能在家过。通常初二一早，她跟丈夫才开车返乡。

凡梅没结婚，却有个儿子。这事在当年狠闹过一阵。她谈了个福建男人，谈的时候不知道他有老婆，有女儿。到凡梅十月怀胎生了个儿子，他老婆闹了几场，男人索性提出离婚，老婆不肯，男人就拖着，后来老婆也觉着没意思，提出愿意离婚，但钱要攥自己手里，而且男人不许跟凡梅离婚。凡梅不肯，于是两边扯皮着。又耗了几年，他老婆觉着没什么意思，拿了钱也就放手了。一切便都风平浪静了，从此花开两朵，各过各的日子。过年这几天，男人常常还是要和前妻女儿聚一聚。于是一到年下，杨凡梅绝不在福建待，早早地就带儿子回到老家，就当度假。凡梅一回来就找凡雁，见到凡雁就嚷嚷着张罗麻将。小芳一听说有麻将打，也从楼上下来。凡梅就这样发现了小芳的故事。

麻将小芳没打成，凡虎不让她打，但这并不妨碍凡梅她们替侄女操心。凡梅自己这样，所以更加没有一丝一毫看不起小芳，麻将桌上，她为小芳操心。她建议干脆自己养。

"怎么养？都不做事，就我哥一人累，这已经养三个了，马上还都要读书。"凡雁说。

"这边不养，男方也不养，自己身上的肉，真舍得送人？"凡梅的声音忽然小了，缩头缩脑地，"我今年还流掉一个。"

她对家储荷心惊，牌都差点打错。她下家邻居听住了，一时忘了出张子。凡梅提醒："打呀！"

牌局恢复正常了。

不等凡雁细问，凡梅就抱怨开："我倒想生，拿什么养？"

凡雁听出堂妹话里有话，牌桌上就不细问了。等收了牌，凡雁才关心："干吗，不会掰了吧？"

"一年不如一年。"凡梅回应。

十年河东转河西。凡梅跟他的时候，男人手里有两个加油站，连着包工程，干什么，赚什么。他给凡梅开了茶叶店，还要帮她买房子。谁知几年一过，走了背运，男人被朋友坑，加油站没了，干工程又结不下款，年前打官司输得惨，法院判赔。哎，贫贱夫妻百事哀，何况凡梅和他还不能算夫妻。他半年没给凡梅钱，杨凡梅全靠积蓄过日子，她不痛快，也想着自己找点事儿。结果朋友圈卖鞋还亏了货钱。茶叶店生意不好，净搭房租，也收了。凡竹和凡兰给她在网上找了点活儿，月月好歹有点饭钱。凡梅和男人的关系越来越淡,狠吵过几次。年前,他竟然连着一个礼拜没到凡梅那儿。凡梅生气,她是假的,儿子可是真的!碰着年,正好,她带儿子回乡溜溜,暂时不打算再去福建了。除非他三请四邀给实惠。

凡梅把烦恼跟凡雁说了。凡雁真心替她发愁。凡梅的路,杨凡雁也走过。那年她在关口买房,也是当时的男朋友——一个公务员帮还的房贷。后来两个人掰了。那人撤资,又遇上经济危机,凡雁断了供,只能弃房。等缓过劲,房价猛涨,她就再买不起了。这是凡雁半生的遗憾。但问题是,她那是房,还能舍,凡梅这是孩儿,只能负责到底。凡雁劝凡梅收敛点脾气,际遇不顺,心情不好是有的。她应该多理解,多担待。凡梅说得直接:

"他一分钱不给,我担待什么呢。"

"那分?走?你一个人带孩,怎么养,怎么弄?"凡雁反问。

"结婚的能离,我们这样的,手续都省了,孩子马上读小学,他要表现不好,我就送孩子回来上。"凡梅说。

"回来,然后呢。他要真不管了呢?"凡雁替凡梅捏把汗。

"不管那就不管。"

凡梅说话还有点底气,福建那边把儿子看得重。聊到这,两个人都有点沉默。凡梅提议去看看妹妹。凡雁转身去屋里拿了点水果和草纸。凡菊就埋在屋后头的半山上,走几步就到。几年前,她坐在丈夫的摩托车后座上遭遇车祸。两个人一齐撞飞,丈夫没事,她脑袋磕在路上,没了。肇事者赔了五十万,都给了杨家。可杨家人还是不能原谅女婿。他有吸毒的历史,游手好闲,神情恍惚,如果换个人开车,十之八九没事。命,都是命。这女婿过去挺好,外出打工,钱不乱花,还算老实。沾上那玩意儿就完蛋了。凡梅点着了火。凡雁把水果供在坟头。凡雁拖着腔调:

"过年了,来拿钱了。"

这是阳间和阴间的交流。

"她倒轻松,一了百了,就是孩子受苦。"凡雁苦笑道。

凡菊的孩子现在由外婆带。姑姑舅舅们帮衬,已经上小学了。他那不正干的亲爹一分钱不给,也不来看。凡雁沉默。凡梅又说:

"所以小芳那孩子就该流掉。"

"本村本地,以为怎么着也能成。"凡雁叹息,"祁家那边又肉头,耽误了。"

"要不再找人说说呢。"

凡雁说,说了,没用。一家人都是石头混子,不讲道理。

凡梅猜测:"要么不想给彩礼。亲生骨肉,又是大头儿子,怎么可能不要。"她是生儿子立了功,站稳了脚。所以免不了推己及人。凡雁只好把情况跟她讲了,包括祁家不缺后,以及祁小伟要再找人的打算。

"你找的谁?"凡梅问。

"小伟和他妈。"

凡梅把手里的松针摔地上说:"你找那不管事的啥用,得找当家的。"

凡雁恍然。只是眼下,自己家人去看来是不合适了。凡梅提了个人,跟观音菩萨保举二郎神似的。人是妥当人,可凡雁有点为难。村支书苗敏智跟她谈过,但当初她一定要出去,最终分了手。后来每次回家,凡雁多少避着老苗。他娶了个悍妻,生了两儿子。如今又接了他爸的班当了支书,整日忙得紧。可小芳这事过于紧迫,凡雁不得不厚着脸皮走一趟。

凡虎说老苗正在县上。凡雁觉得刚好,村里镇上招人耳目,县里地方大,见个面,神不知鬼不觉。实际上,苗敏智已经在县上待了一个月。新农村建设，要拆村里没人住的土房子。房子拆了，补偿没有。村民不干了，好几个闹到县上。老苗只能带人做工作。凡雁找了老苗电话，打过去，立刻就约到人了。是顿晚饭。

凡雁半下午过去，到房子里打扫打扫，又化了点淡妆。奇怪，虽说是办正事，杨凡雁竟然有点不好意思的感觉。跟老苗有四五年没见了，他又添了儿子，还当了支书。当然，最关键是，年纪也大了。凡雁打心底里不愿意见到大肚子秃头的老苗，那样的话，多少有点毁坏青春记忆。想当年，除了个子矮点，老苗还算是个精神小伙。天擦黑，凡雁驱车往饭店赶，她选了全县最新最时髦商区的牛排馆。老苗来得也算准时。还好，没什么变化。肚子不大，头发依旧茂密。老苗笑呵呵坐下，问凡雁有什么事。杨凡雁也不客气，正式叙旧之前，先把正事儿说了。老苗大手一挥：

"这都不是事。"

凡雁又把祁家不愿意结婚也不愿意要孩子的情况说了。

"这叫什么事儿，管不住自己，就得负责！"老苗义正词严地说道。

凡雁脸微微发烫。她被老苗的男人气概感动了。真找对人了，老苗当即保证去说和，认为问题不大。好了，正事说完，开始叙旧了。不过老苗刚问了一句，凡雁心中的青春滤镜就被打破了。

"在深圳买房了吗？"老苗咂着嘴问道。

杨凡雁忽然意识到，苗敏智其实跟千千万万的老家人没有本质区别，一开口照旧是房子车子老婆孩子赚多少钱等等。可她也理解这种问法，多少年各自天涯，能问什么？这些就是社会大众普遍关心的问题。要问她有什么困扰那才奇怪。他问，她就答。

"没有。县里有一套，将来回来养老。"

"回来吧，别老在外面漂着，家乡建设需要你。"

老苗有点官腔了。凡雁不喜欢。她一笑置之。

"还一个人吗?"老苗又问。

凡雁一愣,随即撒谎:"一个人。"

老苗叹了口气,好像在为她惋惜。凡雁又想找补回来,说自己男友是名牌大学毕业,做金融,才貌双全。可再一想又实在没必要解释那么多,曾经熟悉的人,现在是如此陌生。老苗又开始说自己在县里买的房子。巨细无遗,包括地段、面积、购房过程、未来打算等等。凡雁听得想吐,不得不揶揄一句:

"一套可不够,你有两儿呢。"

这话说到老苗心坎上。

"现在娶一个媳妇得一百万,就这么贵。"老苗痛心疾首。

"你就应该生个女儿,给儿子找老婆要花一百万,嫁女儿挣一百万,正好收支平衡。"凡雁继续打趣。

饭还没吃完,老苗电话响了。是他老婆打来的,照例查岗。苗敏智撒了个谎,说跟哥们喝酒打发了。凡雁本想再跟他溜达溜达,可他老婆一来电话,她又觉得没意思。县城说大大说小小,回头被熟人瞧见,又是麻烦事。于是吃完饭,凡雁抢着付了钱,两个人便各奔东西。

5

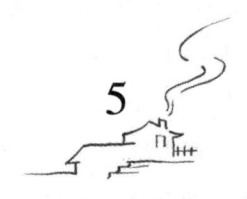

过了小年,村里开始有点热乎气了。凡竹从上海回来了,打麻将不缺人了。但晚上打,白天还得忙。年里头的肉、菜,凡雁是包了的。一大早,她就去集镇上采购。凡梅懒,还要带孩子。凡竹陪着凡雁。凡雁刚去闯深圳的时候,凡竹也跟着。不过混了几年后,凡竹转战上海,再没回去过。凡竹过三十了还没结婚,家里人先开始愁,年年过年都说,尤其是走亲戚的时候,那亲戚说起来更狠,口气多半是为你好,"该结婚了,年龄再大就没人要了"。凡竹的态度也很好,你说,他就附和,但一转脸,依旧不照办。近两年,大家也看出凡竹的固执,索性不说了。凡雁是从头到尾都没说过。她知道,哪怕是兄弟姐妹,也不能干涉对方的私事儿。她相信凡竹有他的想法和选择,否则不会耽误到现在。她理解,她体谅,她觉得独身主义也挺好的,她甚至还要帮凡竹打点掩护,说些好话。在外打拼那么多年,什么场子凡雁都做过,有什么是她看不明白的。但明白是一回事,说不说又是另一回事儿。说了,情分搞不好就没了。那不如不说。

凡竹喜欢吃镇上的红薯丸子。几个老太婆永远在菜市进口处坐着贩卖,跟门神似的。凡雁给凡竹挑了两斤。凡竹说要带回上海一点,凡雁劝他现在别买那么多,临走再买,这东西不能存。一到年,镇上的肉铁定涨价。羊肉卖到九十八一斤。一只三斤重的公鸡要三四百。凡竹跟着,那就绝不能叫凡雁花钱。凡雁心暖,弟弟没白疼,出息了,看来在上海挣到了钱。买完菜,姐弟俩在镇上新开的面包店里歇脚,一人点了一杯奶茶。凡竹也为小芳的事发愁。一着急,他提议:

"要不给他们塞点钱呢。"

"给谁?"凡雁提眉,立刻反应过来,又说,"别人嫁女儿是挣钱,咱不能赔钱。本来人就看低咱,咱不能服这软!这口气,得争。"

"但也不能赌气。"凡竹说。

"等等看吧,就是个博弈,看谁熬到最后,不过做好最坏的打算就是。"凡雁道。

结果当晚,坏消息就来了。老苗回话,说去做了工作。但祁家硬得跟茅坑里的石头似的,死活不松口。依旧是人不娶,孩不要。小芳气得一跳多高,又想蹦掉孩子,被众人制止了。凡雁跟凡虎开小会商量对策。凡雁的意思是,趁着年下,再找人做做工作,但也要做最坏的打算。凡虎脸色阴沉:

"现在就可以打算了。"

凡雁说不出送人二字。

凡虎却不犹豫:"要送就送得远一点,起码得出县里。"

又说:"老苗做过工作,这事儿就瞒不住了,也好,都知道了,对祁家也是个压力,他想为难咱们,就不想想自己孩儿流落到外头,他老祁家脸上有什么光。"

"就是苦了小芳。"凡雁说。

"自己造的孽,受点苦也应该。"凡虎说。"苦一苦,苦三年,不苦一辈子。"

定好大方向,不改了。两个人下了楼。堂屋里,储荷、小芳、凡梅、凡竹四个人在打麻将。凡雁冷眼看过去，杨小芳脸上并无愁色。相反，因为快当妈妈，又有灯光照着，她气色竟出奇地好。凡雁一面为小芳悲哀，出了年，就是生离；一面又不禁为小芳庆幸，她就是一只瓢，随着命运的洪流，漂到哪儿是哪儿。所幸，她还蒙昧未开，仿佛万事不往心里去。没有深切的爱，就不会有彻骨的痛。小芳也像是竹林里的那只猫，一不小心有了露水姻缘，该生就生，生完了，继续过自己的日子，依旧雀跃。真要这样也就罢了。

麻将打到快十二点才散。小芳输钱了，欠着。凡雁帮她结了账。天不冷，几个人又在屋场前聊天到快一点才各回屋睡觉。下半夜小芳肚子疼，凡雁住她隔壁，吓得忙着起来找药，又问要不要去医院。结果杨小芳一泡屎拉过，好了。但凡雁还是不放心。次日，便叫上凡梅，两个人一起陪小芳去县城妇幼做产检。因为没提前预约，那就只能找熟人。凡雁托了县城大伯的女儿月悦。月悦跟凡梅一样，都是堂姊妹，但比凡梅稍大。月悦离婚了，女儿跟前夫。她现在和县领导的司机处朋友，就差一张证。她做地产销售，认识的人多。加之男友的关系，她在县里很吃得开。月悦一打招呼，产检便做上了。再问预产期。月悦鼓掌惊呼：

"怎么跟我嫂子一天！"

一问才知道，月悦二嫂正怀着三胎。只可惜，是女孩。月悦叹息：

"大哥家两个女孩，不能再生了，二哥有两丫头，二嫂年纪不算大，还能再拼一个，本来二哥也说不要，但去年我爸小中风，身体不行了，二哥二嫂也是孝，心想要能要个小子，爸一高兴病就好了。爸这一辈子，就想看到个孙子。"

凡雁、凡梅默不作声。凡雁明白农村老人的执念。没男丁，就等于绝了后。将来没人上坟，在阴间都会缺钱花。

小芳不走心，一边吃着鸭头一边说："他要孙子，把我这给他当孙子不就得了。"

凡雁惊呼："别乱扯！"

差着辈呢。好在月悦倒不在乎这些，只是到时候又是孙女，不知道怎么跟老人开口。小芳去上厕所了，越是临产，她越夹不住尿。凡雁怕她倒厕所里，亦步亦趋陪着。产检的时候，小芳还问医生能不能流呢。这丫头就是不长心！上完回来，姐儿四个又闲唠了一会儿，凡雁便开车带凡梅、小芳回村。车拐进小路，小芳先下，进屋了。凡雁又多开几十米，把凡梅送到家。凡梅鬼鬼祟祟拉着凡雁，让到旁边土房子里说话。凡雁不解，但也跟着去了。这土房有年头，夹在两家之间，一半属于凡梅家，一半属于小叔。他小叔有两个儿，大的在深圳，小的在厦门。小叔夫妇跟小儿子在厦门过活，平日不回来，这半片房子，也就荒在这儿。凡梅把门关好。凡雁轻微埋怨：

"人话鬼话？要到这儿说。"

凡梅依旧鬼鬼祟祟，声音发飘："就你们去解手的时候，月悦出了个主意。"

"什么主意？"

"小芳跟她嫂子预产期不是一样么。"

"那又怎么样？"

"她嫂子生的女孩，小芳生的男孩。"凡梅道。

"有什么关系吗？"凡雁不耐烦地问。

"她家想要男孩，小芳要不要随便。"

凡雁浑身一紧，跟受了阴风，鬼要上身似的。她想到了，但不愿意相信。

"你是说……"

凡梅拦住她的话。

"对,她要男孩,小芳随便,那干脆到时候,小芳生出孩儿,对外就说是死胎,然后让护士悄悄把孩儿送到她嫂子那,对外就说是龙凤胎。两全其美。"

凡梅深觉得自己的主意高妙,激动得拍了一下掌。

"月悦怎么说?"凡雁追问。

"就她的主意她能说不好么。"凡梅答道。

凡雁沉吟。这主意荒诞,可荒诞得又有几分道理。她往心里去了。凡雁打算饭后跟凡虎聊聊。可要吃饭的时候一盘算,她又不想说了。换孩子,这做法太铤而走险,约等于"狸猫换太子"。一个说是死胎,一个说龙凤胎。就算瞒得过县城大伯,堂哥堂嫂能养四个孩子么。更何况,关键的这个儿,还不是亲生,坚持到底的概率就小了。万一中途弃养,孩子被送来送去,那就真是件伤阴鸷的事了。到时候漏了风声,祁家难免会闹。总结起来一句话:伤天害理的事,别做。主意一定,晚饭凡雁就没在家吃,到凡梅那凑合的。凡竹回来,做饭什么的他包了。凡梅只负责扫扫地。晚饭后,凡雁拦凡梅到桂花树下坐着,把担忧说了。

"就是那么个想法,月悦后来也说不行,医院都登记了,很难操作。"凡梅笑呵呵地说。

不行最好。这茬就不提了。再想别的办法。

凡菊留下的儿子跟凡梅的儿子抢电视。凡梅的儿子被打哭了。动静一大,凡梅和凡雁过去看。凡梅骂:

"超现在就是土匪!"

凡菊留下的儿子叫小超。

"我不想看猪猪侠。"小超说。

"奶奶呢？"凡梅问。

小超朝外看。凡雁明白，凡梅的老娘，她的婶子，又去打麻将了。凡梅自己没打上麻将，心里怨怼，她老妈整天玩得乐呵，她更来火。

"她老人家现在是油瓶倒了都不扶！我跟你说刚回来那天，就到那县城家里，我一推门我都惊呆了。三室两厅都不够她用。那个乱呀！"

房子是凡兰买的。小超在县里上小学，凡梅老娘平时带孩子住那儿。

"婶儿也是没心思。"凡雁说。

"她干什么有心思，她要稍微注点意，我爸也不至于走那么早。一天三顿都伺候不好。搞不清楚自己到底过的谁的日子！"凡梅继续说，"孩儿她也带烦了。人还想着再找呢。"

这信息量大了，凡雁略微有点吃惊。她原本以为，子女们都不在家，有个小超陪着，婶子应该欣慰。至于再找，属于意料之外、情理之中，婶子五十来岁，尚处中年。头绪太多，凡雁只好一件一件问：

"超他爸一点不管？"

"那还管什么。"

"真佩服这些人，到年也不去？"

"不去。"凡梅冷冷地说道。

"婶子再找也是应该。"凡雁叹息。

"人还想找有钱的呢。"凡梅嗔怪。

凡雁差点笑出来。半老徐娘，还挺有追求。凡梅接着嚷嚷："一柜子花衣服，年年到我那儿，到凡兰那儿，第一件事就是上街。"

这下凡雁笑了。爱美之心，人皆有之。

凡梅话锋一转："也怪凡竹。"

凡雁不理解，怎么扯到凡竹身上。

凡梅摘一片桂花叶子，叠了又叠："多大了？还不找！他但凡要带个女的回来陪妈，日子也不会过得那么乌突。"

哦，娶媳妇的目的是陪婆婆。凡梅自己的婚姻歪七扭八，但这并不妨碍她谴责凡竹。清官难断家务事，凡雁不往下深聊。凡竹端着盆出来喂猪，叫凡梅伸把手。凡梅老大不情愿：

"人又不在，喂这两头猪干吗。"

"你不吃？"凡竹问。

"买点不就行了。"

"你出钱？"凡竹似乎有些冲劲。

凡梅嚷嚷开："杨凡竹你挣几个臭钱了不起了是吧！"

眼看冲突爆发，凡雁不能坐视不理。她只好挡在中间，东劝西说，好歹把凡竹拦下来，才没让凡梅的新衣服沾染猪食。

6

年从腊月二十六就开始过了。亲戚多，都得走。所以年三十这顿饭，是挨年轮流做。其他家则从二十六开始排饭局。今年三十轮到凡虎这儿,他早早开始准备。二十六去凡竹家,二十七到三伯家。三伯跟凡虎凡雁的爹不是亲弟兄,他是凡虎的奶奶从山里带出来的。三伯的儿子凡松在福建做事,跟着个大老板,谁知后来公司出了问题,凡松牵连在内,坐了两年牢,年下刚出来。三伯倒不以儿子坐牢为耻,依旧笑呵呵地说:"反正老板管饭!"

三伯在县城买了房,一直没装修。凡雁估摸着他经济上早已都捉襟见肘。但面子还要充。看问题看本质,凡雁不那么乐观,做生意这事,斗转星移,快得很,说倒就倒。凡梅她男人就是例子。何况凡松有了案底,老板也未见得再用他。饭桌上,凡雁坐凡松旁边,悄悄问他怎么打算。凡松表示年后还是去南边,但不去福建,想去广东顺德。不少老乡在那边做家具生意。实在不行,他也弄个网店,反正拿货不愁。

年二十八,男人们一早起来往山里去。有个堂叔几年前就在张罗建祠堂的事——他家近些年不顺,人接连出事,他总觉得是地下的人出了问题,所以对建祠堂格外积极。选了好几处地方,最后定在山里杨氏一族的发源地,盖了个茅草棚,就算祠堂了。男人们一早去祭拜,中午回来。凡虎他爸是老大,这顿酒也在凡虎这摆。收点份子钱,是为"收回成本"。堂叔和他老婆要推本地白酒,价格还不低。储荷不愿意,说算下来,堂叔能挣两万。凡雁为难。人酒都搬过来了,总不能退回去。凡雁让在菜上再想想办法。办桌的厨师是从村里请的,烧菜水平不错,约等于职业厨师。到中午,六大桌摆起来,难得热闹。杨凡雁很有主人翁意识,挨桌敬酒。亲戚四邻也都识趣,笑眯眯夸凡雁有本事。不过,这饭桌上,客人们也少不得打量小芳的肚子。这顿酒,祁家人没露头。当然,杨家也没请。但结合先前的流言,客人们基本确定,杨家跟祁家闹翻了,杨小芳很难嫁进祁家。那么,她接下来怎么办？孩子呢？这些悬而未解的谜题激发了乡亲们的兴致。私下里，说什么的都有。主流的看法是：杨小芳肚子里的孩，根本不是祁小伟的。捎带着，客人们也仔细观察小芳的大女儿丹丹，有五岁了吧。这孩子也奇，一岁多就能说话，两岁上就已经很懂事，俨然跟大人差不多，甚至能帮着带孩子了。有那促狭的乡亲私下试探，丹丹也知道自己没爸，但却没大在乎，如今长到五岁，迎来送往，比大人还老练。谁要说她个什么，她反过头能把对方说住。弄得大家都说，这孩子是小鬼投胎，不然怎么这么灵。凡虎妈不让说，她狠夸："丹丹以后能做大事！"

从山里回来，凡竹就病倒了，发烧。吃了药，一夜还不见好。年二十九，凡雁开车带他去镇医院瞧。药方子没变，医生让多休息。这可急坏了凡梅。年三十这顿，还指望凡竹办，这节骨眼上怎么能病倒。

"给你爸上坟了么？"凡竹妈问凡梅。

"早上了，烧了好些元宝。"凡梅认真答道。

"凡菊呢？"凡竹妈又问。

"也烧了不少。"

凡竹妈又拿筷子，让凡竹呵了气，她去水碗里竖。没站起来，看来不是先人来探。为求保险，她又让凡雁和凡梅去请了本地的"地仙"来。地仙到跟前一瞧，说凡竹是进山撞了冷菩萨。他念念咒，再烧纸送送就行。"地仙"既然来了，凡雁宁信其有，不肯错过机会，又端端正正请他到家，起个卦，让帮忙看看小芳的前程。地仙要了八字，琢磨了一番，说：

"寡妇命。"

凡雁头皮发麻。幸亏小芳不在跟前。才是二十出头，以后都做寡妇？苦命的孩儿。

"能破解吗？"凡雁急切地问。

"难。"地仙眯缝着眼说。

"能享到子女的福。"

提到子女，凡雁又请地仙帮看看丹丹的前程。地仙要了八字，又是一阵琢磨，说："这孩子不一般。一岁零六个月就起运了。"

"什么意思？"小芳问。

"就是说，已经开始进入到天道的轮回中了。"地仙道。

"那该注意点什么？"

地仙又是一阵掐指。又从随身的布包里拿出一本发黄的书查了查，才说："这孩子五行缺水，夏天生的，又是火日，丙临申位，见土则晦，惟日照湖海，暮夜燃光，故专用壬水，辅映太阳光辉。"

"老叔，说这些咱不懂，你就说得注意点什么。"凡雁道。

"就是要跟水沾边，越大越好。"地仙道。

凡雁转头看小芳："丹丹取大名了吗？"

小芳说还没有。

"那让老叔取一个。"凡雁说。

地仙想了一会儿，说："静波。金水格局。"

凡雁念出声："杨静波。"

丹丹有大名了。实际上，她虽然长到五岁，但一直没去上户口。小芳跟小伟谈，本打算嫁过去，再上到小伟家。现在闹成这样，只能单弄。这是大事，凡雁提醒小芳别马虎。不上户口，以后学都没法上。凡雁又跟储荷和凡虎交代，户口的事，务必上心。

年三十不睡懒觉。凡雁爹妈早早起来，洗脸吃饭，换了干净衣服。杨凡雁给窦城打了个电话，问他在哪儿。窦城说一个人在家过，问她什么时候回。凡雁猜到，窦城十之八九扯谎。他年年

39

三十,都去爸妈那吃顿饭。凡雁笑着应付,又说了小芳的事,说等孩子出生,她就回深圳。谁知窦城对这事感兴趣,开玩笑说:"要不你抱回来,我们养。"

"那我抱了。"凡雁故意较真。

窦城连忙说:"头一个都不知怎么养大的。"

孩子们都起来了。凡雁一人一个红包,都是一般大小。但对孩子她不是没有区分,侄儿相南她平时照顾多点。她早就说过,将来上中学的学费、补习费她包。过完早,凡梅、凡竹、凡松都来了,一行人热热闹闹去拜年。凡雁和凡松有车,拉着人,亲戚家走一圈,邻居家也要走。见人就说新年好和一些吉利话,是为祖训。车开到祁家旁边的李家。大屋里就住着一对老夫妇。一行人去拜了年,给了小红包,出来就在祁家门口站住。凡松问:"进不进?"

凡梅脾气倔:"进个屁。"

凡雁也不主张进。接触这几次,祁家人态度都不好,她觉得够够的。一行人下了屋场,要过水渠的桥,迎头却碰到祁老娘带着两个儿子往家去。双方都站住了。凡雁回头看,杨家人都严阵以待。大年下她不愿惹事,交代:

"装看不见,过去。"

几个人雄赳赳往前走,眼里能飞出刀子。

祁老娘开口:"凡雁,怎么着,文的不行来武的。"

凡雁顶回去:"婶,别多想,就是路过。"

又补充:"过年好。"

祁小伟昂着脸,不看他们。

凡梅恨得牙痒,等两队人马错开,才骂:"那祁王八都开始相亲了!"

还是凡梅消息灵通。凡雁听闻，莫名惊诧，这边孩子还没出世，那边就开始张罗下一摊子。看来是再无转圜的余地，婚是结不成了。那孩子呢？真就送走？凡雁和凡虎都把送走当成"最坏的打算"。可当这结果真逼到眼前，杨凡雁还是感觉有点无法接受。年初二，凡兰和丈夫小鲁从山东回来了。凡兰和小鲁在深圳混得不错，一到家，亲戚邻居们都来巴结，家里又热闹了。凡兰结婚几年没孩子，对外一直称还不想要，但凡雁知道，凡兰和小鲁都有点问题。凡兰去做过试管，没成功。凡梅提议把小芳的孩子给她养，凡兰倒没说反对。按照老家习俗，抱一个过去养，说不定自己的孩子就跟着来了。凡兰跟小鲁商量，小鲁坚决不同意，还说就算他同意，老家父母也绝不会答应。凡兰跟凡梅解释了。凡梅又跟凡雁说。

凡雁叹："看来这胎，肯定得往外送了。"

年初二晚上杨凡雁没打麻将。这几日连着喝酒，白天拜年又受了风，她头疼。凡兰小鲁回来后，不缺人打麻将。小鲁和凡松一见如故，嚷嚷着要合伙做家具生意。小芳听了，跃跃欲试。凡兰劝她：

"这两年，你就把孩子带好。"

小芳不含糊："马上不就上小学了么。"

凡兰："小的呢。"

小芳不吱声。凡梅给凡兰使眼色，凡兰才自觉失言。肚子里的这一个是要送走的，只是去向目前还没定。小芳打了一会儿，储荷就让上去休息。凡竹也下了牌桌，凡松代替。凡雁在楼上斜靠着翻手机，跟窦城聊微信。再一抬头，杨凡竹站在门口。还没等凡雁邀请，凡竹便进来了，反锁好门，有些扭捏。

凡雁坐起来："有事？"

凡竹点了点头，在床边站着。

凡雁："坐下说。"

凡竹遵命坐下，还是不肯启齿。

"遇到啥难事了？"凡雁关切地问。

凡竹半天才抬头，道："姐，要不小芳那孩子……给我……"

一霎间，千万个念头挤在杨凡雁脑子里。她一时也弄不清因果。杨凡雁盘算了好久，才终于捋清楚点，这才抬头直问：

"你不结婚啦？"

凡竹回得快："不是我，我有个朋友想要。"

凡雁只能说面儿上的话："哪个朋友？这是儿戏吗？孩子那是一条命，要过去了，就得培养长大，这可是开弓没有回头箭的。不是你们想的那么简单。"

"姐，你放一万个心，这个朋友我可以打包票，真的是有心养孩子，也有能力。"

凡雁拽着他胳膊说："真有这么个朋友？可这里面的关系有多复杂你考虑过吗？"

凡竹不出声。

"你这样是不行的。孩子长大了，迟早要找亲妈，找小芳，你怎么办，这个没法隔绝。就算小芳自觉，我们都管着。祁家呢，谁能管？那是孩子亲爹，你带到上海给你朋友，孩子在上海接受教育，将来好了、出息了，祁家能不往上沾？你怎么办？"

两个问题把凡竹问住了。显然，他没考虑那么多。或者考虑到了，他也不太在乎。可杨凡雁得考虑，她是小芳的亲姑，是即将到来的孩子的姑奶奶。这孩子要是送人，那就一定要送个见不着摸不着的地方，彻底跟这边断了联系。说完孩子的事，凡雁声音又柔和了：

"竹，反正，你要有什么难处，都可以跟姐说。"

又说："你不用管别人怎么说怎么想，就按照你的想法来，你自己过舒服了，过顺当了，那就怎么都好了。"

凡竹眼睛有点发红。杨凡雁觉得可以了，虽然说的都是些面儿上的话，真里套着假，假里又含真，但她相信凡竹都懂。楼下有人喊凡雁，凡雁披上衣服，伸头看。苗敏智杵在下头。凡雁估不透他的来意，一面打发凡竹下楼，一面收拾头发，穿衣服。老苗肯定有事。

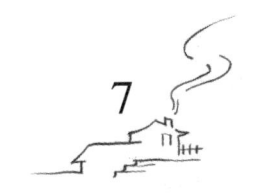

7

凡雁要下楼了。十分钟之前，她还蓬头垢面，十分钟之后，便容光焕发了。老苗站着看麻将，储荷要让给他打，老苗婉拒。凡梅胆子大，调侃老苗：

"苗哥，找我雁姐，不怕老婆知道呀。"

"那要看公事还是私事。"苗敏智不忤。

"还有私事哦？"凡梅一边打麻将一边说。

众人都笑了。杨凡雁下楼了老苗不打磕巴，让凡雁借一步说话。老苗神神秘秘，凡雁更觉诧异。她领着人到屋场枇杷树下，两个人瞬间被黑夜包围了。

"啥事儿呀？"凡雁问。

"好事儿。"

"别绕了。"

老苗扶着树干："小芳跟祁家，还走吗？"

"黄了。"

老苗笑呵呵的。杨凡雁不饶他："干吗？幸灾乐祸。"

老苗这才说："镇上的小姚，有印象么？"

凡雁："镇上好几个姓姚的。"

老苗强调："姚多海家的。"

凡雁："姚多海知道，他家的对不上号，男孩女孩？"

老苗："小伙，可精神。"

又说："这小姚，看上小芳啦！"

凡雁头皮一紧，问什么意思。老苗笑道："还能啥意思，他愿意要小芳。"

大事。凡雁追问："孩子呢？"

老苗道："肚子里这个，带过去也行。丹丹就别带了。人条件不孬，镇上有房，也打算在县里买，平时跟他爸干点小工程。你跟凡虎说说，要愿意碰碰，给我个回话，我再带小孩过来。"

怀着孕的小芳还被人看上了，这在村里是个大新闻。事实上不光村里人惊诧，凡虎储荷也觉得意外。"带球"的小芳，还能是这么个香饽饽。凡雁问哥嫂的意思。凡虎储荷都觉得可以试试看。

"小芳呢，愿么？"凡雁问。

这种事，还是爹妈去问合适。她是姑姑，又隔了一层。而且杨凡雁多少觉得有点尴尬，肚子里还怀着孩子，就又开始相亲。虽然祁家小伟已经这么做，相亲都相到县城里，但小芳毕竟是女人。储荷去通气了，一会工夫从楼上下来，说小芳没意见。可晚上吃饭，小芳满面愁容。凡雁看在眼里，还是觉得有必要亲自问问侄女。麻将还在打，每晚的老节目了。头天凡梅输了不少，今儿一定要赢回来。她男人过年依旧没给钱，凡梅的气都撒到麻将上了。杨小芳打到九点，上楼去了。凡雁去洗了脸，换了衣服，才猫到小芳房里。

"你妈跟你说了。"凡雁和和气气地说。

小芳木木然："说了。"

凡雁微笑着："这事儿是人家上赶着，主动权在你，你要觉得能看看，就安排，要觉得不能，就到此为止。"

小芳果决："能看。"

进了卧室，顶上的小灯照着，凡雁又看不出侄女的愁容了。也许适才是打麻将累的。凡雁又说：

"芳，咱不赌气。"

小芳："没赌气。"

凡雁也有点摸不准小芳的脾性。凡虎和储荷总结为：任性。这一点倒是准确，杨小芳的确有年轻漂亮女孩身上常有的任性。她跟小伟谈，家里不同意，她照谈。现在相亲，她也并不抵触。她脑子里没有那么多条条框框，凡雁的理解是，她或许跟几十年前的杨凡雁一样，淳朴，天真，但小芳又比她多了几分自由。凡雁是自己把自己约束住了。跟晶晶她爸结婚，是父母之命，媒妁之言，她不满，也照结了。去深圳之后，更是有过数不尽的委曲求全。包括跟窦城，她也吃了不少苦。面对生活，她不得不低头。可杨小芳不一样，她还跟生活别着劲儿，拧巴着，一副不服输的架势。可问题是，你一个乡下的女孩，又能扛多久呢。红颜易老，说年轻也不年轻了，还拖着两个孩子，能找一条船上去，稳稳当当的，那就是万幸。从这个角度想，凡雁又感觉小芳似乎已经懂事了，懂得退一步海阔天空。凡梅在凡雁面前点评这事：

"我告诉你，现在这些光棍儿，是个女的他都要。"

凡梅在适婚年纪也被介绍过。对方是同村男人，凡梅没看上。

初五县城大伯叫饭，各家都去。县城大伯是整个家族里少有的混进体制内的人。六十岁在财政局长任上退休，儿子也被弄进了财政局。人生唯一的美中不足恐怕就是没孙子。大儿子努力了两胎，未果。小儿子两口子目前正在拼第三胎。从前，县城大伯很少叫人吃饭。反正凡雁印象里没有。但现在情况不同了。头年他中了风，虽然抢救过来了，但也变得少气懒言，身体大不如前。行将暮年，县城大伯也开始惦记起弟兄们，祈盼热闹。好在他老人家有面子，一叫，在家的基本上来齐。凡虎凡雁带着爹妈、小芳还有三个孩子，开一辆车，叫一辆车。凡梅连带凡竹、凡兰、小鲁还有他们的妈也都去。饭店摆了八桌。凡雁明白，这比当年可少多了。县城大伯的全盛时期，叫饭能摆上二十桌，那才叫热闹。小叔一家四口也来了，小婶仗着两个儿子都读书出来，不大瞧得起亲戚，到现场，也只顾吃，不跟人招呼。小叔的两个儿子一个在深圳，一个在厦门，都还没结婚。凡梅看不惯小叔一家的矫情，故意坐到小婶旁边问：

"厦门房价现在多少钱一平？"

气得小婶直翻白眼。

饭局上有两个大肚子，小芳和堂嫂。月悦在凡雁和凡梅跟前感叹：

"还是年轻生好，你看小芳，身轻如燕的。"

凡雁驳斥："这还如燕？那么大。"

"肚子大，步子轻，你看小芳嘴多壮。"

月悦又小声地说："那个，女孩。"

凡雁和凡梅都不作声。月悦又促狭地说:"不过看这大肚子,搞不好是龙凤胎。"

凡雁信以为真,眼睛睁大了。再一想,懂她意思了。她还在玩"狸猫换太子"的梗。姐仨对望,心照不宣,都笑了。月悦又问小芳要相亲的事真的假的。消息传得特快。

凡梅嘴不牢:"真的。"

月悦看凡雁。凡雁微笑默认。又说:"狼多肉少。"

月悦试探性地问:"是镇上姚多海家的么?"

凡雁:"好像是,还没正式见。"

月悦嫌恶地说:"小芳八成看不上,他家那个儿,小头猫似的,说是跟姚多海在县上干工程,其实有他啥事儿?他能干啥?大春天还穿个棉袄,剪个齐刘海。"

说着用手在脑门那比了一下:"老不老少不少的,说话也不利索。"

又补充:"抠唆。"

最后说:"姚多海有两儿,他能干过他哥?说白了,还得自己有本事。男人不像男人,就没意思了,包工程的,今天有明天无,也不是个好买卖。"

凡雁不作声。凡梅却不大高兴,她男人包工程,她感觉月悦这话似有所指。

"可惜没有领导身边的人给介绍。"凡梅笑呵呵地。

月悦倒没觉得受辱,径直道:"有倒是有一个,就是离过婚,但这样也好,人家不要求再生,省得麻烦事了。"

凡雁忙问情况。

男方也在县里开车,跟月悦男人情况类似。三十出头,离了婚,有个儿子。再找,不打算生。月悦说得天花乱坠,凡梅觉得蛮好，凡雁也觉得比乱七八糟的靠谱。好歹，有口公家饭吃。又细问了一会儿，凡雁让月悦帮忙操操心。月悦本就是个好事的人，得了这份委托，情绪高涨，说着就要发微信。一扫眼看到凡竹跟叔们喝酒。月悦又多一句：

"竹在上海挣大钱了？"

凡梅平时恨凡竹，可到了外面，还是顾及脸面："挣不少。"

月悦："买房了吗？"

凡梅："准备买。"

月悦："打算在外头找了？老家的多好，知根知底。"

这话说到凡梅心坎上，她连忙应和："你要有合适的，一块弄过来。"

月悦笑靥如花："那得找个般配的。"

凡梅吐槽："可挑呢他。"

凡雁本想让堂妹们别给凡竹多事，可架不住两丫头火一般的热情。话没插进去，主意已经定下了。这顿饭吃完，有些人就该离家了。凡兰和小鲁深圳还有生意，不打算久留了。凡竹给凡兰备的土货在县城房子里搁着，是凡雁用车拉过去的，满满一后备箱，几乎全是吃的。腊肉是凡兰第一个点名要的，而且是那种透亮透亮的成色。然后是腌制的菊花，泡茶用的，凡兰总说在深圳喝不到。还有各种凉茶干，有的是喝的，也有留给小鲁泡脚的。米酒也要单买，说跟超市买的不一样，凡兰要自己做酒糟鱼。顺带霉豆腐也装了不少。再然后是米粉，三都的，味道纯纯的。猪小肠做的团子，二十七块钱一斤那种，切了就能吃。干货占的空间最大：白辣椒干、刀豆干、藠头干、苦瓜干、马齿苋干、笋干、豆角干。剩下就是些竹制品，都是凡竹从集上买的。五块钱一把的竹刷子，刷锅用的。还有竹篮子、竹簸箕。扫地用的大扫把，十五块钱一个,也是深圳买不到的。凡梅打趣说凡兰要把整个山搬到深圳去。凡兰笑说:"就靠这些东西续命呢。"

因为小芳,凡雁不急着返程。窦城这次表现不错,没催。大伯饭局上凡雁喝了点酒,不能开车。储荷和凡虎要回去照顾那几只羊,跟着邻居的车回去了。小芳和几个孩子留在县城玩一天。中午睡了一会儿,凡雁想再见见晶晶。估计过不了几天,女儿就要回苏州。上次借钱那事,凡雁慎重考虑了。要是给婆婆治病,她还是应该狠下心。给女儿钱可以,给前婆婆没必要。她给女儿发微信,晶晶说在医院,回头联系。这次来县城,凡雁听到个新闻。是月悦撇开凡梅,单独告诉她的。张志强再婚了,就这几天,还生了个儿子。凡雁吓了一跳。这事儿,晶晶一点风声也没漏给她。凡雁和志强早就是陌生人,他好他坏,她都不感兴趣。她只是觉得奇怪,像志强这样游手好闲不务正业的男人,怎么还配结婚,还配再有个儿子。由此,凡雁更心疼晶晶。志强有了儿子,那女儿就更不被当回事儿了。晶晶彻底没有家了。近晚,杨凡雁给女儿打电话,想要一起吃饭。晶晶说还在医院。凡雁着急:

"谁在那,你奶呢,情况怎么样?"

晶晶却说回头再说。女儿这样说,凡雁不好往下问了。有什么意义呢,她也不打算出钱。老太太可怜,但她有儿有女,根本轮不到她一个外人插手。更何况,她的钱也不是大水淌来的。晚饭小芳不愿意出去,凡雁帮她点了外卖。她一个人带着三个孩子去商场里玩,吃炸鸡、薯片,喝奶茶,看电影,一直闹腾到将近十点。入夜,县城仿佛刚醒过来,街边的大排档吵吵嚷嚷。跳广场舞的人十点还不肯回家。凡雁的房子临街,是她妈要求的。乡下安静惯了,到县城就想找些热闹。孩子们睡了,屋里没开灯,杨凡雁坐在窗户旁边。窗户加了防护栏,横平竖直。窗户直对着的是对面小区底商宾馆的巨大霓虹灯牌。杨凡雁有点恍惚，这是深圳吗？显然不是。但这楼宇密度，跟深圳有点相仿。说这里是家乡，也不太像。她心中的家乡，开门要见山，屋场外有条小河，永远会有个人赶着一群鸭子去河边啄草……

外头有人放烟花，冲天炮，轰一下。年快过完了，凡雁不敢相信，自己竟已逾不惑。这些年来回折腾，好像也没活出什么内容，整个人也跟通货膨胀后的钱一样，不断贬值。女儿来电话，凡雁连忙接了。晶晶哭得撕心裂肺。凡雁大概猜到发生了什么事，她只是没想到会那么快。

8

志强他妈、晶晶的奶奶走了，就因为小脑上的那个瘤。据晶晶说，后来叔伯姑几个也都愿意凑钱，是老奶奶一定不干。之前凡雁不理解，现在懂了。前婆婆估计还是想走得利索点。开颅，能不能好两说，恢复又要钱又要人，她不想给孩子们添麻烦，也对这些子女没信心。人生自古谁无死。如此想来，凡雁竟有点佩服老人，能干干脆脆走，也是种福分。退一万步讲，活着干吗？充当劳动力，给儿女们看孩子。还有句话凡雁不好在晶晶面前说。她奶执意要走，恐怕也是被志强又生了个儿子吓的。孙女好不容易带大了，又来个孙子，无尽的苦……还不如一了百了。凡雁把女儿接回家已经夜里两点了。老人刚走，子女们忙着办丧，没人注意晶晶。凡雁怕晶晶难过，洗了澡，母女俩躺在床上说话。凡雁给她兜底："以后过年，你就去深圳。"

晶晶固执："不去。"

凡雁："那去哪儿，到你爸这？"

"哪儿都不去，就在苏州。"

凡雁深呼吸："有什么难处，就跟我说。"

她毕竟还是她妈。谁知晶晶不客气：

"能不能给点钱？"

凡雁愣了一下，她没想到女儿这么快又有用钱的地方："干什么用？"

晶晶："不想在工厂干了，想弄个美甲店。"

这倒是正经营生。县城出去的女孩，没学历的，好多做这个。凡雁问："多少。"

晶晶："八万。"

打了个八折。凡雁默然。

晶晶连忙说："就当是嫁妆，以后结婚，我不找你要钱。"

凡雁岔开话题："开始谈了么？"

"有一个。"

凡雁追问："什么时候带回来。"

晶晶："没到那步。"

凡雁："那两点记住了吗？"

晶晶："知道，别学小芳。"

外头有动静，是小芳起来上厕所。母女俩不说话了。过了一会儿，安静了。凡雁才说：

"你以后就会知道,这几年对你多重要。"

是啊,对于农村出去的女孩来说,青春,就是她们的全部筹码。凡雁当场就拿手机转了款。她感觉好像是两清了。晶晶收到钱,也成了个温柔的女儿,一直到天亮,她跟凡雁说了不少心事。天亮,晶晶走了。凡雁去楼下给小芳和孩子端了早饭。吃好弄好,又开车回村。老苗打电话来,问白天能不能见。凡虎说让等两天,他要去旁边县城的远房大姐那走亲戚。在县城大伯的饭局上相遇,凡虎才发现还有这门亲。亲戚们要来看,大姐自然举双手欢迎,嫁到旁边县城几十年,还没有什么亲戚上门给她长脸。于是凡雁刚回村,车子又启动了。凡虎凡雁凡梅凡竹一行四人沿着河岸向上游开。

凡雁已经猜到老哥的用意。小芳要生产,最坏的打算是把孩子送出去。凡虎突然去大姐那,估计是探探路。但凡虎没正式提,凡雁就不问。凡梅难得撒开孩子放风一天,一路高歌,凡雁嫌脑仁疼,就故意引逗凡虎多说说家史。一说话就长了。杨家原是山民,住在大山里,多少年从不外出。到了凡虎爷爷这辈,确切地说,就是凡虎的亲爷爷,才带着几个弟兄走出大山。凡虎他奶是沈阳人,原本是个国民党将领的女儿,从小养尊处优,蒋介石败走后他们家没跟过去,大小姐流落到此,认识了凡虎的爷爷,结为夫妇。从此开枝散叶,成了一户人家。这事儿,凡雁听老哥说过多次,每次提到奶奶的身世,凡虎都要补充一句:

"我奶奶的两个亲弟,一个去了台湾,还有一个参加了抗美援朝。"

凡竹感兴趣:"然后呢?"

凡虎便道:"去台湾就不知道了,抗美援朝的好像也没回来,就死在战场了。"

杨家的传奇到此打住。后面好像就没什么值得说的故事。唯一能讲的，无外乎凡梅凡竹那死了的爸，是村里第一个万元户，八十年代第一个买电视机、摩托车的，村里人都巴结。但后来因为种蘑菇亏了本欠了债，多少年都在福建打工、躲债，末了是为了做木材生意东奔西跑，脑溢血死的。一提到老爸的"出师未捷"，凡梅就要叹息错愕：

"我们这家，咋就没再出个能人。"

大姐早早在村道上迎着。出嫁这么多年，娘家那边第一次来这么些个人给她架相。大姐高兴得嘴就没合拢过。她两个儿子都在福建打工，女儿嫁到市里，如今她老两口在乡下住。喂鸡养羊，日子还算清闲自在。凡梅嘴快，大姐问，她便匆匆把家里亲戚的情况都描述了一遍。说到自己情况，凡梅多少有些夸张。凡雁听出来真假，也不点破，只跟凡竹对了个眼色。午饭当然是极尽丰盛。吃完了，大姐带几个人去山里转转，说那有个温泉。凡梅问开发了没有，大姐说是半开发状态，车开到山隘，得走路了。这一片都是柚子树，成熟了来不及摘的马家柚落得遍地都是。凡梅和凡竹捡了几个当保龄球玩。天半晴，入了山则微微有雾，跟仙境似的。路边的村落安静得不像人间。凡雁上前赶上大姐，问："这还有人住么？"

大姐笑说："前几年有个十户，现在只有一户了，都搬到山底下了。"又走过半个山坳，到地方了。说是温泉，其实就是一汪热水。这儿泉眼少，但水温还算合适。几个人脱了鞋泡脚。凡虎则把大姐拉在旁边说话。凡雁瞧着，估计在说正事了。她装不知道，也不问，等到下午回到家，凡雁才问凡虎打听得怎么样。凡虎愣了一下：

"说帮问问。"

又说:"也不是什么好地方,比咱们这还穷。"

凡雁反问:"真打算送走了?"

不等凡虎回答她又说:"真要送就送个找不着的地方。"

凡虎大吐气:"到时候再说,不一定呢。你要在深圳那边有路子,也问问。"

凡雁轻声答应了。她当然理解老哥的纠结。养个孩子,对他来说当然是负担。但客观讲,如果仅仅是给口饭吃,凡虎也不是不能承担。他只是咽不下这口气,不想给祁家养孩子。但如果送到个穷地方,他又免不了为孩子担心。凡雁倒能在圈子里问问,可她就怕万一孩子落到人贩子手里,或者到了一处虐待人的人家,那可真就造了孽。晚饭后,老苗又打电话来问时间。凡雁问了凡虎,又让储荷问了小芳,确定第二天上午相亲。

次日小芳没睡懒觉。不是不想睡,而是一大早花灯队就闹到家门口,送福送财,龙啊凤啊的,锣鼓喧天。孩子们看热闹,小芳则站在门厅梳头。凡雁过了早,本想帮小芳打扮打扮。毕竟是相亲,太随意了对人不尊重。但小芳不愿意化妆。凡雁只能帮她找了两件衣服搭配。黑色绒裙黑线衣,线衣外再罩一件紫红色的编织披肩。头发拢起来,收束在头顶,虽然肚子高挺,人依旧显得精神。上午九点多,老苗带着人到了。邻居们站在屋场聊天,凡虎不在,储荷张罗着,又是让老苗和小伙子进门,又是喊小芳。小伙子还算巴结,一来就塞糖,见着人就是一把。上年纪的老人们拿了他的好处,嘴里多说这小孩会做人。凡雁陪着小芳出来,她经历过女儿相亲,大致知道流程。老苗进屋,介绍说这是小姚,这是小芳,然后就跟凡雁退出客厅。光从面相看,凡雁不大瞧得上小姚。月悦没说错,这是个拎不起来的男人。可偏偏老苗不晓得收了多少礼,一劲儿吹捧:

"小孩不错，有房有车，知道心疼人，没怎么谈过，人老实。"

凡雁："会不会太老实了。"

老苗："居家过日子，找个安分守己的就行，再说小芳这样的，情况特殊。"

凡雁虽然一万个不高兴，但也不得不承认苗敏智说的是事实。如果谈成，小芳那就是"带球进门"。若不是男方急得不行了，也不会如此"包罗万象"。小芳的长处她当然清楚。还算年轻，还算漂亮，但也行走在悬崖边上，岌岌可危。不大会儿，姚多海家的出来了。老苗凑上去问怎么样。小姚就说：

"满意。"

又央求："叔，你多夸夸我，多说说我的优点。"

老苗朝凡雁抬了一下下巴，示意她一起进去问问。

小芳端坐在沙发上，嗑着葵花子。苗敏智和凡雁进来，她勉强动动屁股，就算迎接了。老苗忙让她坐下，关切地问：

"感觉怎么样。"

小芳："不太合适。"

凡雁差点笑出来。老苗着急："年龄也合适，家庭也好，对人也好。"

小芳："没感觉。"

老苗一口气好像上不来似的："感觉慢慢培养，居家过日子，还是要找个稳当的。"

又问："留微信了么？"

凡雁见侄女的态度表得算明了，拦在头里："再看看，不着急。"

老苗嘀咕："还不着急呐！"

小姚站在屋场树下等待。直到凡雁和老苗"做工作"出来，

55

愁闷依旧没从他脸上散去。老苗强行乐观，对小姚说：

"再找找，再给你介绍好的。"

小姚脸耷拉着，眼睑微微颤抖，两只手无所适从。凡雁明白他的窘迫，只能微笑不言，以示鼓励。她忽然觉得小姚简直就像镇上菜摊上的一棵剩菜，蔫了，萎了，明知道不会有人问津，但依旧被摆出来，丢人现眼……还不如丢进垃圾桶算了。不结婚又怎么样。

老苗说再介绍，小姚似乎也有点生气，但生气也不那么理直气壮，他柔弱反抗：

"我不想相，非让我相……"

家里人的做法，他是无从反抗的。他被困住了手脚，丢到相亲市场上，别人想怎么打就怎么打。哪怕把他的脸摁在地上摩擦，他也得受着。

这一役后，小芳的名声出去了。知道的，都说她不识抬举，自视太高。不知道的，则把小芳传说成西施、王嫱。还有说小芳是狐仙转世，什么时候都不愁没人要。凡雁也没细问小芳，她看着都不行的人，小芳自然瞧不上。祁小伟虽然浑蛋，但好歹看上去还像个男人，长得也俊。姚多海家的儿子，则一点男人味都没有了。过完初六，家里的菜又不够吃了。除了腊肉，鲜肉几乎没有。储荷打算杀一头羊，凡雁不赞同，她年里头去拜过佛，不想杀生。那就买。去镇上买菜，基本是凡竹陪着。凡兰小鲁早走了，凡松也打算出去，家里只剩凡梅、凡竹，老人们去打小牌的时候，晚上都凑不齐一桌麻将。出了年，月悦来电话，说她男人跟也给领导开车那哥们儿说了，哥们儿说想见见小芳，认识一下。

9

见面约在县里，名义上也没说相亲，就是几个朋友聚聚。饭店是男方订的，牛排馆。凡雁一接到地址就失笑。她最稀罕的是家乡土菜，想吃红烧肉，老鹅麦冬汤。没办法，她在深圳吃不着正宗的，本地人却已经吃厌了。牛排这种洋货才能体现对女方的重视。凡雁开车带凡梅、凡竹和小芳到县城。一下车，凡竹就撤了，说同学找他，不能奉陪。凡梅骂：

"他就是怕见月悦。"

月悦是活跃的红娘，手上很有货。那天凡梅提议给凡竹介绍对象，月悦上心，果真推了几个。凡梅过眼，觉得还算周正。凡竹却一律不满意。吹毛求疵的后果就是没脸见月悦。

月悦那边也来三个人。除了男主人公，月悦的男人也陪着，充分显示对这场活动的重视。到地方了。男人姓潘，个子不高，黑，肚子被皮带勒着，有点佛相。月悦介绍说老潘三十一。但凡雁觉得瞧着怎么着也有四十。小芳步履蹒跚，为了方便她入席，老潘特地定了一楼包间。月悦嚷嚷着说慢点儿，老潘也过来搀扶。小芳莞尔，大大方方落了座，并不为自己大着肚子羞怯。月悦已经跟老潘通了气，说这一胎不打算自己养，如果结婚，就只带丹丹一个人过去。老潘也认为这样最好。说来也怪，老潘和小芳凑到一块，凡雁忽然为小芳肚子里的孩子惆怅。等于小芳和老潘的第一顿饭，这孩子也参与了。某种意义上，这牛排他（她）也吃了。可这个可怜的孩子却注定不能参与到他们未来的生活中。牛排还没上之前，月悦男人就把老潘狠夸了一顿，说他前途远大，弄得老潘自己都不好意思。等众人手里都握上刀叉，老潘则简单讲述了自己对生活的看法：

"我这人简单，也有过经验教训，再找，就一个目的，好好过日子。"

凡梅忙打掩护："芳真是过日子的人。"

一强调"真"，听着反倒有点"假"了。凡雁当然更清楚，小芳不会干农活儿，家务活儿也不算一把好手。碗总是刷不干净，做饭仅限于做熟。良母做不成，她也不是个合格"准贤妻"。好在小芳年纪还小，都可以学。更何况杨小芳这回看来也算认真，态度谦虚。老潘说，她就认真听，时不时附议，甘当小学生。凡雁冷眼旁观，觉得这孩子碰得头破血流，总算知道点好歹了。眼下，这方圆几十里，未必还有比老潘更好的选择。只不过，看着小芳乖巧的样子，凡雁心里一旦认定老潘，又忍不住替侄女遗憾。她是来不及"反叛"了。事实上，她这么多年的"反叛"，最终也没能战胜生活。生活给了她结结实实的教训，把她从幻梦中打醒。但她依旧希望这梦小芳能帮她做下去。说白了，老潘也不过是个过早衰老、被生活折磨得倦怠了的人。他只不过想要女人照顾他，甚至自己多生个孩子都不愿意。那小芳肚子里的小孩，更是理所当然不在他的生活蓝图内。这样的生活，稳妥又窒息。可杨凡雁又不得不把小芳送进去。人，终究要有个归宿。

吃完饭，凡梅跟月悦去做美甲，也是她跟凡雁事先商量好的。老潘那边的意思，由她探听。凡雁带小芳回县城家里休息。她问小芳感觉怎么样。

小芳态度清冷:"凑合。"

凡雁:"啥叫凑合?"

小芳:"可以当退路。"

凡雁瞧不惯小芳这副嚣张口气,觉得有必要提醒她。

"人条件不错。"

"主要还是……没感觉。"小芳期期艾艾地说。

又来了,想跟着感觉走到什么时候?姚多海家的没感觉。老潘也没感觉。

凡雁哼哼:"对姓祁的有感觉?"

小芳依旧实话实说:"刚开始有,现在没了。"

凡雁来气:"感觉能当饭吃?感觉能管你一辈子?"

小芳态度软下来:"这不正在想办法吗。"

又说:"还有一段时间呢。"

凡雁明白,是指离孩子降生还有一段时间。杨凡雁靠近了:

"这个年纪,不能只讲感觉了。该谈的你也谈了,现在是要为未来打算,你自己,丹丹。"

凡雁没把肚子里的孩子也算进去。他注定有个坎坷的未来。小芳嗫嚅着:

"那总得有点……爱情吧……"

凡雁愣在那儿。这词,她多少年没听过了。至少在这方圆几十里,她没发现过它的踪影。现如今从侄女杨小芳嘴里说出来,更让人感觉是天方夜谭。在大城市用显微镜都找不到的东西,在这荒郊野岭显形了。这不奇葩吗!她还大着肚子呐!凡雁忍不住反问:

"爱情,你跟祁有吗?"

小芳:"有。"

59

又加一个字："过……"

凡雁声量加大："可现在谈的是婚姻，你那爱情到站了吗？婚姻这一站，你那爱情的列车，进得来吗？"

一激动，杨凡雁有点语无伦次。但意思表达清楚了。杨小芳不作声了。凡雁平静下来，再苦口婆心地说：

"别老做那蠢事。"

小芳说了句知道，就歪在沙发上了。不晓得是气的，还是辣吃多了上火，凡雁右边老牙根儿的牙龈肿起来了。去药店走路五分钟，杨凡雁下楼，刚拐过十字路口的面包店，却看见马路对面，凡竹从祥龙宾馆走出来。凡雁下意识想躲，再一转念，为什么要躲呢？混迹江湖多年，杨凡雁有时候都觉得自己很可笑。没出去之前，光明正大的一个人，在外头绕了几十年，怎么就成了鬼鬼祟祟。既然意识到了，凡雁好像要证明给自己看似的，格外挺直腰杆子跨过马路。凡竹被叫住了。

"干吗呢？"

她怀疑凡竹跟人开房。

凡竹不卑不亢："来了个朋友。"

凡雁："什么朋友。"

凡竹："外地来玩的。"

凡雁："男的女的。"

凡竹："男的。"

两人正说着。宾馆里走出个人，男的，戴着个大框眼镜，装饰性很强，径直跟凡竹打招呼。凡竹也大方，两边介绍，说这是我雁姐，这是老舒。

凡雁没听真："哪个老叔？"

凡竹解释："不是叔叔的叔。"

凡雁带点幽默："输赢的输？打麻将老输。"

老舒笑着说："倒是经常输。"随后伸手要握，补充道："舒心的舒，舒擎苍。"

凡雁没闹清楚是哪几个字，她也不打算细问，她只是从尽地主之谊的角度问了问小舒的旅行计划，又给了一些建议。最后才说：

"有空到家里玩玩。"

小舒客气，说也有兴趣看看乡下风光。凡雁当即给凡竹下令：

"走之前回去一趟。"

凡竹嘴上答应着，脚步却已经迈开。他说小舒还要去庙里拜佛，他对河边的古寺很感兴趣。凡竹和小舒叫车走了。凡雁便自己回了家。

次日回村，一切又照旧了。日子在这个山村几乎是静止的。这两年，村里连种庄稼的都少。这儿是山区，本来也没有几亩平田，各家各户不过种够自己吃的。为了育林，山一封十年，所以属于凡雁家的半座山也没啥产出。人们最爱的活动就是打麻将。这日结完账，凡雁问凡梅，凡竹什么时候走。凡梅不以为意：

"说要再玩几天。"

凡雁问："从县上回来了吗？"

凡梅："没有。月悦安排相亲也不去。没救了这人。"

听这意思，凡梅似乎还不知道凡竹的朋友来了。

正月十五前，凡虎张罗着杀猪。上回储荷要杀羊，凡雁阻止了。这回杀猪却无法避免。这头大白猪养了两年，纯天然，不吃饲料那种，长到三百斤，几乎顶天了。再养下去，掉了膘就是亏本。而且小芳生孩子要钱，家里也得吃肉，这猪在劫难逃。四十过后，杨凡雁见不得杀戮。她虽不是佛教徒，但也多少信点儿六道轮回。杀多了畜生,下辈子保不准堕入畜生道。可一大早凡虎、老爹、老娘、储荷,连带搭把手的几个隔壁邻居把炮仗一放,凡雁又忍不住站在堂屋里头看热闹。孩子们比过年还来劲。丹丹跟得紧,小芳履行做妈的责任,大声提醒:

"离远点儿!别咬着你!"

山里的野猪咬人。家猪在生死边缘,不排除也会发狂。凡虎并三个男人往猪圈去。储荷和婆婆已经准备好刀、一桶开水。凡雁爹去拾掇柴火灶。豆腐和绿豆丸子都摆在灶台边。猪杀了,中午就吃炖肉。

猪被抬出来了。背朝下,四脚朝天。一个男人捉住一条腿,猪头上套了红袋子。那猪觉察出危险,撕心裂肺地狂叫。

猪被摆到宽板凳上。它一边叫,一边做最后的挣扎。可四个男人摁着,它一点逃跑的可能都没有。凡虎叫道:

"按住了!"

三个伙计又加把力。猪肚子翻着,被摁得死死的。储荷端盆上前,盆里是把长刀。凡虎握紧了刀,往猪脖子上一捅。鲜血喷涌。凡虎下令:

"放下!"

四个人轻轻一推,猪瘫在地上了。

"冲水!"

凡虎妈和储荷拎了那桶开水上前烫猪毛。

相南又去点了一串炮仗。屋门口噼里啪啦,引了不少邻居围观。接下来的工作都是凡虎的了。剃猪毛,用刀刮,这是个体力活儿。片猪,把猪从中间剖开,剖成对等的两片,用绳子系住后猪蹄,倒挂在木架子上。凡虎一边施工,一边赞叹:

"瞧瞧,肉多好啊!"

肉被分成小块,有些当场下锅,其余的,有不少邻居来买。四十元一斤,旁边的婶子要了两大片,四百七十块。肉没出锅之前,祁家的大儿媳也凑过来,对凡虎说:

"给我割一点。"

凡虎嗓门大:"不卖。"

凡雁知道要出事,连忙从屋里走出,讪笑着对祁家大儿媳妇说:

"猪瘦,肉不多。"

大儿媳:"我要得也不多。"

凡虎:"说了不卖。"

冤家宜解不宜结。凡雁把刀夺过来,杀猪不敢看,割肉下手倒利落:

"这一块行不行?"

因为一块肉,杨凡雁算打入祁家内部了。据祁家大儿媳说,小芳进不进门,她跟她老公都没意见,肉也是单买单吃。凡雁问现在什么情况,大儿媳把家里人的态度说了。大致还是不缺男孩的话。最后说:

"如果是女孩,他们想要。"

凡雁再求证:"女孩就要?"

祁家大儿媳:"儿子养大了,赔钱,女孩不一样。"

10

猪肉刚吃到第二顿,凡竹带小舒下乡了,大大方方住家里,正儿八经是个客人。小舒也敞亮,小孩们有红包,连带凡竹他妈和凡梅也有见面礼。给凡竹妈的是条金链子,给凡梅的是块玉佛,看着就值钱。凡梅本就缺钱,自然笑得合不拢嘴。她偷偷问凡雁:

"卖了能值多少?真货假货?"

凡雁不懂行,但也愿意喂好听话给她:

"一万没问题。"

客人来了,自然好酒好菜招待。凡虎刚杀的猪小舒也吃到了,大柴锅煮,配菜是用凡竹带他到山上挖的笋子,煮出来别提多鲜美。家里来了个男客,小芳似乎也有精神了,饭桌上谈笑风生,简直不像个孕妇。午饭后,凡竹带小舒在村子周边转,小舒哪儿都好奇,一点小细节都能牵扯出好多疑问。他关心村里小学的收缩问题——过去村里的小学能收三十几个学生。现在只有学生五名,教师一名。他还要去无人村,看看七十年代修建的宅院,还说想租一间。凡梅得意,说:

"我们山里还有房子呢。"

舒擎苍极度好奇:"什么山?在哪儿?"

凡梅:"深山。"

舒擎苍:"回头去住住。"

凡竹拦住话："别听她胡说，那可不是民宿，也不通电。"

舒擎苍："人迹罕至？"

凡竹夸饰地说："人迹罕至，到了冬天，尤其是晚上，如果刚好没有月亮，五根手指头伸出来都看不见。"

舒擎苍微微缩着脖子。

凡竹伸手，跟瞎子摸象一般："然后周围一点声音都没有，静到恐怖。"

舒问："你住过？"

凡竹："当然，住过两年，以前在山里砍木头。"

舒又问："怎么没听你说过。"

凡梅插嘴："你不知道的多了……"

凡竹瞪凡梅一眼，凡梅及时关闭嘴巴。

小芳问小舒："你跟我叔，是怎么认识的。"

小舒："朋友介绍的，在一个饭局上。"

舒擎苍对村口那条河很感兴趣。大概他没见过这么清的河流，每天都要去河边看看。水还没涨起来，刚没过脚面，几个孩子在河里捞螺蛳。小舒觉得有趣，他也脱了鞋袜卷起裤脚加入进去。凡雁远远瞧着这一行人零落的背影，忽然感觉画面美极了。时间到，赶鸭子的人又来了。几百只白毛黄嘴的鸭子形成一个方阵，到河边才解散，纷纷下水。

舒擎苍问："这人平时就做这个工作？"

凡竹："就做这个。"

舒擎苍："没有其他工作？"

凡竹："没有。"

舒擎苍来了，晚上跟凡竹睡一间房。一张大床，两人平分。大家也没什么异议。不过这天晚上，打完麻将，凡雁上楼看小芳，

却发现凡竹和舒擎苍从小芳屋里出来。凡雁在拐角躲了一下,等他们俩进屋,才钻进小芳房间,关好门。走到小芳床边:

"你叔和小舒刚来了?"

小芳面不改色:"过来看看。"

凡雁知道不该问,但由不得不问:

"说什么了吗?"

小芳:"随便聊聊,上海的生活什么的。"

凡雁沉吟。半晌才说:

"他说,你就听听,你的生活不在那儿。"

小芳:"知道。"

嘴上说知道态度却很坚硬。

凡雁:"姑是过来人,知道这里头的苦。"

小芳:"那你干吗出去?"

凡雁:"当初也是心高,现在可后悔,但又回不来了。"

小芳:"想回来一样能回来,还是不想。"

凡雁被呛得愣住。半晌,才说:

"回来,然后呢。有我的立足之地吗?晶晶在外头,身边也没个人。"

轮到小芳不说话了。

凡雁继续,她自己都觉得声带颤抖,这些话,她跟晶晶都没说过:

"在外头……每天忙成狗……也许你会说这是充实自在……但有什么用呢……那地方跟咱们有关系吗……我是摔坑里了……只能趴着……如果能重新选择……我绝对不会这么为难自己……我宁愿跟那些亲戚一样……过属于我们这个层次的日子……真的……我们不必那么优秀……不必那么与众不同……"

小芳沉默了一会儿，才拉住凡雁的手：

"姑，放心，我平常心过。"

小芳说放心，凡雁反倒不放心了。她感觉杨小芳肯定是背后有了心理建设，才会那么从容。打了几天麻将，小舒还没有要走的意思。凡雁跟凡梅嘀咕：

"小舒不用上班的哦？"

凡梅大大咧咧地说："说请了年假，能休一个月呢。"

凡雁就不再问了。出了正月十五，旁边县的大姐来消息，说找到下家了，男女孩都接受，是一对不孕不育的夫妻，省城人，四十多岁，都正经职业，人不错。凡雁问老哥的意思，凡虎还是那话，到时候再看。凡雁又问：

"跟小潘的呢，咋样？"

凡虎："他要愿意，彩礼少要点。"

事实上，待孕的小芳，从小姚上门过后，一直被媒人惦记着，隔三岔五，就会有人上门，给小芳送点这吃的那喝的，零食堆了一床头柜。小芳自然来者不拒，但也从未明确表态。窦城来电话催凡雁回去。杨凡雁说小芳预产期快到了，最多再等半个月就回深。年味慢慢散去了，打麻将的人也少了。翻来覆去，都是村里的几个邻居、老人。凡虎和储荷开始去镇上、县里接小活儿。凡虎开吊车养活一家老小。凡梅去留未定，整日心情不佳。她男人只来了几个电话，并未催她回闽，钱也没给，只说了官司准备再起诉的事。凡梅丧气，找凡雁抱怨：

"算了，我也不指望他了，娃就在县城读，正好陪陪妈。"

凡雁为妹妹忧虑："那你也得找点小活。"

凡梅赌气似的说："超市收银总行吧。"

凡雁知道她干不了，这么多年，懒习惯了。她站不了十几个

67

小时。凡梅又说:"或者去网上找点活,刷单什么的。"

凡雁提醒:"千万别,骗得你家都不认识。"

凡梅发狠:"或者也放个话,让老苗也操操我的心。"

凡雁呆了一下,跟着笑出声。凡梅也要进入相亲市场。三十多岁,还不算老。一说到这儿,凡梅也有点搔首弄姿,自顾自美着。凡雁促狭:

"那得减减肥。"

凡梅现如今跟气吹的似的。

凡梅不以为意:"不难,饿几顿。"

又说:"知道村里有多少光棍吗?"

凡雁呆滞:"没统计。"

凡梅:"七八十个!女孩都嫁到城里面去了,他们找谁?像我这样的,哪儿找?打着灯笼都找不着!"

凡雁倒抽凉气。凡梅声音忽然变小:"你说……那小舒……是不是对小芳有点意思。"

凡雁跟被刺儿扎到一般往后一弹:"凡竹跟你说的?"

凡梅捏瓜子嗑:"没说。还看不出来吗?小舒来了之后,小芳哪顿饭不是笑眯眯的,晚上都不跟我们打牌了,人上楼打扑克牌。"

凡雁没问过舒擎苍有没有女朋友的话,十之八九没有。可如果凡竹动了让舒擎苍找小芳的心思,那情况就太复杂了。越往下想,杨凡雁越觉得小舒的到来是个阴谋。小芳这边宣布相亲,那边舒擎苍就到位了。凡竹还表示过有朋友想抱孩子……难道……莫非……凡雁不愿意往下想了。好容易找了个空当,凡雁在厨房堵到凡竹。舒擎苍不会做饭,不怎么进厨房。作为客人,他也没有做饭的义务。凡竹忙着做菜,油已经下锅了。凡雁进去,凡竹招呼了一声，准备下五花肉。凡雁正色：

"等会儿。"

凡竹回一下头："马上。"

凡雁伸手把液化气的火关了。凡竹诧异，半侧着身子瞅着姐姐。凡雁不说上下文，直奔自己理解的主题：

"竹，这样不行。"

凡竹："不炒？那想怎么吃。"

凡雁急火攻心："不是吃，是小舒。"

凡竹窘在那儿。

凡雁："不能那么弄。"

凡竹："姐……那个……"

凡雁苦口婆心："知道你为朋友着想，可问题是，这对小芳不公平。"

凡竹摸不着头脑："姐，跟小芳有什么关系。"

凡雁挑明了："你想让小舒抱养孩儿是不是？"

凡竹连忙否认："我可没这么说……"

凡雁一锤定音："没有最好，如果有，趁早断了这个念头，你们都还年轻，如果真想要，不是没有机会，干吗搅和到这里头来，祁家好缠的……"

凡竹刚要解释。凡雁拦住凡竹：

"你就打算这么过了？"

凡竹硬着脖子："过一天是一天。"

凡雁："那小舒呢？"

凡竹："他想买房。"

凡雁追问："然后呢，找你借钱？"

凡竹："不是借钱，上海规定，外地人没结婚就没有购房资格。"

这信息在凡雁脑子里存储了一会儿她才读取明白。

"那意思是,他要跟小芳结婚?"

凡竹气弱:"他没说,芳提议的,芳就是帮忙,路见不平,仗义一把。"

凡雁跟读了聊斋似的:"荒唐!还嫌不够乱!"

凡竹又说:"就是那么提,人家也没同意。"

凡雁:"提都不要提!"

跟凡竹交代完,凡雁本想找小芳聊聊,让她不要再瞎折腾,但又怕一旦说了,侄女反弹起来,事情难免扩大化。而且舒擎苍好歹是客人,闹开了,面子上下不来。这事儿她跟凡虎也没说。最好的处理办法就是:尽快把凡竹和舒擎苍打发回上海去。

11

预产期超了一个礼拜,杨小芳的肚子还没动静。凡梅、月悦都建议先拉去县城医院住着,免得到时候手忙脚乱。月悦嫂子已经生了,女孩。县城大伯精神更不如前。小芳在县医院住着,每日吃喝照旧。有人说她要生男孩,也有说生女孩。月悦找了人,让县医院妇产科的老护士长多关照。护士长跟月悦男人家有点亲,平时也走往，自然少不了多看两眼。护士长是个很经过事的，是县城历史的活字典，对于妇幼医院的历史，更是知道得细微。凡雁几次去看小芳。一说起来，护士长就喋喋不休：

"你是不知道，挨家挨户想生男孩，怀了孕就来照，照出是女的基本上都是个流……多少条命呀……"

又鞭挞道："所以现在……活该那么多光棍……这是在还债……县城好些……下到村里……哪有女的……"

凡雁又问小芳这胎到底是男是女。护士长问照过没有。凡雁道："照过，但不知道看得真不真。"

护士长劝："等着生吧，也快了，不用照了，要是女孩就走运了。"

凡雁等着第三代落地，一直没回深圳。凡竹跟小舒倒是回了上海，来消息说已经开始上班了。凡梅的妈带孩子在县城读书，麻将从村里打到县里。凡梅跟着，每日还是带小孩。她也逐渐了解到，她男人不是不给她钱，是真穷。身上背着三个官司，还在找律师上诉。苦日子，她暂时只能自己度过去。大姐那边又给凡虎传话，说省城那对夫妇想过来，最好一出生就抱走。凡虎跟凡雁商量，觉得还是不要那么着急，就算要送走，也得出了月子，好歹让孩吃几口亲娘的奶。另一边，媒人依旧上门给小芳提亲，凡雁感觉好像只要孩子一落地，小芳和孩子就要坐上两辆列车，开向各自不同的人生。想到这一层，凡雁又觉得生活没意思。唯一的好消息是，晶晶在苏州找到了个档口，美甲店正式提上日程。

杏花开的时候，小芳生了个女儿。没怎么费力气，毕竟年轻。祁家得到消息，祁老娘和小伟连带大儿媳妇都到医院里陪着。看这意思，是想法又有变化。凡雁跟凡虎商量，估摸着事情还有转机。得了第二个外孙女的凡虎倒不着急了，若是外孙子，养了白养。但外孙女就又不一样了。凡虎道：

"不着急，回头看看。"

旁边县城的大姐又来问。凡虎也挡了回去。

孩子落地，祁家把小芳连带孩儿都接过去坐月子。月悦得知，以为小芳和小伟要复合，替老潘抱不平。凡雁道：

"都不一定呢，他们想要孩子。"

月悦不满："要孩子接大人干吗？"

凡雁劝："孩子小，离不开妈。"

月悦不说话了。倒是凡梅，冷不丁来了一句："哎呀老潘一表人才，还怕找不到老婆，实在不行，我补上。"

月悦啧啧。

凡梅继续说："我才比小芳大几岁。"

说完又给自己找台阶："行啦！开个玩笑，让我找我都不找，毛病！小的还没伺候够呢，谁有闲心伺候老的。"

孩子落地后，凡虎又找了地仙看这老二的命。结果地仙掐指一算，说她"定可显达""必有作为""英风慷慨""磊落光明"。凡虎喜得跟什么似的。凡雁见这桩事只剩最后一件未了，便先回深圳，准备清明再回来看看。她跟祁家大嫂通了气。大嫂也说，家里看是女孩，又想再谈谈。

回到深圳一阵忙乱。窦城儿子生病，他每日过去看。凡雁担心他跟前妻有复合倾向，但又不好过问。清明之前，二婶到女儿凡兰这儿，她趁凡梅在家能帮着照看孩子，赶紧到深圳治病。凡雁少不得去吃饭，照看。婶子的五十肩需要推拿理疗，凡兰劝她少打麻将。她妈委屈：

"那你让我干吗，一天就这些事。"

查胃镜，又查出九个息肉。虽然手术是微创，终究麻烦。凡雁陪了两天床。凡竹给老妈打了钱。唯独凡梅，钱也没到，人也没到。她妈倒理解，在凡雁跟前说：

"不指望她赚钱，不惹事就行。"

凡雁探问："那还去福建吗？"

婶子倒算平和："随她。我不管。也管不了。"

凡雁："总要吃饭。"

婶子又说凡梅正在看店名，打算做点小生意。她青梅竹马的朋友在县城做小买卖，门面熟，一个新城当街的门脸，也不过三四千一个月。最后补充："就是不知道做啥，啥都不会。她要回家种地，都没地给她种。"

凡雁笑道："或者养猪。"

婶子啐："瞧那孩子在她手里瘦的！还猪呢。"

清明前，小芳出了月子。凡雁听说，大人孩子都已经被送回娘家。凡雁打电话问凡虎的意思，凡虎说还得正式跟祁家谈一下。建祠堂的堂叔家走了个人，在工地上出的事，被钢筋砸了，直接砸头上。堂叔认为是深山里的祠堂没建好，又召集大家五一回来，再找地仙勘勘。凡雁到家第二天，凡竹和小舒也到了。凡雁以为小舒还没死心，眉头又皱起来。可人家不提，她也不好挑明问。孩子生出来，小芳似乎才知道愁了。心情显然没有怀孕那会儿好，打麻将的劲儿也没那么足了。凡梅想创业却没有本儿，整天一张脸也跟个苦瓜似的。麻将桌上，小舒给小芳建议：

"要不就到上海去，总有活儿干。"

凡雁阻止："她跟你们不一样，你们大小伙子，一个人，咋都好活。"

人回来得差不多了，祁家传话过来，打算阴历初三黄道吉日来谈两家孩子的问题，算做个了结。凡虎凡雁按族规，也是怕势单力孤,就把杨氏一族的亲戚都通知了一圈。包括凡梅凡竹凡松月悦好几个堂哥,以及县城的叔伯,又委托在温州打过工、当过工头的堂叔做发言人,到时候代表凡虎说话。头天晚上,凡雁比小芳还紧张。家里难得有一天没开麻将。小舒没见过这阵势,觉得简直相当于两国外交。小芳却一派镇定,凡雁问她什么意思。

小芳态度明确:

"不想过去。"

凡雁以为小芳想去上海,便劝:"那也不好去上海。"

小芳淡然:"哪儿都不去,先歇歇,将来有好的,再找。"

凡雁又问:"孩儿呢。"

小芳:"谈了再说。"

凡梅得知,骂道:

"没事,他家要敢咋呼,我直接上手!"

是日,凡虎凡雁的爹妈一早就起来,拆开门板,打扫堂屋。又放了一吊炮仗,孩子们比过年欢腾。凡雁和凡竹一早去镇上买菜,肉还有,那头猪大,够吃半年。菜却要买新鲜的,亲戚们上门,总要留一顿饭,这是个大工程。好在凡竹身手麻利,一会儿也就办明白了。日头爬上山头,亲戚们开始上门了。月悦连带她哥最先到,她男人没跟着,家族事,外人不好掺和。月悦没提相亲的事。接着凡松跟他爹也上门了,凡梅妈还在深圳养病。凡梅一个人带两孩来得晚些。温州打工的堂叔,连带建祠堂的堂叔,还有五六个姐啊哥啊最后到场。发言人先找凡虎摸清这边的底线,然后一行人在堂屋坐一圈,就等着祁家上门。太阳晒得热了,春天难得有几个晴天,再过一段时间,梅雨季节,山里将有近两个月看不到太阳。族人们随便说着闲话,都是陈述句,似乎不带什么态度。凡雁端着盘子,挨个送瓜子。等一地瓜子皮的时候,祁家带着七八个人上门了。祁老爹祁老娘自然为首,连带有祁家大儿子两口子,祁小伟,还有几个家门叔伯。进了门,凡雁让凡竹他们搬凳子。祁家人说不用,也是一个大伯站出来,代表祁家发声。两家人在堂屋围成个圈儿,祁杨两家发言人站中间。

杨家先问,单刀直入:"两个孩子的事,你们打算怎么办?"

祁家:"小芳辛苦,我们家的子孙,我们肯定管到底。"

杨家:"孩子管,大人管不管。"

祁家:"管。"

杨家:"怎么个管法。"

祁家:"你们想怎么管。"

杨家:"彩礼五十万。"

话音一落。祁家那边议论纷纷,祁家二老更是愤愤。祁家发言人稳住阵脚,嘲弄似的笑笑:

"太高了吧。镶金了镶银了?"

杨家:"一个二十万,两个四十万,还有十万是营养费,不高。"

祁家:"那要一个呢。"

杨家哼了一声:"要大要小?"

祁家果决:"小的。"

杨家:"孩子离不开妈,要就是一双,要么不要。"

祁家只好换种思路:"孩子的爸爸是小伟,这个不会变吧。"

杨家回击:"你就是去法院打官司,也不会把刚出生的孩儿判给不会喂奶的货。"

祁家:"这就是存心不想让孩子们好过了。"

杨家:"出不起价,怎么好过?"

话赶话到这,进行不下去了。不是和平,就是开战。一圈人破成两圈，分头商量。凡雁明白，老哥凡虎是下了决心了。小芳不太想嫁，又生的是女儿。给了男方，也是爷爷奶奶带，小伟平时外出打工，孩子得不到多少父爱。与其白送给男方，或者送到外乡，还不如自己养着，好歹算个人场。堂叔也反复劝，说现在乡下人越来越少，族里人丁也不似过去兴旺，既然有了，就先养着，终究是自己人。何况地仙也说，这孩子命大，跟丹丹一样，女儿身，男儿命，将来没准能成一番事业，小芳还能享到闺女的福呢。凡虎听了这话，高兴之余，又难免苦笑，堂叔说话容易，孩子可是要他养。小芳、丹丹、翠翠、相南，再加上这个新生儿，凡虎连儿女带外孙女要养五个孩子。好在凡雁凡梅凡竹都给凡虎鼓劲儿，用钱方面，大家都会帮衬。人多力量大，人比什么都金贵……商量好，发言人重新就位。还是杨家先张口：

"说一下，婚，不结了，孩子，不给了。就这样。"

祁家不示弱："立个字据，将来不许要钱。"

杨家反击："简单！不给钱不看孩子。"

祁小伟憋不住气，终于还是跳出来，指着杨小芳喊：

"谈恋爱花的钱都给我吐出来！"

众人一愣。凡雁在心里骂了一万句：这什么男人！谁知舒擎苍仗义，冒出一句：

"多少，给个数，转给你。"

众人又是一愣。这是哪根葱？哦，小芳攀上高枝了，难怪有底气。于是谈判刚结束，杨小芳要嫁到城里的消息又传开了。光棍们听了不禁气闷。女孩子都去城里找了，他们只有哭的份儿。

大事落定，家里的气氛又轻松了。小芳安心喂孩子，凡虎、储荷出去赚钱。凡雁的老娘依旧长在麻将桌上，依旧悲叹自己一辈子无从施展。凡虎跟凡雁商量，打算等过两年，孩子稍微大一点，让小芳跟她去深圳闯闯。凡兰小鲁的家具店开起来，同意小芳去学做运营。月悦那边传话，说他男人的朋友老潘已经找了下家，不等小芳了。大家当时替小芳可惜，觉得她错过了一班豪华列车，但一场麻将下来，便把什么老潘小潘忘到脑后了。小芳还不算老，还有选择权，哪怕在深圳不如意，回来乡下，也能拥有爱情、婚姻。不过凡雁有点担心没说出来，她就怕小芳去了深圳，就再也回不来了。

都安顿好，凡雁和凡竹、小舒准备回城。凡梅眼看落单、留守，十分气闷。凡竹瞧出凡梅的不快，有心纾解，便在县城丛中笑酒店订了包房，又订了KTV，算是告别小聚。凡梅不客气，四个人，狠点了八道菜。还要喝酒，上白的。有点借酒浇愁的架势。

凡雁劝她："梅，你要有难处，就跟我们说。"

凡梅嘴一秃噜："难处就是……缺钱。"

小舒一贯仗义，跳将出来："缺多少。"

凡梅不好意思："说着玩的……"

小舒点破了："一个面包店，要不了多少钱。"

说着就开始算账，门面房租，员工工资，原材料……统共算下来二十万，怎么也把店开起来了。

凡梅看看凡竹，又看凡雁，最后看小舒，感叹："你就是我亲弟，比亲弟都管用。"

凡竹嫌姐姐失态："姐！"

凡梅用教育人的口气说："老弟，你也学学人家，到上海混干吗的？还不是搞钱？没钱寸步难行，将来你还得娶妻生子，别的不说，房子，是吧，怎么立足……"

又对舒擎苍："小舒有房子吧？"

舒擎苍："没有。"

凡竹连忙："不准买。"

凡梅诧异："谁不准买？哪条王法规定？"

凡雁插话："上海就这规定，外地人，得结婚才有资格买房子。"

凡梅："单身不行？"

舒擎苍："不行。"

凡梅："那结婚呀。"

凡竹抱怨："哪那么容易。"

舒擎苍："没合适的。"

凡梅可能喝多了，大喇喇地说："真的不行来假的呀，只要不犯法。"

舒擎苍跟凡竹对看一眼。凡雁拉了凡梅袖子一下。这人真醉了，胆大包天。

凡梅轻拍桌子："你这样，你跟我结婚，安全，结了就能买。"

凡竹筷子停在嘴边。凡雁也被这提议吓一跳。舒擎苍倒是面带微笑，一副见惯了风浪的样子。

凡竹轻声训斥："别喝了。"

凡梅挡开："我没醉，就这么办。"

又对擎苍说："我现在是单身，我你信不过，竹你总信得过吧，没问题，各取所需，简单。"

又手扶胸口说："你仗义，姐不能不仗义……"

凡梅这么三番五次颠过来倒过去阐述同一个观点，在座的几位才终于有点相信凡梅的话竟有几分为真。凡梅又说：

"找小芳那样的，麻烦，找我这样的，直接解决问题。放心，你那都是婚前财产，我一分钱都不占你的。"

舒擎苍依旧不说话。依旧面带微笑。

凡竹额头上的汗慢慢晾干了。

凡雁不得不提醒:"妹夫呢?"

凡梅不客气:"他管不了,家里的事,他都不用知道!反正现在就一条,合理合法咱就办。"

菜上齐了。腊猪头肉、玄参肉饼汤、干锅黄丫角、剁椒茶油牛肉、小花菇、窑鸡、石臼糍粑、银鱼鸭蛋……这顿比上回的牛排好,都是凡雁、凡梅爱吃的。直到进了KTV,凡梅唱完一首《潇洒走一回》,还在反复申明自己的奇思妙想。还说明天就能去民政局领结婚证。买了房,小舒在上海就有家了……凡雁过去在KTV工作过,歌喉了得,但跟了窦城后很少来这地方,也很少唱。凡梅连嚎了几首,非让凡雁也开开金口。没办法,杨凡雁只好去点了一首《俩俩相忘》。不晓得怎么了,唱到那句"浪滔滔　人渺渺,青春鸟　飞去了",凡雁突然有点鼻酸。但看到摇铃摆手给她助威的凡梅、凡竹和小舒,凡雁又赶在眼眶红了的刹那,发自内心地笑了。

PART 2

朝朝暮暮

神形兼备

陆元朗升职了，连他自己都没想到。

董行长在礼拜五下午的例会上当众宣布他从营业员升格为营业部主任的时候，元朗心里咯噔一下，脑子里茫茫然好似下雾，跟着才听到同事们零零星星的掌声，还有李宏利不屑的吐气声，还瞥见马姐、小周斜歪着的红色嘴唇。

"以后，大家要支持元朗同志的工作，大家一起把业务做好，我们行最近有进步，上级部门表扬我们了，说我们是在金融危机笼罩全球的情势下，逆风生长，不过，我们不应该有也不能有骄傲的心态，胜不骄败不馁才能行千里、万年长，你们营业部是我们行的窗口，是招牌，是眼睛，是面子，也是业务的急行军，一定要弄好，小陆啊，有没有这个信心？"行长把充满期待的目光投向陆元朗，元朗大梦初醒，脸上的皮提了提。

其实近来，他有辞职的打算，心里七上八下，总想找个合适的机会跟行长提——辞职信早写好了，情深意切的那种，他嘴巴不能说，文笔还不错，他偷偷打印好，封信封里，夹在工位最下层抽屉里那本厚厚的《战争与和平》中，神不知鬼不觉。他曾幻想着自己辞职的场面：从《战争与和平》中抽出辞职信，自信地走过长走廊，敲响行长大人的门，董行长当然说请进，他便走进去，两只手奉上信件，并在行长办公桌对面的椅子上坐下，不紧不慢地说道："董行长，非常抱歉，我无法继续为银行服务了，我打算辞职，我会做好交接工作，我的电话号码将在一个月内保持不变，同事们如果有疑问仍然可以咨询我。"

可谁承想,突然升职了。行里一副很重视他的架势,这个节骨眼上,元朗只好表态:"我尽力。"大家再鼓掌。李宏利又是叉腰又是撇嘴,元朗看到了,完全表示理解,论资排辈,怎么也轮不到他陆元朗做这个营业部主任,李宏利、马姐、小周,都是有力的竞争人选,他们也的确想这个位置想了很久。陆元朗在这里没有野心,他根本就不喜欢金融工作,特别在银行,又是营业部,像他这样略微内向的人,根本就不适合在营业部走动,口笨舌拙,又没有八面玲珑的交际本事,在窗口待着,真是有碍观瞻,徒伤大雅——好家伙,现在竟成营业部主任了,元朗只觉得命运吊诡。

他从来志不在此。

可有什么办法,小时候原本是品学兼优的人,可突然就生了病,风湿、类风湿的,吃了好多药,蜈蚣蝎子都吃过,也没见多大效果,一只脚有些跛,学习上渐渐落后,大学就在家门口读的,学了个办公自动化,高不成低不就,毕业后想出去闯世界几乎不可能,在小企业乱干了一阵,奋斗倒也是奋斗,只是毫无起色,终于在他父亲的努力下,进了这家刚成立不久的银行。多少人羡慕不已。要知道,在淮南这座小城,能找到如此一份体面多金的工作,是多少待业青年梦寐以求的,有了这工作,就有了一辈子的依靠,稳定的生活,体面的社会声名,对于自己的未来,尤其是恋爱、婚姻等方面,都是绝好砝码。果不其然,陆元朗进银行工作没多久,好事的阿姨们就开始帮他张罗婚事,张家姑娘李家小姐的照片时不时地摆到元朗的桌面上,可他总是不来劲,他心里始终念着高中同桌,叫尹飞鸿,与他青梅竹马,他们一起上学放学,一起看港剧,结果高考落幕,飞鸿考去了广州,后来说是保研去了上海,再后来又听说去北京成画家了,也有说是女导演的,总之她现在和文化沾边儿。因为这,元朗妈至今提起来还恨,说尹飞鸿是狐狸精、扫把星，八字不合，面相凶狠，不然怎么会偏她高考成功，元朗却一路跌落。不过都熬出来了，陆元朗现在也成了一块你争我夺的肥肉，他的跛脚，在小城的语境中，也只是一个无伤大雅的小毛病，媒婆通常讲：是不小心摔的，见义勇为，不是遗传病。

陆元朗原本还抵抗着，耗了几年，终于有一天消息传来，尹飞鸿结婚了。元朗闷了一夜，在手臂上划了好几道血口子，谁也不知道，第二天，他便跟他妈说，自己想结婚了。于是，很快地，他的生命中迎来了一个女人，也就是他现在的妻子，李萍。李萍学历不高，歪牌子大专毕业，个子也不高，一米六顶天了，身上很有肉，结结实实的样子，她有种爽快劲，很是个过日子的人。她会做饭，会洗衣，能打扫，懂人际，她是属于那种扮猪吃老虎的类型。表面上，是个可爱的女孩，可她很懂这个小城的人际生态，见什么人，说什么话，她懂；捧什么人，压什么人，她也明白；她是那种不惹事、不怕事、能扛事、会来事的女孩。她跟元朗认识的时候没有工作，后来元朗对她印象好，打算继续交往，李萍便被安排到卫校做行政，也算是个吃国家饭的人了。

他们算闪婚，但陆家做足脸面，摆了几十桌迎娶李萍，首饰彩礼一样不少，尽管全程元朗笑容不展，但李萍很满足，明媒正娶，大家气象，她兴兴头头，摆脱了旧有的烦扰不堪的家庭，组建了属于自己的小世界，她打算狠狠过过日子——她家穷，爸爸去世早，一个妈下岗多年，两个妹妹，李丽、李瑾，都不读书了，一个在商场，一个在蛋糕店，做营业员。她是大姐，不得不撑起一整个家的场面，从贫民窟出嫁那天，她哭了，她妈也哭了，邻居都啧啧称奇，但也有说闲话的，私下里暗说新郎官是跛脚——不是残疾绝不可能找她。可李萍不在乎，她对自己的丈夫十分满意，统招准一本毕业，在银行工作，身高一米七五，长得一表人才，哪怕是有点小缺陷，也早被这些优点弥补了。每到周五，她总做汤，她知道元朗喜欢看香港电视剧，喜欢港星，自学了一口流利粤语，她也嫁夫随夫，努力向岭南文化靠近——广东人爱喝汤——遗憾的是，她总是地方色彩浓厚，做的汤不是太咸就是太淡，不能让元朗心满意足。

她的汤刚出锅，玄参麦冬炖母鸡，元朗回来了。进家门，也不招呼，鞋一褪，胡乱丢在门口，木地板是实木的，李萍有亲戚在大别山做木材生意，结婚的时候李萍妈订了一套实木地板做嫁妆。房子是大头，李萍妈只能出小头，但即便如此，李萍也心满意足，进一步就是，她对这地板特别保护，半年打一次蜡，进屋穿鞋更是不可能。这会儿，元朗的两只鞋，一只立着，一只倒着，折戟沉沙的样子，止步于实木地板的边沿。

"鞋子又乱放，"李萍系着围裙，穿着橙色脚趾蓝色身的船袜，小碎步跑过来，"鞋柜，放到鞋柜里，一定要记住。"讲了多少遍了，元朗还是记不住，他甚至有点麻木，他很不理解这个女人，为什么家里的一切都要摆放得好好的，汤勺就要在橱柜里，鞋子就要在鞋柜里，衣服就要在衣柜里，他偏不，小市民才这样，自己的家，为什么不能随自己的意。

元朗没理她，把包朝沙发边的地板上一放，开始松领带，身子也不由自主倒在沙发靠手上，倒下去，仰面朝天，他的脚跷得老高，像一对枪筒，朝天花板。辞职的事他没跟李萍提过，升职的事，他觉得一时半会，更不能让她知道，免得出太多花头。

"起来。"李萍说。

陆元朗两手蒙住脸，脚终于放下来，又变得一动不动。

"起来喝汤，快闻闻，香不香。"李萍把一砂锅汤端到茶几上，

"起来喽。"

元朗随手抓过一只帆布靠垫，蒙在头上，喉咙里传出咕咕的声音。

"你看看这汤有多好，《陀枪师姐》里有这种，起来喝一口。"

陆元朗还是不动，歪躺在那，像一条冻僵的鱼。他早就不喜欢什么港剧了，广东话他也好久不说了，她想要了解他，可她就是那样不与时俱进，所以每每了解到的都不是真正的他，而是他过去的影子。

李萍开始拍元朗的屁股，还是念。

元朗一个打挺，坐了起来，头发胡乱分在一边，经过整天的劳累，连发蜡发泥也没了劲道。元朗眯缝着眼。李萍把盛好的鸡汤小盅端到他嘴前。

"喝一口。"

"以后不用做那么多。"

"对身体好，你尝尝。"

"我不想喝。"

"又不是毒药，对身体好，你试试。"

"我说了我不想喝。"

"这是肥西的老母鸡，单位同事团购买的，还真是活的弄来的，特别补。"

"跟它是肥东的还是肥西的没有关系，我只是不想喝，好不好，行不行，刚过完年谁还吃得下这个，油腻腻的。"

"这个不油，你试试，喝个几口总可以吧。"

陆元朗接过小盅，胡乱挖了一勺朝嘴里送，全身一惊，小罐子差点没掉地上，太烫了。

李萍说："慢点。"

元朗把小盅往桌上一放，起身去书房了。这个家，他最爱的地方就是书房，尽管书不多，他也不是看书的人，可顶着看书的名义做点别的，倒不失为一件畅快的事。比如，看看球啊——电视是被李萍霸占了的，再比如，打打游戏，看看各类只能一个人看的小片。元朗通常只开一只旋转台灯，那台灯是他托人从香港带回来的进口货，手触型开关，碰一下便亮，一只大圆球开始旋转，球壁上是各种热带鱼图案，光从球中心向外射，营造出一个海底世界——元朗安心了，他会戴上他那个巨大的头戴式耳机，听歌。他听歌类型也极端，要么久石让，要么林肯公园，他的身体也会跟着节奏晃动。他喜欢这种旁若无人。

李萍又端着鸡汤来了。

"你真不喝？不喝我可倒掉了。"这等于最后通牒，李萍脸上有点不高兴。

元朗抬头看了她一眼，妥协了，"放这儿吧，一会儿喝。"

李萍又笑了。她问："信用卡还了吧？记着点，过期可是要付滞纳金。"

"知道。"

"照我看，你就不应该用信用卡，你们银行那些人，自认为自己懂金融，用信用卡，好多人还不是没信用，下个月开始，信用卡我来替你保管，上个月滞纳金交了三百多，你到底干什么了，这种冤枉钱可不能再花。"

元朗扭头，怒目而视。

"行了行了，我是提醒你，以后短信提醒改成我，我替你记着，别误了日期。"李萍说。

元朗继续打他的魔兽世界，玩到大半夜，也就在书房睡。

第二天周六，照例，中午去李萍家吃饭，晚上去元朗家。晨昏定省这一套旧传统是不用了,但他们终究都是孝顺的儿女,淮南本来就不大,没有千山万水阻隔的借口,一周探望一次父母,理所应当,何况李萍只剩一个妈。李萍家住橡胶二厂后边,厂子早就倒闭了,荒废着,后面的家属区一年比一年凋敝,地偏,连开发商都看不上,想当拆迁户都难,一直就那么破败着。

  元朗去李萍家从来没有空过手,要么一箱牛奶,要么就是当季最时兴的水果,拎在右手里沉甸甸的,李萍则挽着他的左手臂,两个人一步一步地穿过李萍家那条贫穷的巷弄,遇见邻居,邻居通常说,哦,李萍,回来啦,然后偷偷觑元朗一眼,而且一律盯着他那条腿看。元朗捕捉到了这种情绪,刚开始是有些不舒服,但次数多了,也就顺其自然,而且他阔气的出手早震动了街坊四邻——今天给丈母娘换了油烟机,明天又买了滚筒洗衣机,后天,说不定又买了鄂尔多斯的羊绒衫,当然也有可能是李萍买的,但一律算到陆元朗头上,加之李萍妈本身就是个传播好手大喇叭,搓麻将,买菜,遛弯,一切可以利用的时机她都利用起来,中心思想只有一个,这个女婿好,女婿能顶半个儿,跛点脚算什么呢?电影里还有跛豪呢,铁拐李照样是八仙首席。有了这个女婿摆在头里,李萍妈给两个小女儿也立了标杆,嫁人就要嫁姐夫这样的,当然,两位小姨子也没少给元朗找麻烦。元朗喜欢吃鸡,李萍妈就尽力烧鸡,每次来都一大盘子,一个劲儿朝元朗碗里夹。这回当然也不例外。

  "下次来不要拎这么多牛奶了,家里还有,也喝不完,喝不完真是要浪费了,上次那个过期一天的,你李丽妹妹非要拿去做什么面膜,小孩子真是不懂什么叫血汗钱,化妆品买那么一大堆。"

  李丽一听母亲如此数落自己,当即反驳:"那是工作需要!"

  李萍妈说:"工作需要?什么天大的工作王牌工作?你要能学

到你姐一个脚指头，我就算你能！一张脸弄得跟鬼画符似的，我就不信哪个正经男人能喜欢！"

李萍微微皱眉，说了一句妈吃饭吧。可老太太不听，继续说："今天你姐你姐夫也在这儿，我就明白告诉你李丽，以后不准你和那个二流子来往，什么东西，头发抹得油滴滴的，那么高，哦，皇太后啊？这不是演武则天！分不清男女了都。"

李萍吃不下去了。元朗听了这些，却是难得开怀，他知道李萍的烦恼，这种粗放的家庭氛围，是她不想让他看到的，可有什么关系呢，元朗反倒觉着这是种难得的调剂，像花椒，像肉桂，生动，凶猛，肆无忌惮，但格外有种香味。他还会跟着打圆场："二妹还年轻嘛，年轻人叛逆点也是正常的，再大点就好了。"

李丽得到元朗的支持，坐地反攻，"妈，你听到了吧，姐夫都说是正常的，是你自己老土落伍不开窍，"她指指自己的眼线和眼睫毛，还有长长的水晶指甲，"这都是时髦，时髦，年轻时候不弄什么时候弄，非等到七老八十才弄？那才是老妖怪呢。"

一直闷头吃菜的三妹李瑾终于停下筷子，说："还是朴素点好。"

李丽恨道："要你管！还是操心操心你自己吧。"

李瑾没人追，李丽一直笑话妹妹这点。

李萍妈说："你们两个，一对活宝，多跟你姐你姐夫请教请教，怎么为人处世，怎么奔个日子。"

李萍被自家的窘况弄得十分不好意思，皱皱眉，望向丈夫，元朗便笑着说："二妹三妹还小，玩心重也是正常的，再过几年，等都出嫁了就好了。"

这说到李萍妈的心事，老太太忙说："唉，我也不知道有没有那个福气看到这天。"

李萍听不下去，说快吃饭吧，以后的事现在愁也没用。

几个人就又开始专心吃饭。三妹李瑾饭量大，红烧鸡又是她的最爱，她也不顾别人，又是一阵猛吃，眼跟前碗边一会就吃了一堆鸡骨头，老太太恨铁不成钢，用筷子头敲她的头："少吃点！你看那一身肉！吃了又要减，你作践谁？"

元朗吃完一碗，不再盛饭，把面前的几块鸡骨头拨进碗里，李萍忙去接，元朗说我自己来可以的，老太太说，你别动，让李萍弄，你让她弄。元朗"盛情难却"，只好陪坐着。

李萍去厨房收拾，李丽回自己屋了，李瑾夹了块鸡爪子还要吃，被老太太打走，逼着去厨房刷锅洗碗去。饭桌上只剩老太太和元朗两人坐着说话。

老太太："唉，要个个都像你这么懂事，家家大人都不愁了。"

陆元朗："慢慢来，都会有办法的。"

老太太："按说都是家丑，不该外扬，可也只有你和萍子不是外人，其他人我也不肯说，你说这老二，整天弄得跟个妖精似的，处对象，也就处商场里的那些个男的，你说那些男的能干吗？绣花枕头大草包，哪能跟你这样的比。李丽傻，可我这个做妈的不能傻啊，我也跟李萍说这个事，说你二妹的事你不能不管，万一她栽了，我们都跟着受罪，搞不好还成犯罪分子，进小东门，你说怎么办。"

陆元朗："二妹是贪玩点，不过也不至于吧。"

老太太："不至于？隔壁，就那个张婶子家红翠，未婚先孕，流产了，可丑，以后哪个男人敢要。"

陆元朗："那得注意点。"

老太太："所以我跟李萍说，一定要想办法帮她妹妹找份正经工作，处对象倒不着急，老二长得还周正。"

陆元朗："行，我来留意吧，实在不行找我爸托托人。"

老太太："对对，如果要找人花钱什么的，你跟我说，我是她妈，这个钱该我出。"

陆元朗："还没到那步。"

老太太："还有这老三，闷蛋，就知道吃，吃了一身肉，我看啊，能处理掉就不错了，我跟李萍也商量了，赶紧找个男人，嫁掉，免得成老姑娘在家缠我，我看你们单位男的不少。"

陆元朗："行，这个我也留意。"

老太太心满意足，两件大事委托完毕，她扯开嗓子叫李萍上水果，李萍手快，没多会就端上来一盘子香瓜，切好的，一牙一牙摆成花瓣状。李萍见老太太端然坐着，不言不语，一副大功告成的得意样，质问道："妈你不会又要元朗买家电吧？"

元朗低头吃瓜。

老太太跳起来要人："我是这样人吗？真是养你这个女儿要干吗？把你妈都想成土匪了。"

元朗说："妈要个把家电也是应该的。"

老太太指着李萍："听听，听听，要不我怎么说元朗是我亲生的，你是我领养的呢，觉悟就是不一样。"

李瑾从厨房冒出头，一见香瓜就飞扑而来，抓起一牙就跑。

老太太气得要敲她手。

元朗喜欢这个家的氛围，不够庄重，却真实得近人情，他之所以愿意与李萍结为夫妇，这个乱哄哄的家，多少加了点分。这也正是陆元朗奇怪的地方，他多少有些艺术气质，不怎么讲门当户对，全凭感觉，他情绪化，而李萍和她这个家，却能够一齐发力，把他拉回人间。

半下午，小夫妻告别老太太，打了个车，朝元朗父母那去。

车厢后座，李萍冷不丁用普通话说："谢谢你。"元朗觉得异样，浑身鸡皮疙瘩发起来，又消下去，他当然理解她的意思，这个李萍，看上去粗，可元朗心里旮旮旯旯那些小念头，小想法，她却总能看透似的。这让元朗惊喜，也让他害怕。

陆元朗没再说什么。

陆家住在高档小区。他们家总能跟住时髦，城北最好的时候，他们就住城北，后来城南发展起来，成为商业中心，他们便在城南买了房子，现在，城东的别墅区环境好，他们则卖掉城北的房子，在城东置了业。陆爸爸从前是区委的干部，现在当然也是，只不过退居二线，陆妈妈是教师，退休有一段时间了，家庭主妇做够了，常常在麻将场活动。陆爸爸刚开始也管，管她就哭，所以发展到后来陆明理也懒得管他这个老婆，打麻将就打，跳广场舞就跳。当了几十年夫妻，对外，他们攻防一体，对内，他们又都有点不想太过多看到彼此。他们唯一的共同关注点就是儿子陆元朗。元朗从小身体不好，一条腿跛着，他们越发觉得自己亏欠了他，所以想方设法补偿，求学、工作、结婚，每一步都为他想到、做到、尽心、尽力，没有多大的惊喜，但这好歹也保证了陆元朗的人生路没有太大颠簸。

陆妈妈原本对李萍这个媳妇不满意，除了身体茁壮，其余的，没有能配得上她儿子的地方，可在李萍的小心维护下，一年半载之后，陆妈妈居然扭转了态度，开始接纳李萍了。每每到访婆家，李萍必带礼物。这会忙，没来得及，车上李萍就问，没带东西不好吧。元朗说："自己家，也不用次次买。"李萍说："那你去我家又买。"元朗说："我家真不缺。"

李萍因为这话受伤了。她只好转变策略，开始关心二老的身体、爱好，居然屡建奇功。比如这天吃完晚饭，很稀少的一点时间可以闲聊——过一会儿元朗和李萍就要回自己家，李萍还是抓住机会，投其所好。

"妈，现在打麻将都有新玩法了。"李萍坐在陆妈妈身边。

"怎么玩？"陆妈妈身子坐直，眼睛里闪了闪光。

"合肥都开始流行换换麻将，你去了就能打，打一盘也能走，而且如果你嫌自己手气不好，可以随时跟其他三家换座位，别人也必须答应你。"

"那回头咱们去打打看。"

"下次我来接妈，我都不敢跟妈打，一打一个输。"李萍笑着说。

"我老得眼都花了，你爸都不让我打。"陆妈妈说。李萍接话，怎么会，妈还年轻。陆妈妈冷不丁说，年轻什么，都是要抱孙子的人了，一代赶一代，哪还能年轻。李萍的脸，瞬间僵住，提到下一代，她总觉得自己愧对老陆家，结婚一年多了，她的肚子没有半点迹象，婆婆说这个话，已经算是在催了——知识分子说话含蓄，可这种暗点，夹枪带棒，绵里藏针，让人防不胜防，无法招架。话说到这个份上，李萍决定破釜沉舟，说实话。她作出要哭的样子，说："光我一个人努力也不行啊。"陆妈眼睛圆睁，一手抓住李萍的手，问："你不会还没……"李萍忙说："不不，不是那样不是那样，有……但是……少。"陆妈妈全身又松下来，"想想办法，主动一点。"李萍脸红了。

电视机前，陆明理在看《焦点访谈》，多少年都是，和《新闻联播》连着看，陆明理听不见女人家说话，他扭头教训儿子："工作上用点心，不要这么吊儿郎当的，你态度怎么样，领导全知道。"陆元朗小声："没有不用心。"明理喝道："用心还要更用心！"元朗不说话了。他声音有些大，两个女人也都闭上嘴，看着他。明理感觉到自己被注目,接着说:"元朗,你升职了,以后就要好好干。"陆元朗愣住了,老爷子怎么知道他升职了,消息这么快?陆妈妈首先欢呼。李萍跟着拍手,可她又有点高兴不起来。丈夫升职,妻子不应该是第一个知道?

"又不是什么大事。"虽然在家人面前,可陆元朗还是有些不好意思。

"大事大事,当然是大事,每一点小进步,对我们来说,都是大事。"陆妈妈双手合十。

李萍有点不自在。她想鼓励丈夫,却不知从何说起。

陆明理说:"升职是领导对你的肯定,组织对你的信任,一定更要好好干,年轻人,怕苦怕累可不行。"元朗朝李萍望,李萍也跟着他妈妈一起微笑着,他能说什么呢,升职,在别人看来,当然是天大的好事,可他辞职的事怎么办?如果辞职是跳楼,那从前是从二楼跳,现在莫名其妙升了职,等于楼层升高,变成从三楼跳,四楼跳,危险更大。"没说不好好干。"陆元朗的反抗很微弱。

晚上八点半,元朗两口子打车回家,一路上没有话,到了家里,李萍突然从柜子里拿出一瓶红酒,两只杯子。

"来,我们喝一杯,庆祝你升职成功。"李萍说。

陆元朗愣住——她从来不这样。那个煮饭洗衣、讲究实惠方便的李萍从来不会说喝红酒,亏得她还记得家里有红酒。陆元朗在餐桌边坐下,李萍把杯子放下,又从厨房里扒拉出来一只旧的拔木塞钻,笨拙地用力插下去,一圈一圈转着往外拔。

元朗说:"我来。"李萍就乖乖站在一边看。

木塞好不容易拔出来,李萍给两个人都倒上了酒,她不是倒一小点儿,她足足倒了半杯,元朗觉得好笑,红酒不是啤酒,怎

95

么能如此海量？也由得她，她愿意演，他就愿意看。

"还有蜡烛，要点蜡烛。"李萍手忙脚乱，终于从电视柜下面第二个抽屉里把蜡烛给找到了，杯形的，淡绿色固体，烧得只剩底子，据标签上写是苹果香型。点着了，李萍去关上灯，两个人在摇摇晃晃的烛影里坐着。他只看得清她半张脸——李萍鼻子高，颧骨高，在烛光下格外分明。

李萍举杯："祝你越来越好，越升越高！我先干为尽。"一仰头喝了。元朗觉得好笑，这样一个女人，让他怎么说呢，当初他愿意跟她结婚，是赞赏她的麻利干练，能持家能打理，可这要说到浪漫，她真是一分一毫沾不上——红葡萄酒是要慢慢品的，它需要与空气接触，需要氧化，你需要像电影里的男男女女那样，晃动着杯子，若无其事，三心二意，你要跟对方眼神交流，喝红酒不是喝二锅头，只顾自己痛快！红酒的强项在情调，情调！可她就是不懂。

"谢谢。"元朗抿了一小口。李萍又给自己倒了半杯，又喝了，再倒。她一向沾酒就醉，这天偏偏有些放量，一瓶红酒喝了大半瓶，后劲上来，话就说开了。

"我想我真是悲哀啊。"李萍端着酒杯，站起身，晃到元朗身边，"我男人升职，我都不知道，好像我不是这个家的人。"

陆元朗坐着不动。李萍过去扶住他的肩，手颤抖着，酒杯微倾，杯中黑红一泻而出，整泼在元朗裤子上。

"你醉了！"陆元朗跳起，他有些不高兴了。

"我没醉！"李萍喊，"今天你要不给我说清楚，都不许睡觉！"

"莫名其妙！"元朗要逃去书房。可李萍不愿意，她死死地抓住陆元朗的衣角，是那件他最喜欢的淡蓝色棉麻衬衫，元朗朝外蹬，李萍就是不放，棉麻质地本来就薄，刺啦一声，元朗最喜欢的衣服裂了个大口子。李萍摔在地上，可她还是抓，改抓裤腿。元朗拖着她走了半米，可他那条跛腿到底无法支撑他走得更远，他咆哮："你放开！"谁知李萍不但不放，反倒一跃而起抱住元朗大腿，一瞬间，李萍成了秋菊，电影里那个打官司的秋菊，不为富贵荣华，只为讨个说法，"为什么不告诉我，为什么！"蜡烛快燃尽了，一点点小光苗，在餐桌台上摇晃，摇晃，终于扑地一下，灭得个干干净净，空气里飘来一丝烟味，那是蜡烛的魂魄。

四下又黑又静。

陆元朗杵在那，寸步难行，李萍抱着她亲爱的丈夫的那条患有类风湿后遗症的左腿，好像是在抚慰他那条腿从小受到的伤害，又好像是溺水者抓住一根救命稻草。

"你，到底要干什么？"陆元朗的音调是低沉的，却有力量。

李萍突然哭了："我要孩子，我想要一个自己的孩子。"

元朗僵在那儿，结婚一年半，行房不超过十次，谈何孩子？结婚前他没想过自己对她的兴趣如此寡淡，可他却不是没需求，在小书房，他不记得自己偷偷处理了多少次。

李萍松手了，她还在哭。为什么不呢，索性放肆，如果没有这瓶酒，她恐怕还会隐忍下去——她爱他，尽管他跛脚，他冷漠，可她认准了，生是他的人死是他的鬼，再苦再难她要走下去，她的要求从来都不高，她只是要有一个丈夫，一个孩子，她只是要让外人看来，她的生活再普通不过，普通到可以成为她足以隐藏在芸芸众生之中，体会最朴质的快乐。

"我只是希望我们好好过。"李萍边哭边说。

"对不起，对不起。"陆元朗站在书房门口，他看见李萍像一团黑物一般趴在地上，他有一丝心疼，这心疼纯粹出于人本能的善，而不是爱。

"我不知道自己还要怎么做才能达到你们的要求，真的，你告诉我，我该怎么做？该怎么做？"李萍呜咽。

元朗说："你做得很好，你做得真的很好，只是每个人都有自己的选择不是吗？其实我一直想告诉你一件事。"

李萍抬头，两只眼睛不再掉泪，只是定定地看着他，等他说话。

"我打算辞职。"陆元朗终于说出了口。

陆元朗辞职的事，陆爸陆妈很快就得到消息，是李萍哭着告诉他们的，只不过，陆家二老很快又封锁了消息，他们让李萍等等。

早晨是陆元朗先出门的，既然还没辞职，班就是要上的。可自打元朗当上营业部主任那一天，同事们就都商量好了似的，统一阵线，对陆元朗实行"坚壁清野"，其中的干将自然是那三位：马姐、小周、李宏利。马姐是李宏利的师姐，师姐帮师弟，天经地义，小周呢，剩女一枚，自打李宏利来银行第一天就开始与他打情骂俏，几年下来，尽管李宏利还是看不上她，不肯与她结婚——他嫌她丑，可小周还是坚定地与李某人"攻防一体"。她是觉得，只要李宏利一天没结婚，她就还有机会。

营业部的纯净水没了，元朗随口说了一句："宏利，记得把水换一下。"

李宏利坐在那没动。陆元朗见没人响应，又说了一句，还是没人动。元朗转过头，看营业部那几人。小周扭头说话了："陆主任，不是我们分内的事，请不要派给我们。"

元朗这才感受到了杀气。他走到饮水机旁边，取下水桶，又两只手拎起满水的新桶，朝饮水机座上一插，桶里开始冒气泡了。陆元朗说："我们营业部没有聘请专门的勤务人员，以后换水，大家轮流，我今天先带个头。"马姐说："呦，小陆，那我可做不了，体力上达不到，我的年纪你也知道的。"小周接话："那我体力也达不到，你看我多瘦。"

李宏利猛敲一下键盘，说："不好，我系统被锁住了，主任，麻烦帮我重开一下系统。"元朗心想，开锁，故意的吧，行，我就陪你玩一遭。

"没问题，只要是业务需要，我都可以开。"

李宏利说："很抱歉陆主任，密钥好像放在上面保险柜里了。"说完他一努嘴。同事全都朝东看，大柜子上放着个小保险柜，足有三米高，平常没人用，用的时候必然要踩梯子上去，有新来的知道元朗腿脚不好，连忙说："主任我去拿。"

陆元朗喝道："不用！我来！"

他微微踮着脚，在众人的瞩目下，像走T台似的，一步一步趋近角落，抓住梯子，又一步一步拖到大铁柜子边，他的膝盖又开始疼了，洇洇的，蔓延着，仿佛一滴墨汁落在宣纸上，无声无息地四散开——尽管他已经下定决心辞职，可这一仗，与辞职无关，与尊严有关，他必须要赢。梯子放定了，元朗两手扶着，艰难地朝上爬，他的左腿不吃劲，踩在横梁上，一歪，半个身子跌下来，好在胳膊抓住了，站稳。同事们喔了一声，有人要来帮忙，元朗大吼："都别过来，我自己来！"一米，两米，三米，爬到最高端，陆元朗朝下觑了一眼，他就是要用这种居高临下的视角，击垮小人们看笑话的心。他打开柜门，拿到了密钥。

马姐识趣，开始赶人："都别看了，这一会儿该上人了，去去去。"李宏利和小周也各归各位。董行长来得向来晚一些，可到底也赶上了这场戏，他两只手背在屁股后头，问："怎么回事，小陆，你爬这么高做什么，危险，快下来。"元朗小心翼翼从梯子上下来，董行长又说："你来我屋一下。"元朗照办。

主管行长当然是单人间了，元朗敲门进去。行长说："小陆你把门关上，坐吧。"

陆元朗说："行长，你找我有事？"

董行长说："以后爬高爬低的事，给下属干就行了，领导，要有个领导的样子。"

陆元朗说："行长，不是，我其实……"

董行长说："没有是非，都是为了工作，我知道有人不服你，打你的小报告，给你出难题，我都不会信，我也都支持，你还是要有信心，不要动不动就提辞职嘛，组织刚决定提拔你，你就要辞职，你让组织怎么看，你让我这个提拔人怎么自处？小陆，年轻人考虑问题有时候不全面，太极端，我认为你不是那样的人，所以组织才提拔了你，让你做这个营业部的主任，你不能让大家失望啊！"

陆元朗内心轰一响，他先前精雕细琢的步骤，瞬间被炸得七零八落，是不是那封稳稳当当躺在自己办公桌里的辞职信被人发现，报告给了行长？是，一定是，而且准是李宏利这个王八蛋！哼，除了他还能有谁。

陆元朗说："不是，董行长，事情不是这样的，我其实……"

董行长说："行了，就这样吧，我相信你也只是一时糊涂，组织会再给你机会的，好好干，你出去吧。"

话讲到这个份上，元朗也不好再申辩，本来再简单不过的走流程辞职，现在因为一场升职，变得如此扭曲，繁杂，牵七扯八。陆元朗始料未及。他憋住气，回到自己办公桌边，拉开抽屉，奇怪的是，那封辞职信，竟然依旧安安稳稳平躺在《战争与和平》里。

不是李宏利。

陆元朗闭上眼，单手捏鼻梁，舒了口气。也只有李萍了。辞职的事，他只在头天晚上跟李萍提过。想到这儿，元朗心里有点数了，他没有立即给李萍打电话，他虽然不是什么做大事的人，但这点气，他还沉得住。元朗想起头天晚上发生的种种，他也觉得李萍委屈，可是，转念一想，人生在世，谁又不委屈，他不委屈吗？他有多少梦想没有实现？尽管一条腿不灵便，但他始终觉得自己可以走更远，他要像一匹马一样，在人生的疆场驰骋，而不是在这座小城，凭借父母的关系，做一个人人恨之入骨的营业部主任！按照这个思路，他便彻彻底底不觉得李萍可怜了。都是自找的，谁也别装个可怜样。元朗想了一下午措辞，晚上怎么跟李萍说，第二天怎么跟行长说，这个职，他辞定了。

为了稳定大局，董行长在下班后给大家开了个小会，主要内容是讲群众路线，干部和群众的关系等，显然是为元朗做面子，打群众基础，可元朗似乎并不怎么买账，一散会，匆匆就往家赶。冬天日子短，元朗到家时，天空黑得老透，他走到楼下，看见窗灯亮着，他知道李萍在，他稍微在楼下站了一下，下午想好的措辞，又在心里走了一圈。早晨因为走得急，陆元朗今天没带钥匙，他上了楼，咚咚咚敲门。门开了，李萍探着头站在门口，小心翼翼的样子，陆元朗以为她心虚，气势便更足了点："你有什么资格把我的私事跟我们行长汇报！"李萍半低着头，两只眼朝上瞟着看她亲爱的丈夫，她没说话，只是把门拉开了点，陆家老爷子便出现在元朗的视野中。

"她没资格，我有没有资格？"陆爸爸气沉丹田，陆妈妈坐在他旁边，阴着脸，也不敢为儿子说话。

"爸，你怎么来了？"元朗有些胆怯。

"怎么，我不能来？我倒不想来！"

"你干吗告诉爸？"元朗朝李萍吼。

"是我问她的！"陆爸爸拦话下来，"怎么，你倒有理了，就这么见不得人！"

"我自己的事，我自己做主。"元朗放下皮包，脱掉鞋，朝书房走。

"你做主，你要做什么主，你有什么资格做主，你的工作是我安排的，你要辞职，也得经过我的同意！你辞职要干什么？下海？经商？你有那个本事吗你！小兔崽子，不知道自己几斤几两，老子今天就让你明白明白！"

陆妈妈挡在中间："都少说两句，少说两句。"

李萍又哭了。

元朗要关书房的门，陆明理飞奔着，一脚踹出去，差点没把门板踹裂，元朗吓得朝后退，直说："你出去，这不是你家，这不是你家。"陆明理冷笑道："不是我家，这房子都是我买的，怎么不是我家？要出去，也应该是你给我出去。"

陆妈妈疯了似的跑进来，说："行了死老头子，你要逼死儿子是吧。"

李萍跟在陆妈妈后头，哭成一团。

陆元朗一咬牙，抓起衣服、钱包、手机，从人缝里跑了出去。

陆妈妈要追，陆爸吼："你让他走，不肖子孙！让他知道外面的辛苦，他心高，心高也要有这个命！王八蛋！反了教了！"

李萍哭得更凶了，一边哭，她还一边打自己脸，说："都是我不好，都是我不好。"

陆妈妈赶忙上前拥住这个可怜的孩子，抚摸着她的头说："不要这样想，不要这样想，是我们陆家对不起你呀！"

陆元朗第二天没去上班，单位同事一片哗然，说什么的都有。第三天，第四天，他都没去，在淮南，元朗混得还没差到没地方去的地步，同学朋友他还有几个，老张、彪子，一起玩的发小，都无私地向他伸出了援手，个个都劝，说你别傻了，现在再读书有什么用，你去北京，也没有在我们这儿来得实惠，人生图什么呀，过去就是三亩良田一头牛，老婆孩子热炕头，现在虽然没这提法，那也只是形式变了内容一样，别折腾了，嫂子也不容易，有份好工作也不容易。元朗说，那我再想想吧。他说想，就是没想，陆元朗就是这样的人，他决定的事，常常就是要贯彻到底，在他离家出走的第五天，他又去了单位，那家地方投资的小银行，群情激奋。李宏利、马姐、小周那些人的围观就不提了，元朗既然选择"慷慨就义"，就不怕这些小人算计，他走到自己的工位——营业部主任没有单独房间的，他还是跟群众在一道，所以群众的检视自然也少不了。"呦，主任，听说你要高升了，是吗？"小周问。陆元朗也不理她，只是静静地翻开《战争与和平》，拿起那封藏在他抽屉里多日的辞职信，腿一点一拐走向董行长的办公室。

董行长还是一如既往坐在他的大皮椅里，自从主政之后，他一直那么坐着。

陆元朗不忘保持微笑，当然是硬挤出来的，他把信端端正正摆在了董行长的桌子上，所有场景都跟他幻想中的一样。

陆元朗："董行长，这是我的辞职报告。"

董行长用手指敲击着桌子，没说话。

陆元朗："请行长批准。"

董行长："这个我不能批准。"

陆元朗："行长，我有我的理由。"

董行长:"无论你什么理由我都不能批准。"

陆元朗:"行长,我们是企业,按照《劳动法》,我提出辞职三十天后,必须放人。"

董行长:"是吗?我可以放人,但我可以不放你的档案。"

陆元朗:"行长!这是法制社会,我们不能不讲理!"

董行长:"元朗,你这么做对不对得起你爸爸,我和他是老战友老朋友,你知道他为了你的前途付出了多少心血,他一直培养你、关心你、希望你成才,以后能做出一点成绩一点事业,可你呢?"

陆元朗:"我现在就是想出去做一点事业一点成绩,追求一点自己想要的东西,我是为自己的人生负责,反正既然今天我来了,我也是菜瓜打锣,就这一锤子,董叔,你就给我一个方便。"

董行长:"不用再说了,我现在算你请假,你出去吧。"

陆元朗还想再说,董行长一摆手,他只能出去。不过,陆元朗还是很坚定,他还是要去北京,研究生复试马上就开始了,几个月前,他偷偷参加了初试,他自己也没想到有机会复试。他当真觉得千载难逢,可以打出这个小城的怪圈,去外头呼吸呼吸新鲜的空气,尤其北京,飞鸿也在那儿,奥运之后北京发展得那样好,时代的中心,文化的暴风眼,有雾霾?那有什么关系?陆元朗根本没把这个考虑进去,几千万北京人民不都活得好好的吗?哪里没有雾霾?这是时代的问题,普遍的问题。

陆元朗去火车站买好了第二天一早的车票,在上岛咖啡坐到半夜,他思前想后,还是叫了辆车回了家。他要拿身份证,银行卡,换洗衣服,还有几本书。他一开门,李萍就醒了。他知道,他全知道,他也不怕,这日子,他不打算这样过。李萍穿着睡衣,立在卧室门口,就那么看着他在客厅里收拾。陆元朗看了她一眼,没有爱,也没有恨,他收着收着,突然停住,问:"你把信用卡还我。"

李萍二话没说,扭头去屋里把卡片取出来,递到他手上。

"你真的要去?"李萍说。

"嗯。"元朗弯着腰,不看她。她知道了,她又全都知道了,她就是他们的坐探!元朗喘着粗气,但他尽力压住火。

"对不起。"李萍平静地说,"作为妻子,我本应该理解你,支持你,可我没有做到。"

这话出乎元朗的意料,他不知道怎么接话茬了,对不起,这从何谈起,她没有对不起他,他当然也没有对不起她。

"你放心,爸妈我来照顾。"李萍又说。

照顾爸妈?真成贞洁烈女了,陆元朗想,这样也好,反正他们也说得来,他只能说:"谢谢。"

没多会儿,陆元朗就都收拾好了,他坐在沙发上,李萍不知道从哪儿掏出一盒烟,问他抽不抽。元朗有些诧异,他从不知道自己的妻子还会抽烟。李萍点着了,抽了一口,说:"你不要觉得奇怪,我初中时就开始抽烟的,只不过后来戒了,那时候看什么古惑仔十三妹,我觉得抽烟的人特酷,就抽了烟,人生都有那么个过程,正常的,只不过迈过去了,再回头看,就觉得特别可笑。"

陆元朗说:"可笑,但是也可爱,不是吗?哪怕是犯错,也有犯错的魅力。"

李萍说:"我不会同意离婚的。"

陆元朗笑:"这个问题你一个人定不了,以后再说吧,现在我只是去读读书而已。"

李萍说:"那我祝你愉快。"

陆元朗再次说:"谢谢。"他起身要走,李萍说:"你再等会儿吧,天还没亮,外头又冷,我给你冲杯牛奶。"

两分钟后,牛奶来了,热气腾腾的,在这个早春冷湿的环境里显得特别诱人。

元朗把这杯牛奶端在手心,那热气开始朝身上传,还有那奶香,从鼻孔进入,也成为他身体的一份子,陆元朗一天没吃东西,这牛奶来得刚刚好。他一口气喝了,他把头靠在沙发上,想要眯一会儿,但却怎么也睡不着。

这回李萍没来烦他,她站在厨房门口,灯光从她背后打过来,让她的剪影格外清晰。

二十分钟后,元朗莫名地觉得燥热。

李萍朝他走过来,她开始脱衣服,边走边脱。她还故意拨乱了头发。

很奇怪,也许是因为要远行,也许是因为新鲜感的刺激,在这个无限接近分别的凌晨,陆元朗竟然对李萍并不那么讨厌,他像发现新大陆似的,发现了李萍——她的大腿匀称,乳房丰满,在一点点光的勾勒下,她的腰,居然这么细,再往下走,曲线随之一滑,S形出来,腰与屁股呈花瓶状,格外能激发男人的征服欲。

李萍走到元朗身边,坐他腿上。

"我这一身好吗?"李萍问。

好,当然好,陆元朗从未觉得如此之好,当然他也不知道,李萍这一身,是她妹妹李丽为她量身打造的。元朗刚要说话,李萍用一根手指堵住了他的嘴。

后面的故事就不用细说了,陆元朗和李萍有了销魂的一夜,一切都那么不真实,难以置信,那是李萍吗?妖艳性感得仿佛一个妖妇！可那又是他陆元朗吗？威猛坚挺得好像一名斯巴达克斯勇士，他的矛一次次刺穿她的盾，天地倒转，海立云垂，直到坐在开往北京的高铁上，陆元朗才开始觉得自己整个人发软。

算了算了，不去多想，陆元朗从包里拿出那本《战争与和平》，没头没脑地读了起来。

北京自然还是有雾霾的，春冬最盛。

元朗嘴上硬心里强，可真到了北京，他第二天就开始咳嗽，研究生复试是在第三天，元朗带病坚持复试，说两句话咳一声，给导师的印象自然一般，好几次他看见有个矮胖胖的导师皱眉，那个戴眼镜的女导师也不太高兴，元朗回答问题的时候，她用圆珠笔敲保温杯的金属外壁——她嫌这位叫陆元朗的考生太啰唆。一场考下来，元朗意兴阑珊，原本打算逛逛名胜古迹的，考成这副德行，他也没心思逛了，在如家酒店窝了两天，第三天，他要去宋庄。尹飞鸿现在住在那儿，搞艺术，她邀请元朗去玩两天。

尹飞鸿的原话是，"你来宋庄美术馆这边儿找我就行了"，元朗记住了，宋庄美术馆，他上网找地图查好路线，屏幕上赫然显示着，全程46.6公里，预计用时2小时50分钟，比从淮南去蚌埠还远，元朗头皮有些发麻。没来的时候，他是那么地想见尹飞鸿，他之所以考北京的学校，多半也是因为她的引导，精神性的，旗帜性的，他羡慕她的生活，自由，飞扬，有那么点不食人间烟火，可她到底也没饿死，照样活蹦乱跳着，广东火的时候她就去广东，上海热的时候她在上海，现在轮到北京了，她给元朗的感觉是——这女的总能站在时代的潮头。只不过，追赶这潮头的距离有点远——陆元朗这下算是见识了，光乘坐公共交通这件事，简直就已经是一场长征：先坐92路，坐十站，到四道口南站下，步行，去白石桥南站，入地铁，搭6号线（草房方向），草房地铁C

出口出站,再坐824路,坐14站,下车,再打黑车,突突突坐了一小段,路过了宋庄那个标致的建筑,一层一层上升的一个圆柱体,陆元朗看着,觉得像小丑的帽子,也像个坟头,可小突突的司机告诉他,一层一层往上升,是代表从草根起步,上升到艺术的高峰。

陆元朗哦了一声,不问了,连小突突司机都显得比他有文化。

五六分钟,终于到地方了。

路边站着个女人,是尹飞鸿?陆元朗隔着条马路望过去,有些不敢相信,一身黑色连身长羽绒服,头发蓬松,是披散着的,手插在口袋里。一辆车驶过,挡住了彼此,元朗招手,那女人也从羽绒服口袋里拔出一只手,轻轻地挥着。哦,是尹飞鸿。

"飞鸿!"陆元朗跑到她面前,终于看清了,她的鼻子,她的眼睛,她的眉毛,都没变,可组合到一起,似乎又有点不同。可尹飞鸿却并没有给他那想象中的拥抱,她只是说:"来啦,走吧。"尹飞鸿在前面走着,元朗跟在后头。"还打算考研究生呐,没用。"飞鸿一句话把元朗浇得透心凉。那什么有用?陆元朗有学历情结,可导师们的不耐烦和尹飞鸿的当头棒喝,让他感觉糟极了。"考着玩玩。"元朗只好以装出来的幽默缓解尴尬。

"那还成,学历这玩意儿不能当真。"飞鸿说。陆元朗有点不舒服了,不能当真,谁当初千辛万苦跑去广东读书,又读研,现在说不能当真了,而且他更不痛快的是,尹飞鸿一直跟他说普通话,甚至里面带点不地道的京片子,就是那个儿化音,拐弯的,飞扬跋扈的,他不喜欢,他好几次要讲家乡话,都又被尹飞鸿流利的普通话牵引着回到了原来的轨道。有什么办法呢,入乡随俗,在这地界,他做不了主。

两个人打了辆车,一路朝东,宋庄是艺术家的聚居地,多半是画家，还有诗人、导演、行为艺术家等，村里的地有的被艺术家长期租用，也有开发商来开发，到处在盖房子，大的，小的，各式各样，没有统一风格，尹飞鸿时不时给元朗介绍，这是哪儿，那是哪儿，哪儿是吃饭的，哪儿是展览的，像一个本地客。天冷，村里树少，偶尔有，也是光秃秃的，天又阴，且有雾霾，整个环境尤显惨淡。车在一幢两层小院门口停住，飞鸿付了钱，带元朗进去。这是一幢联排别墅，分南屋和北屋两部分，南屋高，有三层，北屋有两层，中间是露天的正方形院子，栽着银杏树，院子里还拴着一条狗，见人来，它就叫，飞鸿喝道，奥特曼闭嘴！那狗还真听话。尹飞鸿掏出钥匙开北面屋子的门，陆元朗在身后跟着。北面这屋是个画室，摆满各种大木头架子，架子上有画，画完的，没画完的，抽象的元朗看不懂，写实的好点，他认出有张画是画的张爱玲，一个大头，旁边有个战士扛着枪，类似于波普艺术那种，全是由密密的小圆点构成。

"怎么样，我租的。"尹飞鸿在大窗下的布沙发上坐下，动手煮水，要给元朗倒茶。陆元朗忙说不用客气，不用客气。他问："都是你画的？"尹飞鸿说："有些是，有些不是，我现在画画少了，主要玩摄影，弄纪录片。"陆元朗哦了一下，不问了，不得不说，光从外表看，尹飞鸿如今的生活已然大大超出了他的想象，他本以为，像人们口口相传的那样，尹飞鸿在广州、在上海、在北京做着高级白领，每天过着那种朝九晚五的生活，再进一步，要么自己创业，开公司，风风火火，可到宋庄一看，全不对了，全部都不对了。

电水壶咕嘟咕嘟响着，窗台上悄悄走过一只猫，飞鸿麻利地帮他泡好茶，说："喝点，冬天这儿太冷，晚上你上楼睡，楼上小房间有空调，稍微好一点。"

水有些烫，陆元朗两只手上下掐住茶杯，玻璃的，高高的杯身，茶叶在里面上下浮沉，元朗突然不知道该说什么。还是尹飞鸿先开口了，她捋了一下头发，很洒脱的样子。

"怎么样？"

元朗有些发窘，不知为什么，在尹飞鸿面前，他总有些不自信。"什么怎么样？"

飞鸿笑笑："这些年怎么样。"

元朗下意识地去喝水，很烫，他的嘴唇赶紧又躲开。

"还行。"他说。

"还行就成，生活就是这样，只要自己满意就成。"

晚上是接风宴，飞鸿叫上了一起租房子的女画家，她有车，小捷达，三个人开车去吃饭，也就六七分钟，车停在了一家农家院门口，三个人进去，大厅长方形，暖烘烘的，一张大圆桌，三张方桌，窗户底下还有个座。落了座，女画家客气，让元朗点菜，飞鸿笑说，他哪知道，就上火锅吧，海鲜冬阴功汤。老板娘是个有点脱俗的中年妇女，得了令，下去安排。女画家说："怎么，姐们儿，这你旧情人啊？"

元朗脸一热。

飞鸿说："你可别乱讲，人有老婆的，就来玩玩。"

女画家说："来玩玩也行，多住几天。"

陆元朗没见过活的女画家，这次见了，他发现女画家的口才竟然也不错，飞鸿说一句，她能说十句，而且尽是一些宋庄的惊悚历史，比如哪个哪个诗人自杀了，哪个哪个行为艺术家自残啦，哪片哪片地死过多少人啦，当然也说艺术家的传奇故事，成名的，暴富的，情感上有传奇故事的，元朗没听过，自然目瞪口呆。飞鸿倒是镇定，时不时就说，你别听她胡说，说得这儿住的都跟精神病人似的。元朗不插话，只好多吃。这儿的冬阴功汤火锅跟别处也没有不同，先是一锅橙色的汤，烧开了，放南美明虾，再放蔬菜，然后就是煮，元朗吃第一口还可以，多吃几口，他发现还不如李萍煲的汤好喝。

半途来了个导演加入饭局，健谈程度与女画家棋逢对手。飞鸿跟导演熟，话自然也多些，元朗彻底沦为听众，偶尔插个一两句话，比如他看到有人画张爱玲啦，比如宋庄的环境啦，都是说眼前的。

导演和女画家一下来兴趣了。导演说："这张爱玲有意思。"女画家说："对对，我很喜欢她。"元朗说："她写的《倾城之恋》好像还不错。"女画家立刻反驳，说："那不行，不行不行，让人当家庭妇女。"

飞鸿说："人各有志，当家庭妇女也没什么不好。"

女画家说："那你怎么不去当？"

飞鸿说："我又不是没当过。"

导演见两人要掐起来，忙换了个话题："张爱玲的字也不错，还有画，真是好。"

女画家立刻说："对对，她的字有意思，圆乎乎的，画也传神。"

飞鸿说："张爱玲的字是懒惰的淑女体。"

女画家说："是很淑女，还有画，我觉得简直比丰子恺的还要好。"

导演说："也不知道怎么搞的，那个时代的人，字都很好，你看鲁迅的字，茅盾的字，郭沫若的字，巴金的字，哎呀，现在的人不行了。"

飞鸿说："现在人的字没筋骨。"

女画家说:"什么字没筋骨,人都没几个有筋骨的。"

几个人一人一句,陆元朗刚开始听着还有趣,听到后来,他有些犯困,可他又不好意思说先回去睡,只好陪着,几个人吃到快夜里十二点,女画家精力依旧充沛,又要去一位诗人那聊天,飞鸿也感兴趣,就拉着元朗一起去。

元朗苦不堪言,只能奉陪,陪到早晨快四点,他终于在诗人家的竹板床上合了会儿眼。第二天,有个国际诗歌展,飞鸿要去帮忙,六点就去接人,陆元朗也陪着,蓬头垢面,神情恍惚,还拖着一条瘸腿,真成铁拐李了。可尹飞鸿却是一身的劲儿,诗歌朗读会上,她还在别人的撺掇下,上台朗诵了一首《扭曲的时光里我们兀自沉鱼落雁》,据说这是某位著名女诗人的代表作。元朗强撑着睡眼,跟着鼓掌。第三天是去参加一个纪录片放映活动,元朗继续跟着。第四天终于无事,陆元朗一头倒在尹飞鸿的床上,闷睡到天擦黑。

"醒了?"尹飞鸿坐在床边,一只手摸着元朗的额头。

元朗睁开眼,仰面看着飞鸿,鼻子、眼睛、眉毛、嘴巴,床头灯的黄光扑在她脸上,五官再次聚合成为一个整体,产生了质变,有一瞬,过去那个尹飞鸿似乎又回来了。

"飞鸿。"元朗温柔地叫了一句。

"我明天要去甘肃了,去定西,拍纪录片。"尹飞鸿说。

陆元朗立刻又不认识这张脸了。

"要去那么远?"他失落,全身紧张的肌肉松懈下来。

尹飞鸿伸手,摸住他那只忧伤的膝盖,问:"还疼么?"

陆元朗说:"没关系了。"

她又摸元朗胳膊上的三道疤,问:"这是怎么弄的?"

元朗内心翻江倒海,他想说,这还不是因为你才割的?但他不敢，他只是淡淡地讲："不小心划的。"

尹飞鸿倒在床上，仰着脸，她身下是元朗的下半身，她又问："你是不是还喜欢我？"

元朗愣住，他没想到她会这么问，他该怎么回答，说喜欢，还是说不喜欢，又或者说他自己也不知道？

那只猫又从窗台上走过，扭脸看了看他们。

"嗯。"元朗说。

"Kiss me."飞鸿发号施令，躲在英文里。

陆元朗又愣住了，一切都来得太快，他没有准备，可这又怎么准备，他奋力弯下腰，把嘴唇贴到尹飞鸿苍白的嘴巴上，他不知道自己要不要伸出舌头，倒是飞鸿先伸出来了，搅拌机似的，在他嘴里一阵乱拱。飞鸿抱住元朗的脖子，一个翻身，她自己被压在下面，又解开臂膀，直挺挺平躺着，等待陆元朗疯狂表演。

"来吧。"飞鸿说。

陆元朗笨拙地趴在她身上，一动不动。

"来啊！"飞鸿有些不耐烦了。

他还是不动。这不怪他，不能怪他，是他的下半身怎么也不肯配合！

奇耻大辱！

"对不起……"元朗迅速地从她身上起来。

尹飞鸿倒还轻松，笑了笑，起来下楼去了。

当晚元朗就买了回去的票。第二天，飞鸿跟几个朋友赶早去首都机场，元朗去北京南站，为了送元朗，他们一起打了黑车去东直门，一起进了地铁站。到时候了。飞鸿给出拥抱："祝你考试成功。"元朗知道，他估计成功不了了，可他还是笑，东直门地铁站安检处人潮涌动，他和尹飞鸿就这么站在人海里，他们马上就要分别，走不同的路。周围都是汹涌的人身上的味道，元朗称它"人肉味"，它们来自五湖四海，汇聚一堂，怪模怪样。元朗被这人肉味包围着，心一个劲地往下沉。

"保重。"

"保重。"

陆元朗在高铁上哭了一路。可一到站，他便止住了泪。他打了辆车回家，司机一路啵啵啵说家乡话，他觉得很亲切。到了小区楼下，他抬眼看看，家里的灯亮着，他突然感到无限温柔，他迫不及待上了楼，敲门，急促地。门开了，李萍站在他面前，一丝不苟，还是那件睡衣，还是那个人。李萍倒有些惊诧，再就是惊喜。"你回来了……"她的声音有些颤抖，他扔下行李，一把抱住她，直冲进里屋，是的，这个女人才是他的，是他的，他把她摔到床上，像野兽一样撕开她的衣服，他发现他时刻准备战斗……

陆元朗回来了。

研究生当然是没考上。

陆爸陆妈十分高兴，李萍她妈也直念阿弥陀佛，最关键的是，他和李萍的关系竟然突飞猛进，他们不久便有了孩子，生下来，是个女孩，陆元朗很高兴，说还想再生一个。

陆元朗还是做着那家银行的营业部主任。李宏利不反对他了，因为李萍做主，促成了她二妹李丽和李宏利的好事，竞争对手眼看变成连襟，都是自家人，争也没个意思。李宏利一转向，马姐自然不跟着闹了，小周因为李宏利投入别人怀抱，由爱生恨，开始专门针对李宏利。

值得庆幸的是，元朗的难言之症多半好了，偶尔不行的时候，李萍就去厨房给他冲一杯热牛奶，跟很久以前某天他们吵架时一样，同样的是，她总不忘在牛奶里投进一颗小小的药丸，她通常会等个两三分钟，待它融化。

陆元朗和尹飞鸿再也没有联系，他在北京的那一段旅程，似乎彻彻底底从他的生活中消失了，谁也不提，谁也不问，谁也不知道，他再也不看《战争与和平》，只有那个被他废弃了的顽皮的QQ个人说明，还矢志不渝地记录着元朗在回程列车上的心情。

那段话大概是这样：

我从小就想做一个我所以为的那种人，但实现梦想的道路太难，为此我放弃了许多，我自以为我很崇高，但像我这样的人很多，这种挫折感比我经历的任何疼痛都深刻。要一个人认命很难，但也许对我来说平平淡淡才是幸福。

PART 3

冰清玉洁

作为拘留所唯一的女警，我毫无悬念地接到上峰指示，负责陪伴犯罪嫌疑人粘红艳外出就医。她丈夫死了，在家中阳台上，脖子上有勒痕，两道，呈紫黑色，阳台是封闭的，阳光透过玻璃窗，营造出温室，尸体在内置放一周，腐臭程度可想而知。我没杀人，粘红艳说。除此之外，她拒绝交代其他事宜，包括她丈夫死前，她与他之间发生过什么，她是那么淡然、坚定，即便老张警告她，她也一副风轻云淡的样子。可我们依旧有权力拘捕她，死者家属通过电信部门，提取了电话录音作证据，她丈夫孟洋死前，曾跟她发生过激烈争吵，录音中，粘红艳曾咆哮说要杀死孟洋。三天前，接到孟洋家属报案，警方展开了调查、搜捕，粘红艳显然是关键人物，她的手机关机，无法进行GPS定位搜索，她的工作单位，也说她很久没有来上班，她的亲戚、朋友，都不知道她的消息，后来，经她家所在的小区的一位常跳广场舞的阿姨提供消息，她说粘红艳有一段时间曾跳过广场舞，她还与犯罪嫌疑人交谈过，粘红艳曾说，她想出家，像陈晓旭那样，出家的地方想远一点。阿姨当时怀疑她是不是身体不好，得了绝症，故急忙劝导，粘红艳也没多说，据说当时只是笑笑，很苦的那种。

警方在山南的一座庙里找到了粘红艳，当时她正在落发。粘红艳落发我虽然没到场，但在我们所，那一幕早被传得玄乎其玄。综合所有人的描述，当天的情况大概是这样的：找到她的时候是个傍晚，庙在半山上，那天有晚霞，有夕阳，阳光巧妙地穿过庙里的柱子，照在她脸上，贴着金，她鼻子又高，一时竟如雕塑般庄严。她头发刚落尽，青丝满地，双手合十，双眼紧闭，嘴唇也浸在夕阳里，上下翻动，念着经书咒语。帮她落发的是个老尼，穿着淡蓝色僧袍，手握戒刀，脖子上挂着长珠串，可能是檀香木的，也可能是小黄杨木，看到警察来，她愣住。出家人，四大皆空，她不认为这个法号叫静焕的新教徒有什么问题，即便有罪，也应交给佛祖发落，与俗世无关。警方当然不会以此为戒律办事，粘红艳被带走了，很奇怪，据说她的光头造型一出了那庙宇，就显得尤其诡异，她没穿女尼衣，而是穿了一套跳广场舞时会穿的那种运动服，类似天鹅绒面料，紫色，有拉锁，前胸、后背绣着亮片，前胸绣的是放射状的两朵花，后背是英文字母，Lucky。想想，如此一身，配上光头，放在空无人烟的庙宇中不觉着有什么，可一旦和凡俗人混在一道，就变得如此不和谐。

　　粘红艳是油盐不进的，我早有心理准备，不过好在，作为一个新晋女警，我当下的任务，也只是陪同她就医而已，况且，我在警校学到的一身功夫，根本不可能给她任何潜逃的机会。可是，就在我准备接粘红艳出来的时候，所长又神秘秘地给了我一个最新指示：就医期间，多了解了解粘红艳这个人，努力搜集一切线索。这是我的天职，我理应查明真相，然后把一切交给法律，相信公正。可面对粘红艳这样的光头女人，我又有一点发怵，至少当我见到她第一面时，我是这种感觉。她没穿囚衣，但也不是那套广场舞服装，她穿了一个罩袍似的衣服，从头到脚一件式，像裙子，也像老式马褂，配上她的光头，真有些尼姑样。她是那种时下流行的窄脸，尖下巴。她脸上没什么肉，眼神灼灼，毫无疲惫，脸色近瓷白，有些透明，故而额角的青筋尤为彰显。她不算高，充其量一米六出头，跟我这个一米七，还穿着中跟军用皮鞋的人比，算是小矮人了。她一双手垂在胸前，我发现她的手不合比例地大，骨节粗壮，应该从前做过体力活。我走过去，没给她戴手铐，只是说，走吧，她也配合，一路上，她很沉默，押送车里，我和她都坐在后座，我们与司机之间，有一道铁栅栏，我配有枪，以防万一，她把手放出我视线之外时，我会及时用那种不怒自威的语调告诉她，把手抓在栏杆上，她总是照办。

我查过粘红艳的档案，了解过她的基本情况，1979年3月生，安徽人，祖籍颍上县，2000年就读于合肥某学院成人本科，2004年毕业，2005年开始读研，读研期间，很少在宿舍住，据她同学透露，她换过好几任男朋友，2007年毕业后，户口落在某文工团，她则进入一家广告公司做总监，2009年转投电商企业，担任一般职员至今，她2010年与孟洋相识，2011年结婚，婚后一直没孩子。她名下有一处房产，在昌平，2008年购置，面积不小，尚在还贷。她银行户头里存款不算多，根据她的工作情况，基本合理。

说实话，大半夜，押送这样一个女人去指定医院就医真不是什么好差事，可有什么办法呢，据说是妇科病，我是女警，有性别优势，自然成为首选。不过，押送人员不只我，还有小江，他临时被抓来，辅助我工作。他是刚分配来拘留所没多久，警校毕业，比我小一岁，此时此刻，他就在副驾驶上抽烟。我冲他喊，能不能别抽了，这是在执行任务。其实，我也理解小江，我们都是单身，这种活，自然优先派给我们，也是锻炼。若拖家带口，半夜还来押送这种不是特别危险的犯罪嫌疑人，回去又该被家属骂。这年头，警察不好干，单身的新晋警察更难。我听说，最近，小江谈了三年的女朋友，分了，因为他没房，工资也不高。而我呢，没房是肯定的了，只不过别人都说，我还有个优势：我是女的，没房的女的，还有最后一招——她可以找个有房的男的，也就在这座城市立住脚了，当然，前提是，你不能丑。我当然不算丑，但是别人就说我没有女人味，这一点是很致命的，这可能与我的职业有关，我总是一身警服，短发，不化妆，不戴首饰，没有各种各样的嗲音，不刻意讨好男人。所以，我只有宿舍可住，没有家。有人撮合我和小江，是老张的老婆来跟我传话的，我听了好笑，我和小江？可能吗？他要找的是条件好的，能帮助他一举脱离底层困扰，飞黄腾达。我，不是他的那道菜。

快十点了，青龙河医院只有急诊科亮着灯，我们下了车，夜间，正门不开，旁门倒是给了点方便，冬季，北京的天气十分糟糕，白天阴，晚间竟然难得有点飘雪的架势，只是那雪也跟粉尘似的，小江嚷着，说这鬼天气，灰那么大，他去拍肩头，才发觉指尖微凉。医院前面一排树，树上蹲着乌鸦，路灯算高了，它们站得比路灯还高，光从下朝上打，它们便成一个个黑点，我们经过时，有几只睡得不沉的，呱呱跳叫，飞了一小圈，又落在原处。粘红艳还是没戴手铐，但我和小江，一个在旁，一个在后，紧紧看住她。她脚步一快，或者慢，都能引起我的注意。老实点，我说。粘红艳回应，还是那种实诚的口气，放心，我不会跑，因为我根本没罪，我没杀人。小江喝道，让你老实点就老实点，有没有罪，不是你说了算。粘红艳没讲话，闷着头朝前走。

急诊科到了，它不在医院的主楼，而偏在一排小平房，旧的，红砖墙，只有一层，被大楼挡着，你不注意，根本发现不了。它旁边是医疗事故处理处，玻璃门上有夜灯，是四个荧光绿的字，请勿进入。我们从隔壁进去，医疗室坐着个男医生，微胖，戴着黑框眼镜，但却没镜片，他简单问了问病情，便请粘红艳去查血，我陪她上楼，在化验室取了血样，便是等，男医生又给了粘红艳一张小条，让她去厕所测尿。我没陪着进去，而是跟小江坐在门口的蓝塑料椅子上。接近午夜十二点，急诊室门口，忙忙碌碌，多半是有人陪着的。他们要么发烧，要么拉肚子，有几个在等着拿化验单，有些等着吊水。厕所方向扑过来一股骚味，还有消毒水的味道，两者融合，竟有种奇诡的寒意。小江骂了句他×的，说对待犯人现在也这样？半夜还来陪诊？我纠正他，是犯罪嫌疑人，注意你的措辞。小江说，行，犯罪嫌疑人，那又怎样。我说，粘红艳在拘留所晕倒三次，呕吐四次，胆汁都快吐出来了。小江骂，活该——他压低嗓音，粘红艳在厕所里捣鼓着，她的影子从厕所门缝里透露出一点，一会儿明，一会儿暗——还做尼姑，我怀疑，她丈夫，十之八九是她杀的，要不然，她去做尼姑干吗，肯定是良心不安。小江的语气，引发我本能的不满，虽然，在身份上，我和小江是执法者，粘红艳是犯罪嫌疑人，可在性别上，我和粘红艳却是同一阵线，可我又不想透露太多主观情绪，我只能从法理层面反驳小江——证据，说话要有证据。小江来劲，说证据有啊，死者家属已经提供了电话录音，姓粘的嫌疑最大，她还曾经威胁过死者，根据我多年的经验，很可能是情杀。嘿，小毛仔，才上班几天，他还多年经验呢！

厕所里一阵窸窣，我们听到脚步声，我勒令小江闭嘴，粘红艳拉开了门。可不可以给我倒杯水？她面色还是白，跟出发时的瓷白不同，她现在的白失去了温润感，枯干如纸，她的额头闪着汗珠。我对小江说，去给她拿杯水，热的。小江一百个不愿意，但必须照办，在这个案子里，到目前为止，我还是他的上级。粘红艳把验尿器递给值班护士，还没等到小江把热水取回来，医生便在诊疗室内喊人了。粘，他读粘（zhān），粘贴的粘，而不是饭粘（nián）子的粘，粘红艳——我和粘红艳，戴无镜片黑框眼镜的男医生看了看电脑上的诊疗单，若无其事地说，哦，问题不大，血糖太低，胃炎，挂点葡萄糖和维生素B族，还有，你结婚了吗？

粘红艳说，结了。我犯嘀咕，这他×跟结不结婚有什么关系？小江进来，端着杯水，说，杯子还要五毛钱呢，真黑。我扭头瞪了小江一眼，素质！男医生也给小江一记注目礼，然后缓过神，不咸不淡地对粘红艳说，你怀孕了。

粘红艳怀孕了，她的病居然只是怀孕，充其量，也就有点孕时低血糖，维生素不足什么的。小江说，低血糖简单，喝点红糖水就行，所里就有。粘红艳坚决反对，她强烈要求吊水，葡萄糖、氨基酸、维生素，为了她肚子里的孩子。小江反对，说没必要，葡萄糖可以口服，在外待得太久，风险太大。粘红艳瞪着眼，脸色发红，那红不是正常的红，而有点像女人月例期时的，潮红，暴躁的红。我不是罪犯，粘红艳低吼。行了，外面雪也不小，天亮再走，我朝小江挥了挥手，我看着她吊，你在外面守着。小江笑了笑，说行，你看着。我知道，他一准要在外面睡觉了。

午夜一点，万籁俱寂，治疗室只剩我和粘红艳两个人，我坐在粘红艳四十五度角方向，她也坐着吊，左手伸长，药水袋高悬，水滴得很慢，治疗室的另一头，有个壁挂式电视机，里面放着电视，午夜场，是谍战剧，里面打得欢，枪枪见血，不过没声音，等于默片。屋里暖气烧得很热，我脱掉警服，还热。我站起身，走到窗边，把窗户拉开一条缝，冷风瞬间灌入，脸上的皮一紧，雪粉子跟着混入诊疗室，瞬间又化作水珠，细小，微凉。谢谢你，粘红艳突然说。我端起桌子上的水杯，微笑。我更喜欢听实话。粘红艳说，这就是实话，又说，我从不撒谎。我坐下，与她之间隔了一张治疗椅。

不撒谎？我问你敢答吗？

粘红艳说，有什么不敢。

你丈夫是怎么死的，被谁杀的？

不是我。

不是你？那你为什么跑去山南，还落了发，不是因为心里愧疚？

只是看破红尘。

看破红尘？你出走孟洋知不知道？

我想应该知道，但是他的死，我全然不知。

可死者亲属有你们的对话录音，你曾威胁过死者，要杀死他。

那只是一般的夫妻吵架。

你的孩子是谁的？

我丈夫，孟洋的。

你和你丈夫的感情怎么样？

粘红艳咽了口唾沫，或许是哽咽。她说，一直不错，只不过，我对他不错，他有点暴力倾向。

我半笑半不笑说，一个人即便有暴力倾向，也罪不至死。

粘红艳突然问，你结婚了没有？

结婚？她问这个做什么，我有些不舒服，因为我感觉她在质疑我的成熟度，如果我回答没有，她一定会讥讽我，没入过围城，谈何知晓围城内之艰辛。我说，私人问题。出人意料，粘红艳没有半点揶揄，她只问，你谈过几次恋爱？我慌不择言，三次。

粘红艳笑笑，她的脸已经开始微微泛红，她说我长你几岁，多少也经历过一些事情，我迟早是要被放出去的，因为我没杀人。孟洋的死很突然，我还怀着他的孩子，我对他有感情，我为什么要杀他呢，难道我会愚蠢到让自己的孩子一生下来就没有爸爸？你有善心，我看得出来，所以我想跟你讲讲我的故事。

犯罪嫌疑人要开始讲故事了。我握紧手枪，面带微笑，一只手偷偷伸进口袋，将裤袋里的录音笔的开始键按了下去，粘红艳开始讲她的故事了。

我先声明,这不是口供,也不是什么忏悔录,我希望是两个女人之间的私房话,请不要录音,如果你录了,我不保证我说的是真话。

我掏出录音笔,摆在吊水台上,双手撒开,我一介女警,犯不着跟一个怀了孕的犯罪嫌疑人耍这种诡计。

粘红艳吸了一口气,娓娓道来:

我父母都是工人,我八岁时他们离婚了,这对我影响不算大,我被判给母亲,一直跟母亲过,我妈没再婚,说是为了我。她有一阵下岗了,在我中学毕业前后,我们的生活很困难,于是我没上高中,上了中专,师范类。其实那个时候中专还是不错的,因为包分配,每个月,学校也给点补贴。三年很快,毕业时我就准备去小学教书,我学的是中文嘛,就教语文,可在这个关节点突然来了个机会,师专有保送上大专的,我成绩三年总分第一,自然在保送之列,于是我就上了大专,去了省城。很多人都羡慕我,我母亲也为我高兴,因为这个事,我父亲还特地摆了两桌酒,请亲戚朋友吃饭,爸妈因此再见面,我曾以为他们会借着这个机会复婚,但是没有,我父亲已经有了新感情。去省城上学对我来说是个视野打开的过程,大专,在那个时候也算不错了,我依旧品学兼优,我的目标变了,不再是当小学教师,我要当中学教师,在地方上,女孩子当老师是个非常好的职业,我想你应该理解,稳定,有寒暑假,有利于未来孩子的教育,公婆喜欢这种职业,方便嫁人。大专读书期间,我恋爱了,我妈那时候已经搬来省城与我同住,她不工作,这个时候她已经内退了,有一点退休工资。她靠打麻将赚钱,手气好的时候,能赚一点,手气不好的时候呢,又让我去送钱。他们打二四六的,两块、四块、六块,按说不算大，但输赢，也有好几百，我妈那人有点赖皮，身上不带钱的，输了就先欠着，活该那天遇到几个拉强的女人，输了钱，非要结清，按说她们也是朋友，经常在一起玩，当然要钱也是说说笑笑地要，总之我妈那天就是下不来台面，打电话给我，让我去送钱。我二话不说，从提款机取了钱，直接就送过去。那是暑假，我白天打工，做家教，晚上看书，应该说还是挺辛苦的，可我妈要钱，在三里庵王家，我只能送，我只有这么一个妈。那天我穿着一条连衣裙就过去了，谁知我送钱到那，我妈又赢了，她杠后翻花，不但抄回了本，还赢了几个牌子，就是筹码，他们都用牌子算的，但她又不让我走，说让我等她两将牌打完，算完账再一起回，我妈住在一栋筒子楼里，安农大附近，热，她也不舍得装空调，她出来搓麻，我也理解，可能纯粹为了找凉快来了。我们的日子不好过。那天我妈最后还是输了，我带去的钱都不够付，后来我又去取了一些。但那天我认识了一个人，王家的儿子，他放暑假，从北京回来，他在读书，本科。他说，你以后要当老师？我说是，他说看你也不像老师，不过你挺漂亮的。他就是这么直白的一个人。从来没有人夸我漂亮，他是第一个，我们很快就恋爱了，偷偷地，发短信，打电话，一直持续了一年，我读上本科了，他则读了研究生，我们是两地，恋爱恋得很不容易。而且，我妈知道这事后，坚决反对，她说不可思议，打个麻将输了就罢了，怎么连女儿也搭进去，开什么玩笑，王家穷成那样，你找他干吗，日光灯都不舍得换新的，快分手，给你三天时间。

粘红艳说到这，停了下来，她说想要上厕所，吊水吊多了，膀胱胀，她问我愿不愿意配合一下，我说当然，说着便起身，从椅子上取下支架，举着，跟着她去厕所。我把支架挂在门板上，我就站在门口等，治疗大厅还是很静，暖气无声地烧着，一层一层热浪朝人脸上扑，我探过身子拉窗，风小了，雪却下得更大，不是开玩笑，真是一片一片，我在回想粘红艳刚才说的故事，那一小段，似乎并没有撒谎的必要，跟我掌握的资料，也基本吻合。粘红艳叫我，我去洗手间举架子，她回到原位，第一袋快吊完了，我帮着按了救护铃，值班护士来帮着拔了插头，换了一袋，继续吊。粘红艳又开始继续讲起来：

我和王家的儿子当然没有分手，而且我妈一拆散，我们的感情甚至更好了，短信，一天甚至发几百条。我升了本科，两年，他在读研究生三年，距离是问题，那就解决这个问题。我决定考研，往北京考，我不挑学校，我的目的很明确，就是来北京，跟王在一起。只可惜，第一年，我没考上，北京学校你知道，也是讲究出身，我不是正规本科，而是从师专，到大专，再到本科，很不根正苗红，所以在竞争中我被挤下去了。没考上就面临找工作，其实以我当时的情况，在合肥找一份教师的工作，不是没可能，但我没上心，我还是想去北京，我妈为此大闹一场，她让我为她想想，她说她含辛茹苦许多年，总算把我培养出来了，可我却这样，不孝顺。还说，我和王家的儿子，根本是不可能的，万水千山，谈也就谈了，结婚，别想。可我固执，我妈赶我走，走就走，我就去安大北区门口租了个房子，也是筒子楼，我就在安大复习考研，我靠打工有点存款，王家的儿子，时不时也会给我寄钱，但不多。合肥的冬天，没有暖气的，筒子楼，我住的房，朝北，就更冷，不过我搞复习，也就尽量少在小房子里待，我去图书馆，占座，一坐一天，真是忘了疲惫，累，但充实。王家的儿子还是跟我发短信，也打电话，给我鼓励，跟我说得最多的两个字就是坚持，北上，北上就好了。我也是这么想的，我也坚持去实现。我求稳，二进宫，报了个理工院校的文科，相对冷门，好考些，事实证明，我的策略是对的，我考得很顺利，初试，复试，畅通无阻，我来北京了，我兴奋地把这个消息告诉了他，也告诉我妈，我妈妥协了，她同意我去北京，但有一个要求，每个月给她寄五百块，当生活费。我一口答应，读研究生每个月有补贴，我还可以打打工，走一步算一步，我就这么北上了。到了北京我当然是住宿舍，我和他的恋爱还谈着，可我发现，真到眼跟前了，好像情感也没那么浓，我觉得奇怪，因为这方面是没有变化的，我对他，依旧痴迷，他临毕业，要分配，可能压力大，我也理解。可突然有一天，我去找他玩，他出去买东西，没带手机，我就坐在他寝室的床上，周围没人，我忍不住拿起他的手机看，我看照片，一张一张翻，生活的，景物的，和同学胡闹的，我看到一个文件夹，加密的，我好奇，去点，要输密码，我知道王一向爱用他的生日，就输了进去。结果，是裸照。

粘红艳停了下来，她的眼神黯淡，表情僵硬，一颗光头，隐隐发青，好像一只去皮的椰子。我问，裸照？谁的裸照？

粘红艳口气坚硬，一个女人的裸照。

我被这个故事吸引了，只好追问下去，他劈腿？

粘红艳点点头，吐了口气，说，他和这个女人，他们在一起了，他跟我说，他爱过我，但是没办法，这个女人能帮到他，他分配的问题不愁，如果他不跟她在一起，可能会被分到边远地区。

粘红艳苦笑，于连的故事，不新鲜，他家穷。

龌龊的男人！我替粘红艳不值。

粘红艳说，我也反思，是我哪里不好吗，好像也没有，如果说我错，错就错在我的家庭，对他来说，是拖累。这是北京教给他的，他很有领悟力。

无耻！我说。

粘红艳说，诚实的无耻，接近高尚。

天大亮了，外面地上铺满雪，一片灰蓝。药水一点一点透过塑料软管，滴入粘红艳的身体，半夜，我听了一个故事，没录音，这对办案无帮助，但我却出乎意料地对粘红艳这个人产生了些许好感。药水滴完了，值班护士来拔管，针头歪了，血跟着滋出，洒在她皮肤上，护士不耐烦，皱眉，嚷，按紧！

我问粘红艳，那后来呢，就遇到你丈夫孟洋了？

遇到了，粘红艳站起身，迈开步子，说，回去吧。我们走出输液室，小江正坐在外面椅子上，昏睡。

尽管孟家一直施压，七天之后，粘红艳还是被释放。警队开会，研讨孟洋一案，老张说，孟家虽然提交了录音，但这并不能证明孟洋就是粘红艳杀的，还是要有直接证据，物证，人证。过了几天，法医给出了鉴定，排除投毒的可能，给出的结论是，上吊自杀。再查查不下去，这就算结案了。也就是说，粘红艳的犯罪嫌疑消除了。得到这个消息的那个中午，办公室就我和小江两个人，他犯嘀咕，说怎么可能是自杀，孟洋，根本没有自杀的必要。他过得太好了，在北京，有好几套房，娶了这么漂亮的一个老婆，工作也不错，不能算公务员吧，也跟公务员沾点边。我问，他是干什么工作的？与住建有关的一个企业，做项目的，小江说。

做项目？里头有没有猫腻？

单位没指出他有政治方面的问题，所以更奇怪，一个如日中天的人，怎么可能突然自杀？

会不会是个人问题？

个人问题？如果有个人问题，也只能与粘红艳有关，再说，粘红艳突然出家，本身就很可疑。我觉得至少，他们也发生过争吵。我本就对粘红艳的案件感兴趣，那晚听了她的故事之后，我久久不能释怀。现在，孟洋的案件告一段落，可我对粘红艳的故事的兴趣，四个字，有增无减。相反，案件落幕，我似乎更可以轻松、放肆地去与她交流，当然，这超出了公务的阈限，她可以选择说，也可以不说，公然打探隐私毕竟不礼貌。不巧的是，粘红艳事件落幕之后，我们拘留所突然忙碌了一阵，犯人骤增，偷窃的，抢劫的，办假证的，还有，强奸的，我每天忙于看守、教育、调查，粘红艳的事，只能放在一边，一直到春节。

春节我回老家过了五天，总共七天假，来回坐车就要两天，而在家的这五天，主要内容，是听长辈的教训，他们大多数人给我下指示，找个当地的，有钱的，未来有靠。可这项任务对我来说，遥不可及，我对钱，未来，都不抗拒，我只是觉得，在当下的环境里，我缺少和别人交换的筹码，我有粘红艳的姿色吗？显然没有，我有过人的才华吗？也没有，只能靠个人奋斗，可我一介女流，工资固定，并无夜草，单位也取消分房制度，我怎么奋斗？小江比我能，上班第三天，所里就在传他的"好消息"，说他找了一个本地女生，年里面就"定下来"，见了双方父母，有戏。那女的，在商场做售货员，工资不高，但据说，家里在北京有六七套房，分他们新人一套，够吃够住了。有人说，这算入赘吧？顿时有人反驳，有什么入赘不入赘的，以后房子，还不是归他们小夫妻。说完这话，就有人来点我，说，小丁，你也要努力呀，学学人家小江，快速解决百年大计，才能安心工作。我悚然，颇感乏力。相亲还是相，但成功的，没有，有些甚至连愉快的会面都无法达成。骄傲，我发现无论是糟糕的还是优秀的男人，都骄傲得肆无忌惮，我决心暂时投身工作，忘却其他。但小江却故意在我眼前晃荡，就比如清明节过后的某天，又是我们俩在办公室，他把两脚跷在桌沿，嘴里不知呱嗒呱嗒嚼着什么，吊儿郎当的，

131

他说丁姐,清明怎么过的。我气不打一处来,清明还能怎么过,难不成我去烧纸!我没好气,说,一个人过,歇着。我本以为小江又要炫耀一下他那打扮得花枝招展的站柜台的老婆,谁知,小江却放下两条腿,神神秘秘说,孟家又来闹了——来闹?小江说,他们拒绝相信孟是自杀,据说闹过,被压下来了。我还是质疑的口吻,压下来?什么叫压下来。小江说,孟是有问题的,被查了,受贿,但是钱现在不见了。小江声调压得低低的,显得有些怪异。孟受贿,人死了,钱不见了,几个因素连在一起,我又对粘红艳的事起了兴趣。

一个周末,我给粘红艳打了电话,说想见见,她给了一个地址,不是原来那个,从十里堡还要向东,通州边上,我下地铁,转了两趟公交,才到地方,小区是最平常的,全是六层楼,建得不久,道边栽的银杏,都很细小,路边都是私家车。粘红艳的住处在八栋106室,我刚跟着一人进了单元防盗门,就看见粘红艳站在门口等我了。她肚子起来了点,穿着防辐射的灰色孕妇服,已经是短发了,但脸色更白,憔悴样。一房一厅,朝北,厨房卫生间不算小,客厅里有沙发,褐色布格子旧货,一张白电脑桌,有点落色,显脏,桌上放着一台IBM笔记本,旁边有个马克杯,里面是橙色液体。电视柜摆在沙发正对面,靠墙,是液晶电视,海信的,也是旧货,电视和沙发中间的走道,有一台双层茶色钢化玻璃的茶几,摆着水果,有吃了一半的橙子,皴了皮的苹果,还有半串提子。你坐,粘红艳说完便去倒水。我假客气,说不用,可她已经倒好摆在我面前。私事还是公事?粘红艳问。那次吊水之后,我和粘红艳联系过几次,短信,电话,都是下达通知,问情况,但我觉得我和她之间,不抵触,有可能成为朋友。我轻拍肩膀,便服,我不是刑警。粘红艳笑,这哪说得清,便衣也不是没有。我茶水还没喝,单刀直入,孟洋是有问题的,你知不知道?粘红艳收了笑,她放下茶杯,说,你来就是为了问这个?我说,清明节,孟家有人来闹。粘红艳说,闹,怎么闹?板上钉钉的事。我说,你对孟洋就没有感情?他受贿你知不知道。粘红艳没回应,她从茶几底下摸出一包烟。我说,小心孩子。粘红艳丢开烟,拿起遥控器,扭头,按开了电视,屏幕里在放电影,张曼玉在里面打打杀杀,应该是《新龙门客栈》。粘红艳说,我知道。我问,钱呢,你在用?她苦笑,说如果是我用了,我何苦住到这,我自己的房子还在还贷,我租出去,宁愿自己搬偏一点,再过几个月,就不止我一个人的嘴要吃。自从结婚之后,我和孟洋的钱就分开用,他是再婚,对这方面防得很清楚,虽然结婚前,我对经济条件看得很重,如果他一点钱没有,我也不会找他,但结婚后我发现,从他那根本没什么可占的,我也就死心了。我说,孟洋就因为被查自杀?那他的钱呢?粘红艳说,那我不知道。我说,你跟我说实话,你跟孟洋的关系到底怎么样?粘红艳说,怎么样?她捋起胳膊,上面有几道疤,没有痂,可能是缝过。如果有家庭暴力,你可以选择离开,或者报警。粘红艳突然哭了。这是她第一次哭,我有些不知所措,我抽出纸巾,交给她,她也不擦泪,边哭边说,当时我也不知道会那么严重,他有问题,我劝他去自首,他不听,还打我,那时候我怀孕了,离婚吗?孩子总不能一出生就没有爸爸,但日子实在过不下去,我就去跟他们单位领导反映了一些情况。

什么情况?

领导问我知不知道他的财务状况,我就基本说了说。

是你举报了孟洋?

算是吧。

你们怎么认识的？

谁？

你和孟洋。

相亲网站上。

听你的口气，你们夫妻关系一直不好，为什么？

粘红艳说，他们家一直想要孩子，而且想要双胞胎，因为孟洋的工作特殊，家里又有个姐姐，所以如果想要两个孩子，只能一次完成。自从我们结婚后，我就一直为这个努力，我打激素，后来打排卵针，也想过用试管婴儿，但一直都没有成功，可就在我怀上之后，孟洋对我的态度突然大变，先是冷战，后来开始动手。

不满的原因是什么？我问。粘红艳说，我也不知道，可能也是压力太大，而且，知道他在财务上不清不楚之后，我也有些害怕，钻国家的空子，迟早出问题，我是不想让他越陷越深。我去山南寺庙之前，的确跟孟洋吵了一架，他骂我，还想动手，我跑了出来，那个时候我已经跟他们单位领导谈过了，他可能被约谈，他让我把胎打掉，离婚，我不愿意，所以我威胁他，说要杀了他，但都是一时的情绪话，不能当真。

我说，既然你在去山南之前已经知道自己怀孕，为什么那天晚上，还要让我们陪你去医院做孕检？粘红艳说，我说你们会信吗？话从医生嘴里说出来才有说服力，而且那天，我确实不舒服。

我定定地朝粘红艳看，她说完了，也望向我，并没有闪躲的意思。她说，我确实没有犯罪，人不是我杀的，我现在也付出了代价，这些我都没告诉我家里人，你是第一个知道的，我告诉你是因为对你的信任，我的孩子出生后即将在这个房子里。黑吧，光线特别不好，也许这就是我这辈子应该得的，以后我会出去工作,把孩子养大,人有时候要认命。

粘红艳喃喃自语。

我扶住她的手,有困难随时找我。

每当这个时候,我总是有点女侠气的,像男孩子,我从小就是这样,这也是我毅然报考警校的原因。鬼使神差,粘红艳用她的故事打动了我,打动我的具体地方,我不清楚,但我只知道,接下来的几个月,我竟陪她去孕检了好几次。孟家来谈判,私下的那种,粘红艳也打电话过来请我帮忙。那天我还没进屋,就听到八栋106里面发出争吵,一个大个子女人在客厅当中,叉着腰,鼻孔张得大大的,年纪大点的,也是女人,坐在沙发上,粘红艳就坐她旁边,窗台底下站两个小子,二十多岁,留平头,很健壮。大个子女人嚷,你把孩子给我们,以后,各走各的,你嫁人也好,不嫁也罢,跟我们孟家无关!见我来了,粘红艳看了我一眼。我挡在前面,说这位同志不要骂人。大个子女人推了我一把,说我就骂怎么了,你他×是谁啊,我们家的事用不着你管!粘红艳抱着胳膊,窝在沙发里,更显瘦,她的肩膀微微抖着,她也害怕,来者不善是肯定的了,找我来,也只是壮壮胆。粘红艳说,现在说还太早,等孩子生出来再说这些行不行,实在不行,有法院,孩子有妈,法院不会不考虑这一点,你们现在来硬的,就算杀了我也没用。话音没落,她身边的那个老年妇女身子一偏,胳膊伶俐一抬,扬手,啪!粘红艳稳稳挨了一巴掌,她的白脸立显五指印。我见这么下去,孩子可能都保不住,连忙拉开。大个子女人跟着骂,说粘红艳是丧门星,还说,你那点破事儿,当谁不知道呀!你脸好看点怎么了,你他×不要脸有屁用!粘红艳眼中带泪,站到一边,说,可以走了吧,我动了胎气,孩子谁也别要了。几个人干坐了一会儿,终于走了。我问,要不要换个地方住。粘红艳说,躲得了初一躲不了十五，我只是去找他们单位领导谈谈，最近，领导也落马了，孟洋那笔钱，也确实都交回了单位，孟洋也不是因为他那点钱就自杀，牵扯太多，我也不想提了，我现在就想把孩子生下来，我回安徽，带着我妈一起过，我就不应该来北京。

　　谁应该来北京呢？我应该来？可是，我们当初都是带着梦想来的，有些已经投降，坚守的，又过得怎么样？我们为梦想付出了青春的代价，未来的路，不明朗。五一，小江办喜事，请客，我也去了，包了两百，结果到地方，一问同事，没有低于四百的，我又临时掏了两百塞进红包。小江喝得是酩酊大醉，人都快认不清，新娘子还架着他，来回敬酒，真有他小子的，轮到我了，我端着酒杯，开始想祝词，还没等想好，小江的酒杯就伸过来了，杯子里酒水乱晃，他嘴都快歪了，但还不停讲话，他说怎么样，丁姐，努力努力，明年喝你的。新娘说他，你喝多了，来，丁姐。我说，我祝你们百年好合长生不老！新娘子噗地一笑，小江醉得糊涂，倒说起真话来了，我还长生不老呢，你说，在北京，谁在乎我呀！新娘连忙把他架走，我拿着空酒杯，站在那，周围喜乐连奏，人声鼎沸，我看见我眼前有几个人，许是女方的亲戚，眉眼乱飞，脸色一律酡红，勾肩搭背着，喝，喝！也对，不今朝有酒今朝醉，还干什么?! 人生苦短，喝！我干脆自斟自饮起来。

　　到六月，小江提干了，我比他还早进来一点，他成团委书记，变副处级了，我也不争，也不问，我还是干自己的工作。粘红艳肚子越来越大，约莫五个月了，她不上班，还是吃老本，但我却日日忙于工作，还是那句话，未来的路，没有平安，我们只能各自保平安。上次孟家大闹之后，粘红艳找我也少了，可能是为我着想，我身担公职，不蹚这摊子浑水为妙。偶尔，半夜，她会打电话来，也没什么特别的事，随便说几句家常。六月底，具体来说是六月二十八号，我们所进来一个人，姓朱，叫朱哥明，四十来岁，原来曾经是一家传媒企业的老总，因为案情紧急，算暂时看押，但从二十八号开始，我们都加班，有关部门派人来督促着，连夜审，倒也没审出什么来，这个朱哥明，只供出了他曾经有几个相好的。

　　相好的?!老张把本子朝桌台上一摔，说他×现在中年男人没几个相好的，是不是都特失败。小江，说，嘿嘿，这叫人不风流，枉中年。老张立马正色，说，严肃点！朱哥明耷拉着头，没精打采。老张说，小丁，录笔供。笔供又是我录，行吧，我一介女流，在他们看来，这种非体力活，给我干，正合适。老张出去了，小江陪着我，我朝朱哥明问，说吧，姓名。嫌疑人说，朱哥明。我有些不耐烦，我说不是问你名字，问你相好的姓名。朱哥明不停点头，跟着像报菜名一样报起来，张传芳，李丹，周玉霞，粘红艳，赵玲……一口气报了好些，具体多少我没来得及记，那小蚂蟥一样的名字，在我脑中走过场，那一瞬，我感觉好像一颗图钉按在了身上，我被刺得恨不得跳起，我大声问，你再说一遍，从头开始！朱哥明声音有点颤抖，重新说了一遍，说到nian字，我说停！粘红艳，全北京城我不相信还有第二个粘红艳，这丫头骗我，她是朱哥明的情妇？这搞什么？我把本子一摔，也不管背后小江嚷。他说你气什么，正常。

　　天亮了，整座城市像一个休克的人，醒来，又有了呼吸，大街上一切都还很慢，公交车，行人，偶尔有几个骑自行车的人，嗖嗖朝我身边经过，槐树开花了，落在地上，一层雪白。我叫了一辆出租，说，去通州，梨园。粘红艳一定隐瞒了什么，坐在车上，我开始仔细梳理她曾告诉我的一切：为了感情来北京，被抛弃，遇到孟洋，发现他有问题，告发，孟洋自杀，她出家。现在

137

又出现了一个朱哥明，相好的，放在哪？想来想去，朱哥明这个人物，似乎也只能出现在2007年到2009年之间，对，粘红艳那时候正在广告公司上班，一切似乎明朗了。奇怪，我看看窗外，北京这天竟没雾，太阳拼命放出光，热一会儿就蒸上来，司机打开了空调。我闭上眼，靠在后座上，司机大哥扭开了早间新闻，我隐约听见广播里说着什么高考报志愿之类，我头有些痛……等我醒来，司机师傅告诉我，梨园到了。

　　我小跑着朝粘红艳的住处进发，世界的一切，对我来说，都是晃的，好像电影的手持镜头，粘红艳的故事，现在在我看来，又变得如此不堪，作为一个未婚者，我觉得粘红艳是个彻头彻尾虚伪的女人，隐瞒了她做情妇的事实，把自己包装成一个受害者。我敲门，没人应，我再敲，还是没动静，我开始喊，粘红艳，粘红艳！一点反应都没有，我脑子中闪过一个念头，她潜逃了？也不至于，她也没触犯法律。我继续敲门，变成捶，对门一个尖嗓子喊，别敲了！这一大早的！不在这儿！我扭头，是个大妈，头发乱蓬蓬的。我太心急，也毫不客气，我说她去哪儿了？

　　你出了小区，左拐，走到头，有个医院，你去那儿看看。

　　又去医院？我心中有一百个问号，最不好的结果不过是，粘红艳难道死了？想到这我又觉得可笑，死了干吗去医院！我打了个小黑车，铁皮包的那种，一阵乱描述，开车的大致知道去处，迅速启动。室外温度越来越高，夏天的太阳，不给人一点余地。医院到了，我深呼吸，走进去，问咨询台，说我要找一个叫粘红艳的人。十几分钟后，我站在了妇产科的病房前。这不是一间私人病房，是大通间，一个房间里睡着六七个产妇，窗子很大，早晨，窗帘都拉开，天光射入，一切都无所遁形，白的墙，白的床单，有好几张乳黄色床头柜上，摆着鲜花，红的，紫的，橙的。

我看到粘红艳了，她的床头柜没有鲜花，她平躺在床上，几乎是陷进去了，身子特别小，肚子消下去，瘪瘪的，她盖着一床蓝条纹毛巾被，很吃力地一呼一吸。她的头发已经到肩膀，但很乱，因为汗渍，有几绺贴在额上，凌乱，颓唐。我走到她床边，扶住她肚子，轻轻地，我说，怎么没给我打电话。粘红艳还能说话，她说没来得及。我本想问，朱哥明是谁，可一见到她这样，我又有些不忍心。我只说，先好好养着吧，你想吃什么。她说，能不能给我倒一杯白水。

后来我知道，粘红艳是在和大姑姐，也就是孟洋的姐姐的争吵中，摔倒，流产。这几乎是电视剧情节，但它确确实实发生了。生活是个狙击手，不知啥时就会给你一枪。打中，完蛋，打不中，包扎包扎继续活。五个月的身孕流产，很危险，她虽然没到要丢掉子宫的地步，但医生警告她，以后怀孕，得谨慎。我去探望粘红艳几次，有一回，我甚至陪了她一夜，她很少说话，只是睡，但又没睡实似的，她老翻身。她出院的时候没告诉我。梨园的房子退租了，我去她自己的房，是另一家人在租，我问他们，房东哪儿去了，他们说，不知道，他们是三个月一次交租，钱打到她卡上。

从夏天到冬天，粘红艳消失了，我想问的那句话，那件事，那个人——朱哥明到底和你什么关系，也没问出来。朱哥明很快从我们所转走了，听说，他也不是什么重犯，只是协助调查一下，但他却出其不意招了许多，有关的，无关的。我也打听，得到的消息是，粘红艳和他确实有一段关系不明，而且，粘红艳的房子的首付，他出了力。但他有老婆。他还说过，曾经有一段时间，有人查过他。我算算那时间，刚好在粘红艳怀孕前后。我似乎对孟洋和粘红艳的关系有了新的认识，我拿起笔，开始在纸上涂涂画画，这不是福尔摩斯式奇案故事，但所有的一切连缀起来，似乎符合逻辑，却又那么悲哀：粘红艳和王分手后，紧跟着毕业，毕业后，在职场遇到了朱，朱引诱了她，他们也可能有感情，但不能结婚。朱为了对这段感情有交代，帮粘付了首付，粘打算重新开始，在相亲网站上找到了孟，可就在粘怀孕之后，孟查到了粘的过去——她做过别人的情妇——孟觉得这是不能被原谅的，开始冷战，甚至发生暴力事件，粘为了自保，举报了他。我放下笔，环顾四周，办公室就我一个人，一盏灯，已经晚上十点了，快过年了，我深感压力，不打算回家。我回去做什么呢，在北京，我并没有闯出什么来，也没有像小江那样，收获家庭，让别人安心。

　　这是我第一次一个人在北京过年，年初一，下了点小雪，我在家看了春节晚会的重播——三十晚上我在办公室度过——年初二，跟一个留京搞刑侦的同学吃了个饭，年初三，天气还好，我打算去爬山。到山顶，也不知怎么的，我突然想起山南的那座庙，粘红艳在那出家过，她会在那里吗？真是个传奇故事了。就当走走也好，我信步下山，那庙越来越近，灰黄破落的山门，古树参天，寂寥的院子，香炉有香烟，铜炉里有水，水上漂着点燃的莲灯——进早香的香客，早来过了。一位老尼在打扫庭院，我问，请问这位师傅，有没有一位叫粘红艳的女士来过这里。老尼说，并没有姓粘的施主。我又问，那静焕呢？老尼说，你找静焕？她遥遥一指，我顺着看过去，只见菩萨脚下坐着一个人，侧脸朝殿门，双眼微闭，手持佛珠，念念有词。她戴着僧帽，一身淡灰棉袍，如莲似松，静默淡然。我走过去，看清了，是她，是粘红艳。我停住脚，站在她面前，她不再念经。我只觉得胸中有一股气乱窜，嘴里有话，却不知从何说起，我跪下来，朝菩萨拜了三拜，再起身。心中稍定,我说,其实孟洋的事,自有公家管,你大可不必去告发。静焕没抬头看我,佛堂里静静的,清冷,肃穆,容不得一点谎言。静焕突然说,我出身低微,又是戴罪之身,我曾经以为,如果孟洋也是戴罪之身,我们就扯平了,他便不会嫌弃我,可如今才知道,一切作为,不过错上加错。扯平了?她去举报孟洋,不过是为了扯平?我呆呆地站在菩萨面前,全身无力。庙里的钟声响了,清亮,悠远,刺破山中寂寥,我朝外望,几个祈愿的人,大人,孩子,投了些纸币在收费箱里,他们还要敲钟,一下,又一下。

PART 4

天地春

1

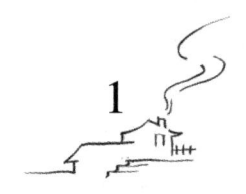

手紧握方向盘，大灯打到最亮，两只铜铃眼似的，在黑暗里劈开条光路，一侧偶尔有车超过去，程思凡就浑身一紧。妈，开慢点，儿子小非说。没问题，程思凡嘴上答着，心却揪紧了。下坡，刹车！小非又喊。思凡恍然，连忙调整方向，是个小坡，少说有三四十度角，不爬到坡顶，看不到对面来车。这是她第一次上高速，学车学得糊里糊涂，买车才三个月，过去总是在市里转悠，真上高速，又是晚上，她考虑再三，加上儿子的鼓励，才终于踩足油门。爬上坡了，程思凡一头汗，她嚷着，小非，导航呢？就在车冒头的刹那，一辆大卡车迎面而来，灯照得黄亮，程思凡慌了手脚，刹车、油门、方向盘胡乱打，车像中了邪，直朝国道旁的护栏冲去。程思凡不敢看，索性闭眼。妈！小非猛拽盘，车子来了个九十度漂移，车轮摩擦地面。一阵涩响，车停住了。程思凡头朝后，头发披散着，盖住半个脸，女鬼似的，眼还没睁——她不敢，做检察工作那么多年，什么大风大浪没见过，别人让她学车，她一直不肯，现在好了，为了魏东——她那个成功人士的丈夫，她深夜驱车，要开八十公里！见鬼！额头一烫，程思凡这才睁开眼，小非摸着她的头，他说妈你没事吧，要不我开。程思凡眼眶一热，差点没哭出来，到底是自己身上掉下来的肉，魏东要能有小非三分之一懂事，她这辈子知足。没事，继续走，导航架上，快到了。程思凡故作坚强，她始终记得自己是个妈，在儿子面前，她不能倒下。程思凡和小非又上路了，前途，又黑又长，她开得更慢，白色大众，像只刺猬走夜路，一点一点，悄无声息，挪到快十点了，路上车渐少。

小非说，妈，真不该让你来。程思凡没接话，多少年，大约从小非六七岁始，有关魏东的事，他就懂，所以她跟儿子，多半心照不宣。程思凡一踩油门，车子哧溜蹿出去。认了，今天就是出车祸她也认了！儿子要高考，魏东还他×整这一出，娘俩要都死了，他也别好过！程思凡终于哭了，好在黑暗中，小非看不到，她拼命调匀气息，呼气，吐气，按下车窗，风灌进来，好了，眼泪被风吹干了。车冲破黑暗，前面是个小集镇，半夜还有灯火，丁字路口，车竟然堵住了，七八个摩托斜在路中间，程思凡不耐烦，叭，汽车鸣叫，叭，又叫！无效，摩托车依旧盘踞。她迅速地拍着喇叭，机关枪似的，声浪在夜空一下一下，特别响亮。妈——小非望着妈妈，他从小话不多，一句话，已是万语千言。程思凡当然明白儿子这一声叫喊意味着什么，她告诉自己，稳住，必须稳住，不能失态，抓稳方向盘，调头，旁边有条小路，超过去。实在不行就离婚吧，我没关系，小非又说，轻描淡写。程思凡脑中轰地一炸。你说什么？她下意识问。小非坐在副驾驶上，眼望远方。

母子连心，程思凡相信一旦离婚，小非一定站在她这边，二十年，除了小非刚出生的那段日子，魏东在家待过几天？更别提带小非。不是单亲，但父母却长期两地分居，小非等于是妈妈、姥姥带大的。可她和魏东不是没感情。程思凡过去那么优秀，先是在工厂做工，又考上政法系统公务员，魏东住隔壁，青梅竹马，他在木材公司做到中层，顺风顺水，小非出生，家庭完美得不像话，可谁想到他会下岗呢。魏东没了饭碗，不出去做点事，怎么行？两地分居都是被逼的！

魏东在大超商做，十几年，从小职员做到店长，不可谓不能耐。总部有规矩，做超商，三年就要换一个城市，所以魏东这些年，便一会儿上海，一会儿南京，一会儿武汉，一会儿济南，基本不到点就会有调动，如今，集团要开发中小城市，连县城都不放过，蚌埠下属的县里开新店，魏东被派来做一把手。程思凡明白，男人成功是危险的，她做检察工作，听多了，见多了。可数年前，在济南，她带着孩子去魏东租住的房子搞突击，门口的一双红色塑料拖鞋还是震撼了她。事不关己，高高挂起，事找上门了呢，她躲不过，她的自尊不允许她睁一只眼闭一只眼。小非要高考了，本来说好，周末回家，可临了，人家一个电话打来，说要陪客户，不回了。程思凡坐不住了，蚌埠店有她的眼线，朱江是她建议魏东提起来的，这小子还懂感恩，他告诉程思凡，店总周末没有安排。

妈，要不我们晚上过去。小非推开高考物理冲刺题。去，当即拍板，程思凡穿衣服都是小跑的，摸黑上高速都不怕，她要一探究竟，魏东跑不了。

魏东也没打算跑。灯亮了，客厅茶几上一套茶具凌乱，六安瓜片的纸筒，盖子没盖，魏东附庸风雅，但程思凡知道，他根本喝不明白茶，但还要喝。沙发上是脏衣服——裤子，夹克，内衣，程思凡稍稍放心，偷情偷的是浪漫，是激情，哪个女人能忍受这些。小非去洗手间了，程思凡一个人推开卧室门，魏东在床上躺成大字形，发出轻微鼾声，店里的衣服还没脱，床头柜子上，一家三口的合照摆着，是去海边，脚踩在沙滩上，海水笑皱了。程思凡突然有些羞愧，是自己多心？直觉雷达失灵？她没叫醒魏东，只在床角坐着，小非推门进来，说妈，要不要喊他起来？程思凡忙说不用，让他睡。她又看了丈夫一眼，转脸对儿子说，快去睡吧，作业带没带？小非笑笑，做了个鬼脸，说带了，啰唆。小非对程思凡说得最多的口头禅就是，啰唆，程思凡刚开始不接受，但次数多了，她也欣然笑纳。是，没错，从上小学开始，程思凡就开始念叨，孩子是她一个人带大的，其中甘苦，都在这啰唆里了。上初中，初二吧，小非成绩突然下降，程思凡的啰唆达到了顶峰，她索性跟小非一起学，生活方面更不用说了——小非，牛奶要喝，喝光，小非，吃素菜，小非，大便了吗？小非，背要坐直，小非，不许跟女同学聊那么多……魏东不在家的日子，除了工作，小非就是程思凡生活的全部。一年一年，程思凡硬是被拖老了，想当初，在工厂做工，她是厂花，去了检察系统，也是数一数二，为了照顾小非，她放弃了晋升的机会，混了那么多年，一个正科还没混上。但她觉得是值得的，小非懂事，学习优秀，只要翻过高考这座大山，她人生又是一番新风景。偏魏东不争气！老的还不如小的。程思凡合上被子，侧身而卧，夜里，还有点冷，关了灯，她闻得到魏东的呼吸，她把胳膊搭在他身上。年纪不小了，四十好几，有肚子，过去他踢足球，身材很棒。魏东咕哝着，像是说梦话。什么？程思凡侧耳，魏东又咕哝了一句，是个人的名字？好像是，又好像不是。魏东翻了个身，胯骨压在程思凡胳膊上，那么寸，就压一点肉。一声大叫，程思凡的脚掌顶在魏东屁股上，再一使力，一百七八十斤，轰然落地。魏东醒了，彻底地。你怎么来了？这是魏东醒来后的第一句话。

2

欢迎宴第二天准时开，朱江牵头，也是给老大面子，为思凡接风。老魏有事，思凡先到。都是土产，江淮风味，嫩豆腐做皮包的饺子、牛肉汤、淠河龙虾等，思凡看得出朱江的用心，她感到满意，知恩图报，她没帮错人。一会儿，服务员又端上来一道，是鱼，尾巴和鳍略出汤面，汤色乳白，浓香扑鼻。朱江笑说嫂子，看看这道菜。思凡看小非，她这样的眼神通常就是考验了，小非懂他妈，便说，鲇鱼汤。思凡一笑，朱江摇摇头，小非又说，戈雅鱼，朱江微笑不说话。思凡到底见过世面，也有年岁，她放下筷子，说，怎么找来的，这现在可是国家二级保护动物。朱江说，放心，养殖的，嫂子吃呗。小非问到底是什么。思凡说，你刚才说戈雅鱼，鲇鱼，都有点影子了，但它不是普通鲇鱼，戈雅鱼汤色是黄的，这汤色乳白，头尖，吻肥，再有这个香，是淮王鱼八九不离十。思凡看朱江，朱江连忙道，嫂子到底是做检察工作的，服了！思凡哼然，我是做什么的，江淮一带，还没有我不知道的东西，这淮王鱼生活在淮河，而且只有淮河寿县正阳关到凤台县黑龙潭一段才有，但实际上它真正的家，只在凤台硖山口，性格极其刚烈，寻常看，这鱼的身子是青灰色的，但到了危急时刻，缺氧，它就会全身充血，鱼身慢慢变成红色，缺氧程度越高，红色的面积越大，到最后，鲜血甚至能从鱼鳍流出来。淮王鱼也代表了我们淮河这一片人的性格，性子烈。思凡望着朱江，道，我眼睛里也是不揉沙子的。她停了几秒，嘴角微微上扬，她知道，以朱江的聪明，不会不懂借代。果然，朱江说，明白明白，最近风平浪静，台风来了，我会及时汇报的。

吃到八点二十，魏东才笑呵呵进来，一边入座思凡旁边，一边赔不是，说真不想当这个领导，我给我的领导请罪，在座哄然一笑，气氛轻松很多。思凡绷住，还是那个老魏，社交手段一流，到哪，都能搞气氛，还让人觉得不突兀。谁知，老魏身后，跟着三个人，两个男的她脸熟，电器部新进来的，后面跟着女的，老魏坐，她也坐，直到她坐下，思凡才认清楚那张脸，她当时就气炸了。刘燕，过去淮南店食品部的专员，对老魏有意思，思凡一清二楚，甚至找人给她传过话，大致意思三个字，你没戏，思凡在公检法，在淮南当地，没有她办不明白的事情。刘燕知趣，主动退了，没想到今日打上门来。老魏还是一副哈哈样子，思凡在左，刘燕在右，这女人也端庄，拿着筷子，鱼夹一点，肉夹一点，樱桃小口，思凡隔着魏东，用余光观察这女人，恨得牙根痒痒，装，你就装吧，思凡心里嘀咕。看着老魏也没什么不自然，难怪，他在商场上，逢场作戏，早是影帝级了。

服务员上酒，天地春，席上男人们喝，思凡一把夺过来，先给自己满上，平平一盅。老魏一见，连忙也满上。众人见店总如此，也都要了酒。思凡见一干人等杯中已是清亮，便率先站起来，右手端着杯身，左手四指扶着杯底，小手指则敲着，如兰似菊，她笑吟吟地说，各位，今天我来，是不请自来，打扰大家工作了，大家肯给面子来吃个饭，是我程某人的莫大荣幸。众人笑。身体微侧，目光穿过老魏半举的臂弯，思凡和刘燕对上了，思凡恨不得眼里射出刀子，可还是微笑着，刘燕身体一抖，没人知道，除了思凡。她是女人，她也是，她知道刘燕能接收到她的电波。思凡接着说，多谢各位支持老魏的工作，我们这个家，孩子是第一位，老魏是第二位，我，只能算第三位，各位，有劳了，不肯帮忙的，也别帮倒忙就成。老魏哈哈截话，说这叫什么话，哪有什么帮倒忙的，朱江跟着起哄，小非一言不发，他不喝酒，只顾吃自己的，吃完到一边去玩手机，思凡说你吃完就先回去，快考试了，不能太放松。小非没应，推门出去了。

做什么事都是如此，考试如此，工作如此，婚姻如此，狭路相逢勇者胜，这就是个竞争的时代，思凡恨老魏，一次受伤，一生都有伤疤，可思凡怎么舍得放弃二十年婚姻？洗手间的镜子，又黄又亮，思凡一个人站在前头，从皮包里掏出只指甲油瓶子。多少年她都不化妆，检察系统，国家人员，化妆像什么样子，可如今出来，她也学着弄一点，大涂大抹不至于，但小处，得有修补，生小非生出来斑，熬夜审犯人审出来的黑眼圈，还有眉毛，寸得很，老魏出事那年开始掉，就打一天掉一根，能有多少？有人出主意，文，植，绣，思凡都没同意，她喜欢自然的，平时就按照老母亲给的老法子，用蓖麻子油擦，日积月累，竟保住不少，她大喜过望，就用指甲油瓶子装着，随身带。镜中恍然出现一个人影，思凡心惊，手抖了一下，再仔细辨认，那人已将脸压近镜子，拿着粉扑子压脸颊。是刘燕。思凡稳住心神，该来的总会来，她收起眉笔，打开水阀，水哗啦啦响，配合着抽风机，消减了几分尴尬。你别误会，是刘燕先开口，最近台风，一批货发不过来，我才来蚌埠借货，到店里刚好遇到老魏，叫着一起过来的。思凡侧转身子，与刘燕四目相对，静默，刘燕的一张脸舒展平静，多年的检察工作经验告诉思凡，这个女人没有撒谎，可思凡反倒有些不好意思，她只能不说话，微笑着。刘燕接着说，老魏这人心活,又爱玩,你能管住他,是你的本事,你比我长几岁,我不妨叫你一声姐。思凡心防放下了。优秀的男人,招蜂引蝶,自然不过,刘燕喜欢老魏是刘燕的事,而且已是过去式,她何必纠结?思凡反应快,刘燕话还没落,她就截话说,是你多想了,回淮南多找我玩。再出现在包间,两个女人已然松弛,都喝得不少。

一喝多就不能动了。入夜,出租车都少,朱江干脆给开了个房,留给老大和思凡休息,小非那边,他再找人过去看看,安全就好。思凡洗了个澡,清醒些,她酒量不小,老魏还能自己洗澡,浴室还能传出口哨声,思凡就大概知道,老魏的量还没到,再年轻一点,他一斤白酒没问题。思凡吹干头发,披散着,她就这一头头发好,四十好几,没一根白的,她半躺在床上,该穿的穿,不该穿的不穿,两腿像两条蛇,她侧耳聆听,喷头没声,大概洗完了,她如临大敌,像海边的美人鱼雕塑,务必从头发根到脚指头都是美的。老魏出来了,拿着酒店白毛巾擦头发,朝五十迈,有点肚子了正常,思凡看丈夫还是英武无比,倒退二十年,他在厂里是体育健将。屋子里灯光亮得刚好,它不是朗照,而是在曲里拐弯的地方,悄悄地透出光来,生怕打扰了这对夫妻。思凡轻声喊,喂。她不好意思喊他的名字。老魏嗯了一下,重重的喉音,他甚至没看她一眼,闷头倒在床上,背对她。思凡头皮发麻,火蹿上来,堵在胸口,刚想发作,老魏又说话了,钱还够用吧,妈的病怎么样了,实在不行就住院。思凡愣住,一腔怒火遇甘霖,到底是夫妻。你还知道关心这个家?思凡用反问句。老魏轻微的鼾声打断了她。她推了他一下,鼾声没断。真睡?假睡?谁知道。思凡深呼吸,反手,啪,灯灭了,整个房间陷入黑寂。

3

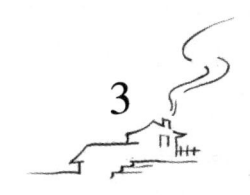

魏小非一模成绩不理想,二模跌得更厉害,思凡被班主任请到学校去,耳提面命,回来后,她没向小非发火,却结结实实跟魏东吵了一架,理由无外乎,和谐的家庭对小非的考前心态影响巨大,十几年苦读,就在这小半年。魏东知道轻重,回来得勤了一点,刚好思平老公老陆请客,找老魏办事,老陆在六安搞了点茶叶,想找老魏寻路子,思凡牵线,几个人吃到近晚上十点,老魏说,他没路子,但他可以介绍刘燕做,她在本地人头熟。回家路上,思凡开车,她没喝酒,老魏坐在副驾驶,思凡单刀直入,你跟刘燕怎么回事?老魏笑说,能有什么事,就是做生意而已,你也看到了,回头这提成,你拿着,不用给我了。思凡本就是故布疑阵,老魏这么一说,她多少心安,两次遇到刘燕,她对这女人已经从防备到接纳,现在干脆做起生意来,她跟老魏,应该已经悬崖勒马。思凡踩一脚油门,车子哧溜朝前一跃。小城,到了这个点,路上几乎没车,她可以放胆一行,他们今晚回山南,小非快下晚自习了。过隧道,扑面灯光,都在顶上,好似银河,思凡按下车窗,风灌进来。老魏动了动。这隧道又细又长,穿山而过。思凡说,小非你晚上盯着点。老魏嗯嗯一笑,点烟,黑暗里一点艳红。思凡道,这点随你。老魏没接话。

一整天,小非的时间是被严格控制的,备战高考,备的是一种节奏。早上六点起床，如厕洗漱吃饭十五分钟，六点二十必须出门，六点四十就必须坐在教室里早读，过去小非爱洗澡，每天一次，可进入高三，躐免，一周一次，甚至两周一次，从早上六点到晚上十点，小非鏖战校园，十点下了晚自习，回到出租房，思凡心疼孩子，总会奉上些补品。

今儿个，是从饭店打包的老鸭汤，热好了，装在搪瓷盆子里。小非坐在桌前灯下，一边听英语一边喝汤。思凡退出去，带上门，留个缝儿，一线灯光，她就猫在门边。老魏坐在小非身后，跷着腿，父子俩连背影都像，思凡望着，竟突然有点感动。手中鸭汤有余温，这才是日常，思凡是那种在饭店总吃不饱的人，可端回来吃，就不同。小非摘下耳机，端起碗，一饮而尽。小非朝老魏笑，爸，你还不去睡觉。思凡见老魏的肩膀轻抖了一下。你小子最近不干好事吧？老魏的开场白有点底气不足。思凡忍住笑，侧耳听。小非反问，不干好事的是你吧？老魏有点不自在，屁股挪了挪，伸手拍了一下小非脑袋，骂道，以后不许干那事，你才多大。小非瞪着两眼，不明就里，说我怎么了，你别不讲理。他内向，但向来据理力争。老魏说你晚上睡觉干什么呢。小非憋红了脸。思凡有些担心，这个魏东，让他好好说的。老魏乘胜追击，说你小子现在才多大，不干正事，马上就要高考了，心思不在学习上能行吗？现在是你想那些事的时候吗？小非耳朵根子都红了。思凡知道不妙。老魏还在念叨，连珠炮似的，小非鼓着嘴，喷出句话，你呢，你就不想？话音落了。魏东转过脸，思凡看到他仿佛看外星人一样看着儿子，而后冷笑，说你小子还说老子了是吧，老子多大你多大，你毛长齐了没有？真他×反了教了。

眼看要失控，思凡想冲进去，但转念还是忍。忍字头上一把刀。小非反击道，你难道就没跟别的女人睡过?！灯光柔和，万籁俱寂，思凡却只觉得脑中被十万个铁锤砸了一遍，两耳轰鸣，跟着才传来魏东的叫骂。他还要打！儿子什么都明白，什么都明白！一拳，一掌，一脚，魏东过去踢足球，也打篮球，他打算跟儿子客气，小非现在就是球，可是球就会反弹，越打越弹，思凡红着眼，顾不上手上那碗汤，咿咿呀呀冲了进去。阻拦，必须阻拦，这个时候，她要扮演一个慈母。

她必须是慈母，尽管魏东这个严父扮演得很不是时候。一夜昏沉，第二天，思凡反倒觉得是自己不对，青春期，发泄发泄，有什么不对，老男人尚且需要发泄，何况小年轻血气方刚，小非已经不是孩子了。魏东嚷嚷了一天，第三天，礼拜日，他非要拉着思凡去见老师。多少年不问事，一问起来，却特别上心，思凡看得出他多少有些演戏成分，可既然他愿意演，为这家，她就愿意配合，老师家她知道，拿上超商的购物卡，两口子开着车就去。班主任说了一些场面话，又说，小非没问题，脑袋瓜子聪明，一本没问题，当务之急，就是情绪稳定住，正常发挥。魏东一个劲点头，还喃喃自语，说这孩子脑袋聪明，像我。思凡听了好笑，懒得戳破，都说儿子智商随母亲好不。见完走人，还是思凡开车，魏东屁颠屁颠，坐不住，思凡冷不丁说，昨天儿子也没说错吧。魏东笑容顿少，皱眉，说要不你们搬到长丰去住吧，一家人一起，反正现在也有车，早出晚归，油钱我付。思凡盯着魏东，觉得眼前这个男人简直可笑，老婆孩子，一个每天要上班，一个眼看要高考，为了他，大老远搬去蚌埠，每天长途开车往返，现实吗？他是金山银山？还是西天极乐？值得她娘俩这么日日取经跋涉？开车，认真开车，思凡偏过脸不接话，前方道路漫漫。一个声音飘过耳边，说可不是我不让你们去啊，别整天疑神疑鬼。思凡深呼吸，她要压住火气，现在能不发火，尽量不发火。手机响了，

155

思凡对魏东说，扶着。魏东连忙伸手抓住方向盘。是院里有事。魏东说，直接开过去吧，我等你。思凡看了丈夫一眼，猛打方向盘，车子转了个弯，朝山南开过去。

进去是晌午，出来天已黑透，思凡看到魏东还窝在车里，心里暖了一下，他还在等她，半闭着眼，就好像多年之前，在厂门口，她下班，迟了，他硬等，等完了两个人就去压马路，东逛西逛，无目的地。思凡拉开车门，魏东醒了，他问她怎么样，她没多说，只说，又一个案子，经济犯罪。谁？魏东直起身子。思凡没吱声，组织纪律，这么多年，她和魏东之间已有默契，她的工作，她不多说，他也很少问。魏东又松弛下来。思凡说，不该拿的不能拿，不该要的不能要。魏东说，晚上还要继续？思凡说，不用继续了，算重大事故。事故？魏东皱眉。嫌疑人自杀了，思凡说得很平淡。自杀，怎么死的，魏东追问。思凡冷笑，不归我们组管，审讯过程中，冲出去，跳楼死的，他没交代，他的几个情妇实名举报的，不死也是死，可这样害苦了我们同事了。那今天还要加班？魏东问。思凡没接茬，只说，情妇都是定时炸弹。她这话是故意说给魏东听的，其实院里什么事也没有，只是财务让她来领上次出差垫付的钱，急着做账。她说了那么一大套故事，点睛之处在最后。她用余光观察着魏东，脸，胳膊，腿，身子……一根汗毛，魏东没表现出什么异常，他只叹，人，还是活简单点比较好。这是他的一贯论调，活简单点，可在思凡看来，他活得一点不简单，他表面上豪爽仗义追求自由，其实事业心比谁都重，事业要进步，没有城府？鬼信！这城府一旦用到两性关系上，不出问题，可能吗？思凡胡思乱想，迎面一辆大车开来，思凡没注意，还是魏东先吼，你干吗！思凡连忙朝旁边避避。魏东嗔道，你被跳楼吓着了，没魂了吧，我开，我来开。思凡乖乖让座，副驾驶上，她扭开音乐，头靠后，闭眼，吸气，吐气，坐车还是比开车舒服，这些年，这个家都是她在掌舵，她累了。车厢里都是音乐，是汪峰在唱，扯开嗓子嘶喊，谁知道我们该去向何处，谁明白生命已变为何物。魏东说，去吃烧烤吧。荷兰烧烤，龙王沟路十字路口那家？他们谈恋爱的时候就有，现在还没倒闭？

岂止没倒闭，到了地方才知道，人家越做越大，吞并了旁边几个店面，成荷兰烧烤城了。菜单来了，服务员小姐拿着笔，小纸本，魏东好像铆足了劲要追忆过去，死命点，光串杂七杂八就要了几十，这蛤蜊那生蚝，这韭菜那蘑菇的，思凡嘴上说不要，可魏东如此，她到底受用，已不是省吃俭用的二十年前了，难得浪漫，胡来就胡来，山珍海味吃过，这样野吃也好。魏东问思凡，喝不喝啤酒？思凡第一反应，你喝什么啤酒，肚子多大了？瞬间又觉不妥，改口，喝就喝一点，我不喝。魏东向服务员道，两瓶啤酒，冻的，又说，来罐椰汁。服务员说没椰汁。魏东横鼻竖眼说，我太太喜欢喝椰汁。服务员说我们这没有椰汁。魏东吵吵嚷嚷，思凡看着发怔，胸腔里升起莫名感动，他总记得她吃烧烤爱喝椰汁，可她不能不讲理，忙说，算了算了。服务员奔逃，魏东站起身，说我出去给你买。思凡道，算了算了，多大了，在外头还那么失态，也不是什么仙丹妙药非喝不可。魏东执拗，说你喜欢喝椰汁的，说罢，起身，胖墩墩一个背影出门去，没多会，果然回来了，两听椰汁在手，像手榴弹。各色肉串在铁网上嗞嗞响，出油了，偶尔一点小火苗上冒，烟，雾，挡在思凡和魏东中间，思凡时不时朝后倒，熏得慌。两个人自顾自翻烤着，吃着，喝着，一句话都无，这便是夫妻，二十年，该说的话，早已说完，只剩相对无言，心知肚明，但思凡多少有些不甘心，为自己的付出不甘，为逝去的青春不甘。隔着烟隔着雾，她看魏东，些许胖，皮绷肉紧，能吃能喝，正当年，她呢，吃一点就饱了，烟熏得难受，想追念过去，有心无力。

  岁月谋杀了浪漫。她只想过细水长流的日子。思凡叫了一声魏东，她很少叫他大名，他却不在意，拿着一串烤好的猪腰子，吃得欢快，她说魏东你回来吧。他嗯了一声，再过两年，快了。她不再问，再问也是多余，这些年，因为这个事，念了多少回，吵了多少回，没用。人在江湖，身不由己，他的工作性质如此。又或许是他不想回来？思凡吃不准。手机在桌面上震动，是个陌生号码。思凡和魏东四只眼睛盯着手机屏幕，是蚌埠的号，魏东不动，思凡警觉，说接啊，魏东哦一声，说是店里的人，拿起来，划了一下，贴在右耳。第一句话是：我在淮南。第二句话是：我在吃烧烤。两句话下来，思凡的职业敏感和女人特有的直觉又来了，她犯嘀咕，不对，绝对不对，他堂堂一个店总，店里他最大，用得着向别人汇报他的行踪？有事说事不就得了？除非是向对方释放信号，在淮南，在烧烤，意味着，我跟老婆、家人在一起，你别多说了。思凡铁着脸，问，是谁？魏东嬉皮笑脸，店里人汇报情况。一嬉皮笑脸就更不对了，不做亏心事，何必嬉皮笑脸讨好？思凡的火气涨满了。手机又在桌台上震动，这次是思凡的，她接起来，听了几秒钟，迅速起身，说，大姐出事了。

4

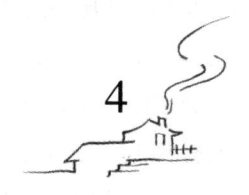

思念心脏病发,幸亏抢救得及时,老魏人脉广,联系了好几个医院,最后选中人民医院治疗,思念一家千恩万谢,思凡觉得有面子极了。关于婚姻,思凡妈一直给女儿灌输一个观念:能过还是过。五个字,掷地有声,思凡不信,可真到了同学会上,她发现老娘说的,不是没道理:能过还是过。抛去那些旁人看不见的纠结,和这些个水深火热的同学比,她的确有值得骄傲的资本。别人的羡慕嫉妒恨,让思凡自我感觉良好,也只有这个时候,她才更加清晰地知道,魏东和小非,对她来说,是如此重要。她觉得一个成功的丈夫,一个上进优秀的儿子,当真是一个成功女人的标配。

饭桌上,思凡客套着,可那些中年女同学半真半假的奉承,还是犹如魔音传耳:哎呀,还是你们家老魏能干,数来数去,哪个都不如他,怎么就你那么好运——哎呀,小非走一本没问题,太棒了,棒,棒——说这话的女的干过记者,说话一向夸张,她竖起两个大拇指,狠劲地比,比到脸上。思凡知道她在演戏,可不得不说,这戏演得让看戏的人舒服。一场饭吃下来,她有点想魏东了。去看看?这念头在脑子里一闪而过。这么晚,算了吧,都多大了,疯什么劲儿,她劝慰自己,可真等坐到汽车驾驶座,她还是不由自主朝蚌埠方向开。周末,小非回家了,姥爷姥姥带着，她安心。一回生，两回熟，思凡一路开得顺顺当当，到地方，已近晚上十点。楼上的灯没亮，思凡没打魏东电话，她打开门，拉开灯，房间一新，所有的东西，都放在它该放的位置，尽职尽责，一丝不苟。思凡心里有些毛，她开始翻东西，用那种极其专业的手法——从厕所到床底到储物间，大到冰箱，小到一根头发丝，有形如各类物品，无形如百样味道，思凡全部以身试法，亲身体察，而且最关键是，翻了跟没翻似的。一切检查好，思凡的心，这才稍微落定。

她坐在沙发上，拨通了朱江的电话，装作没事问，喂，哦，小朱，老魏在吧。听筒里朱江说，哦，店总在，我去叫他。思凡做着假声问，哦不用了不用了，刚他手机打不通，你别告诉他我来过电话，都忙吧。朱江知趣，哦了两声，挂了。朱是她的人，懂得感恩，她很放心。思凡一个人在客厅看了会儿电视，又看看手机，行为利落得好像个女杀手，她拨了个电话给小非，跟他说，自己会晚点回去，同学还在聚。电话一挂，思凡反手"啪"把灯关了，整套房陷入黑暗，只有手机屏幕一小块光，思凡一按锁屏，光块也没了。她跷起腿，稳扎稳打，不急不躁，她像一只猫头鹰，在等待猎物。思凡觉得自己的心静极了，二十年婚姻，她不敢确定，自己是否已经爱上这种猫捉老鼠的游戏本身。

小城晚上灯光稀落，这地方偏，连车声都无，她能听见自己的呼吸。等了半小时，楼梯口有脚步声了。她侧着耳朵听，数那步子数，听不真切。再是开门声，脱鞋，开灯，在灯亮的刹那，公文包啪地掉在地上，魏东那滚圆的身子差点没和地板亲吻。你搞什么?！魏东吼思凡。看他发怒，激动，思凡反倒冷静，她喜欢激怒他，而且此时此刻，她甚至有点开心，因为老魏是一个人回家。灯坏了，思凡微笑。魏东哭笑不得，说你骗鬼！亏得混了多少年公检法，说谎都不会。没出去喝两杯？思凡说。魏东绷着脸，当真生气了，他拖着调子，有点像唱黄梅戏——你如果不相信我，你就住过来，天天来，小非让妈带！你这闹鬼吗？！你说你好歹也是个国家公务人员、知识分子，搞成这样，自己不觉得可笑吗？我这血压，可受不了这惊吓！魏东砸在墙壁上。他硬，她索性软了，反正目的达到，她愿意做贤妻良母，她说，还没吃吧，我去给你煮面。魏东说，气都气饱了！思凡假装要哭，说我是担心你才来的，你这样，那我走了，说着她真收拾起来。魏东被逼得无法，只好说，你到底要干吗？你都多大了，能不能正常点。思凡扑到他身上，恨道，我怎么不正常了，不正常的是你。思凡如狼似虎，魏东只好顺从，思凡铁了心，今晚要硬碰硬，可魏东却没打算配合。思凡一夜不痛快，非问出个所以然，魏东被逼得没法，第二天提前走，第二个礼拜没回来。到了第三周，思凡催了魏东好几次。

　　你的注意力，应该多放在自己身上，放在自己身上，你就不会疑神疑鬼了。魏东在脱衣服，他刚回来，准备洗澡。我都是有凭有据，没有凭据不办案，我这没有冤案。我不是你的犯人，魏东脱光了，一个肉墩墩的背影。转身刹那，思凡好像突然想起了什么似的。你的黑曜石手串呢？她问。这手串是她去云南出差买给他的，他一直戴着。魏东没转身，继续朝洗手间走，断了。断了？活要见人死要见尸。断在哪了？她又问。都在车上，魏东进去了，太阳灯打得炽热，不见人影。思凡追进去，她还有疑问，她恨，门被撞开，她指着魏东的脖子，说你这是怎么回事？一个红色的血痕趴在魏东脖子上。我不跟你说，你脑子有问题，他扭开淋浴，水洒下来。怎么回事，哪个女人搞的？！思凡开始撒泼了，水喷到她衣服上，像一片地图，鞋湿了，头发湿了，思凡冲进水里雾里，扭打，她流着泪，泪也不是泪，魏东怒吼如狮，像，他本就一身毛，他把思凡推到墙上，吼着，是部门搬电器压的，信不信随你！说完，转身，出去，赤身裸体一个雨人。程思凡瘫在淋浴间，一个小格子，水还在流，她也不知自己是怎么了，或许真的是搬东西压的？她不知道，她只是哭，为自己多年的付出流泪。

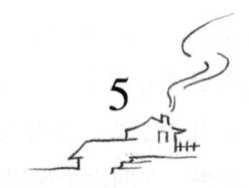

5

整个下午，思凡都坐在咖啡厅，魏东回蚌埠了，小非晚上在学校吃食堂，她有大把时间消遣。打心眼里，她承认自己失态了，可她不愿承认自己判断失误，不是第一次了，魏东绝对有问题。可她能怎么办呢？一杯热巧克力摆在眼前，到了三点五十，又是一杯，是茶，准时准点，刘燕来了。一见面她就掏出一个信封，推到思凡面前，说这是思平生意的提成。大战过后，思凡竟突然感觉刘燕这个女人并不可恨，她懂礼数，知进退，讲义气，而且现在她跟老魏，也没什么了。思凡收下信封。刘燕说，怎么，又闹了一场？思凡惊诧，她怎么知道？刘燕好像读懂了她的心，笑着说，看你的眼睛。思凡也笑了，她笑自己，荒唐，愚蠢，女人遇到感情，就失去了理性。老魏这个人，对人太实在了点，刘燕喝了口茶。什么叫实在？思凡问。刘燕笑呵呵道，如果我是你，我就不会那么认真，老魏说到底是生意人，生意场上，逢场作戏不是正常的吗？何必那么分毫毕现，要记住，水至清则无鱼，人至察则无徒。思凡气闷，恨道，你的意思，让我纵容他出去乱搞？刘燕说，你有能力陪在他身边？十八年了，如果能，早就去了，而且即便陪在身边，又怎么样？思凡把杯子一放，你别给我洗脑，到什么时候，做人都得有基本道德。刘燕说，忍忍吧，再过几年，他归根到底还是会回到你身边。思凡道，过几年，什么意思？他身边现在有人？刘燕低头，不语。思凡追问，你知道你就说，过去的既往不咎，我只问现在。刘燕起身，说我真的不知道，这是你们的家事，今天我只是来送钱，怎么扯出那么多老婆舌头。思凡隔着桌子，拉住刘燕，你告诉我，照实说。刘燕不动。思凡又摇了摇她的胳膊，是哀求了。听说最近跟一个叫周婷婷的下属走得挺近的，说完，刘燕快速走出咖啡厅。

周婷婷，这三个字在思凡脑袋里盘旋好几天，千刀万剐，千锤百炼，就连给市里公检法系统的新同志做讲座，她一不小心也讲出周婷婷三个字，台下一片懵懂，思凡连忙改口，说哦，这是化名，是之前我们审过的一个犯人，审讯时差点自杀，但未遂，最后还是移交有关部门，判刑。思凡的口气轻松，台下笑了。是，如果她真是犯人就好了，思凡不懂，为什么国家就不能出台一条法律，偷情，就应该判刑，可是，即便是偷情，也是一个愿打，一个愿挨，怎么判呢。不能声张。回家路上，思凡气得猛按喇叭，好像一名路怒症患者，叭，叭叭，叭叭叭，一声就是一颗子弹，枪枪毙命那种。直接问魏东？他肯定不会承认，冲过去店里，看哪个是周婷婷，当街暴打一顿？她丢不起这个人！这还有七八年才退休，你让她怎么混？思凡想来想去，到了家，拨了一通电话给朱江。她先问店里有没有周婷婷这个人，朱江答有，她又问周婷婷的基本情况，朱江一一作答，八三年生，已婚，有一个孩子，老公是当地中学的教师，夫妻关系不是特别好，思凡一听朱江答得那么细，就知道他关注这个人不是一两天了，朱江一向有心，如果周婷婷没有问题，他何必细究。思凡问，她有没有什么情况，和店总。朱江说，周婷婷现在很嚣张，连部门主任都敢骂。嚣张？思凡不解，她凭什么嚣张。朱江说她在当地有一定关系，家里背景深，而且，她跟店总关系也不错。思凡急道，你怎么不早告诉我。朱江委屈，说也没坐实，所以没说……这种事情怎么坐实？有风吹草动就应该及时汇报！思凡也不顾上什么优雅，对着听筒大喊大叫。朱江说，有新情况会向嫂子报告，我会帮嫂子，维护住这个家，另外，因为男女作风问题，上个月已经调走了一名副总，我主管店务，下个礼拜我会敲一敲。思凡说，有情况，随时给我电话。她好像又回到了工作状态，干练，果决，说一不二，可心里的痛，只有她自己知道。

晚上十点，山南大道灯火辉煌，刚下过雨，地面反着光，平素跳广场舞的人没了，过去思凡偶尔也跳，她需要融入，融入到社会生活中去，可即便如此，她同样感到孤独，就好比这事，她能向谁诉说，父母？姊妹？同事？同学？还是过去的情敌？谁也不能！这关乎她前半生荣誉，跟小非说？他眼看高考，她怎么能突然乱了孩子的心。思凡拿着手机，翻来翻去，最终拨通了朱江的电话。喂，电话那头，一个青年男子的声音，是朱江，喂，嫂子，还有什么事吗？他连连追问。思凡这才慌乱地，哦，没事，不小心点错了。误会开释，挂断。没多久，小非推门进来，问，妈，你干吗呢？思凡慌乱，连忙收拾情绪，说，快，洗澡水放好了，去洗吧，睡前还是看半个小时英语。随时准备战斗，这就是思凡的生活。

6

　　小非考上了,去西北科技大学,学生物,天遂人愿。思凡狠狠请了几顿,先外头,再家里,闹腾了一个礼拜。这晚,二十人的大圆桌,吃到还剩思平、魏东和几个朋友,思凡非嚷嚷着去唱歌,魏东说算了,喝醉了该回家了,我也喝多了。思平说,三妹难得高兴,就陪着唱一会儿,反正也没事。思平这么一说,大家起哄,魏东就不好意思说不去了。到水月洞天,全城最大的KTV,开了一个大包,一群人就扯着嗓子喊,轮到魏东了,魏东抹不过面子,唱了一首《王妃》,还真是那么回事,众人都赞他跟得上时代。思凡半醺道,我们家老魏,干什么都跟得上,不像我们,都人老珠黄了,人家还是年轻人,我来,我唱一首《千年等一回》!众人起哄,气氛炒热,轮到思平了,她多少有些扭捏,家庭妇女,不常出来走场子,她点了一首阿桑的《叶子》,忧伤的文艺女青年,她双手抓话筒,唱着——我一个人吃饭旅行到处走走停停……这句还没唱完,思凡砰地弹起,张牙舞爪,俨然中了邪魔,抓扒着要打思平,骂骂咧咧说什么谁也不许提周婷婷,什么周婷婷……思平委屈,一边躲一边带哭腔,我怎么了,我走走停停不行吗?没唱错啊,我一个人吃饭旅行到处走走停停,思凡五心似沸,容不得一丝半点,一伸爪子抓到她二姐脸上,吼,你还婷婷!不许说婷婷!魏东从后面,拦腰抱住了妻子,思凡两眼一黑,晕了过去。

再醒来已经是天亮，头重，屋子里有烟味，小非一张脸贴到床前，妈，你什么情况，那么讨厌阿桑？程思凡不知所以，阿桑，什么阿桑？小非说二姨一唱阿桑的歌你就抓狂了。思凡脑袋一片空白，喝断片，这是头一次，她问，你爸呢。小非说回蚌埠了。思凡敲敲头，她怎么都想不起昨晚的闹腾，她套上套头衫，手臂一伸，痛得厉害，一看，青了一大块。思平，对，给思平打电话。思凡找手机，电话里，思平委屈，说我一唱到走走停停你就要打人。思凡一身冷汗，走走停停，约等于周婷婷，她真是疯了，条件反射，她说老二我昨天喝多了，你别介意。酷暑，热，一起来就是一身汗，思凡去单位点了个卯，有个经济案子，她参与，区里物资局抓了个小头目，正在审，嫌疑人咬出一大片，出了单位思凡就给思平打电话，说你上次那个茶叶生意没什么问题吧？思平说能有什么问题？思凡说，我不知道那个做公关的刘燕会不会歪路子。思平道，这才几分钱的生意，至于么。思凡叮嘱思平别走歪路，交代完，思凡一个人开着车，朝新建的环山公路开，蜿蜒，起伏，两侧是银杏林，号称华东最大，等不了从头长，移过来就是大树。周婷婷也是这样的主，不管耕耘，只问收获，思凡恨得一踩油门，车蹿了出去。

开到半山腰，思凡停了下来，锁好车门，一个人沿着山路信步走，时不时有跑山的人从身边经过，大多是情侣。小树林里，冷不防有人在亲吻，思凡看到就讨厌，铁定不合法，合法能跑这亲？

思凡长舒一口气，案子又来了，犯罪嫌疑人周婷婷，如何处理？方法有多种，最笨的，就是去直接闹一通，思凡没那么傻，整个反将出来，周某人可能会退却，也可能不，但可以确定的是，硬碰硬一闹，魏东在店里很可能混不下去，降职，辞退，收入受影响，儿子刚上大学，正值用钱之际，一年二十万的进项，少了万万不可，再加上消息传出来，她程思凡在单位怎么混？完美，她要完美，硬撑也得撑。再就是，让人找周婷婷谈谈，她不出面。找朱江？似乎也不合适，这样的女人，一般肆无忌惮。要么找周婷婷老公谈谈？不是说她有老公么？可风险在于，如果周的老公一旦接受不了这个事实发了狂，闹大了，也不好。投鼠忌器，思凡痛苦不堪，什么都不做，她不甘心，但其实如果什么都不做，再过一两年，魏东也会调离蚌埠，这是公司的规矩，一旦调离，他和周婷婷是否就结束了呢？这是猜想。思凡甚至最坏的打算也想过，照魏东这么个生活方式，心脏，血压，血脂，不出几年，很可能会出大事，出了事，他不回来也得回来，想到这儿，思凡觉得自己有点可笑，真就那么爱他吗？不知道，也许，她只是赌一口气，她要赢，不论这场马拉松跑多远，她要赢，可是赢了又有什么意义？二十年，她再也找不回那二十年。

7

小非还剩没几天就开学了。周末，魏东从蚌埠回来，他本没有周末，为了儿子凑了假，主要任务就是带着去吃，先吃大饭店，吃够了，第二天改吃小吃。吃完，思凡单位来电话，有事情，思凡开车把爷俩放在小区门口，一个人朝区检察院开。车快到单位门口时，小非来电话了，声音急促，说妈，爸打车去找你了。思凡不解，说找我干吗，我过一会儿就回去，没什么大事。小非说不是，爸的两部手机都落在你车上了。思凡脑子一嗡，两部手机，他哪来的两部手机？她只知道一部，另一部是怎么回事？前几天单位的小年轻说，现在谁不是几个账号，手机几部，QQ几个号，微信微博，都有小号，思凡还不信，而且，即便手机落在她车上，何必着急来取？说没问题，谁信?！思凡左手压着胸脯，气涌如山，她眼看憋不住，右手打着方向盘，停在路边。她朝后座看，两部手机仿佛两个手雷，静静地，她探着身子抓起，一部新，一部旧，新的是智能手机，锁着屏幕，旧的，是他从前淘汰的翻盖。她轻轻弹开翻盖，看通讯录，看短信，没什么异常。或许是自己多想？魏东做生意，业务多，有两部手机也正常。思凡正胡思乱想，手机震动了，思凡有职业敏感，看号码，蚌埠的手机号，思凡迅速判断，接，一定要接，她冷静得像一只蝎子，按下了接听键，放在耳边，不说话，时间嘀嗒嘀嗒，听筒里没有声音，但也没有挂断，思凡这才觉得自己遇到对手了，敌不动，我不动，话筒两端，两个人就那么相对无言举着电话六七秒钟，突然急促的忙音，对方挂了。思凡迅速扫了一眼那号码，再按删除。一辆出租绝尘而来，魏东跳出车厢，左顾右盼，朝检察院大门走，思凡这才缓缓启动车子跟上，行至老魏身边，摇下车窗，故作惊异，说你怎么来了？魏东拉开后车门，跳上车，两部手机依旧躺在原处。思凡先发制人，说你怎么比我还快，我刚加了个油。魏东讪讪地说，做生意，漏接电话可不行。思凡没多说什么，进了门，把车停稳，魏东拿着手机，故意走远点，在空地上打电话，呜里哇啦,思凡明白,这电话是故意打给她听的。

送小非去兰州,一家三口坐火车,小非拿通知书能报一半车费,魏东说干脆坐飞机,可思凡说,能省还是省,他们提早去,去敦煌玩一下,鸣沙山月牙泉都玩遍,再去学校报到。依依惜别少不了,学校新校区偏,设施不齐全,绿化几乎没有,学校背后一片光秃秃的山,小非不觉得什么,可思凡一看就哭了,都安排好,临走,又是一哭。

这一趟送子求学,对思凡来说不是没收获,首先是魏东,因为换了环境,安徽这一摊子事好像全无关了,在新的环境,一家人特别像一家人,他特别像"夫",她特别像"妻",她一下火车就崴了脚,他慌得四处找药,走了几里路,才买到云南白药喷雾,举着她的脚反复揉,上心得好像刚结婚那会儿,揉得思凡又是感动,又是感慨。可七天一过,回到自己家,思凡又仿佛从天堂掉到了地狱,她失眠了。她一个人待不住,十几年,她跟小非几乎天天在一起,魏东不在,小非也不在,她茫然无措,看电视,吃东西,都觉无味,到了一点,她像个鬼一样,在屋里走来走去,她给魏东打电话,魏东接了,这次是惺忪睡意之声,他安慰她几句,说要睡了。思凡觉得自己好笑,就算偷情,这个点,也该睡了。她卧在沙发上,随意翻着手机,蓦地,她停住了,是那天下午的号码,她记忆力好,又有职业癖好,及时存起来了,思凡手痒,她想知道,电话那头的反应,已经过了一次招,十之八九是那个姓周的,她是懒得查,否则,做她这个工作的,查个电话不是难事。

思凡坐正了,几乎是端坐,如临大敌,电视关到静音,人在大屏幕里动,像演哑剧。响了三声,通了,思凡还是沉默不语,没承想,那边却发声了。是程思凡吧。一个低沉女声,听不出年纪，思凡心怦怦直跳，她不说话，脊背却立直，气势上，她一下就处弱势。是程思凡吗？对方又问一句，冷静，尖锐。现在挂掉？不是她程思凡的风格，她清了清嗓子，努力义正词严。我是，你是哪位？思凡没了办案时的霸气。听筒里一阵笑声，她说是你给我打的电话，你还问我是哪位？你说话真可笑。思凡咬牙切齿，问道，你是周婷婷？电话那头，毫不停顿，气势汹汹道：我是，我随时恭候你的到来。一阵忙音，程思凡直觉得天旋地转，一屁股坐在沙发上，在脑海里，她想过无数次与这个周婷婷过招的景象，可千算万算，怎么也算不到是这样。到底是两代人！她还想着迂回，顾及这个那个，给他们家老魏留着里子面子，可人家呢，单刀直入！还得了？思凡气得浑身乱颤，坐不住，在屋子里乱走，角落里，一缸鱼在水族箱里乱游，水中灯照着箱体，蓝蓝的，如鬼似魅。蓦地，手插进水里，一只金鱼在劫难逃，思凡大叫一声，猛一抡臂，金鱼蹦都没蹦，瘫死在地板上。

　　一夜，思凡没睡，鱼死网破？对她没好处，可人家下了战书，毫无动作，不是她的脾气。第二天一早，思凡给朱江打了个电话，思凡还没问，朱江就明白说，周婷婷那边他敲了，店部开会，他当众说了男女问题，要以此前走的一个副总为戒，管好自己，不能犯错误。思凡问什么时候，朱江说大概是一周前，思凡听了，大概知道朱江的"敲打"大抵对周婷婷无效，而且，很有可能激怒了周。魏东的脾气她知道，越有阻碍，越是爱，如果在过去，思凡可能就这么算了，可这一回，她必须有回应。她跟朱江说，多观察，不要轻举妄动。挂了电话，思凡去了单位一趟，区里最近案子不少，但大案不多，别的区，甚至邻市偶尔有交流，上头都派思凡去，她文笔好，业务老练，反贪局青黄不接，她算中坚力量。此前，思凡推了几回，因为小非要高考，领导表示理解，但现在，她没了理由，下半年只能好好干，在单位，能多待会儿就多待会儿，可周婷婷的出现，让她再次"有心无力"。在单位走道，副局长喊住了她，说小程，上头派你去做业务交流的事记得吧。思凡说记得。副局长说，周一到周四，四天，周五你也不用回来了，那离你丈夫近，你们团聚团聚。思凡一听，心里热乎乎的，你看，连一向苛刻的副局长，都那么具有人情味，只有魏东！夫妻一场，他为什么不能从一而终！

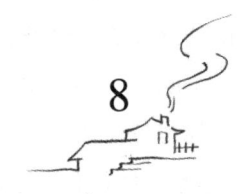

8

小非走后，思凡不太爱回家，除了一周去一次父母那，晚餐她很少在家做，做给谁吃呢？自做自吃？有甚味道？二十年，付出惯了，突然四大皆空，思凡不习惯。不习惯就坐咖啡厅，吃的，有什么点什么。这天，程思凡又在咖啡厅了，靠窗，紫色绒布面卡座，她对面，坐着刘燕，一回生，二回熟，刘燕跟思平丈夫老陆有业务往来，过去的事，既往不咎。两个女人聊了一会儿人生感悟，点了餐，是三明治，大概吃了吃，思凡突然感慨，说人活着，到底为了什么？刘燕笑笑，为了什么？活着就是活着，仅此而已。思凡说，我付出那么多年，得到什么了？刘燕说，付出就是付出，别想着得到，这样还心安些。思凡说，我就是不服气。

刘燕没接话，端起咖啡杯，停了一会儿，说，你打算怎么办？思凡问，你有好办法？刘燕说，你做反贪，办法不比我多？思凡说，这毕竟不是犯罪，而且我不想闹大。刘燕说，不闹大有不闹大的办法。思凡听到这儿，大概有谱了，她找刘燕来，也是为了听听她的办法。刘燕说，你有可靠的人吗？思凡愣了一下。

数来数去，在程思凡心里，可靠的人，除了小非，只有思平了。

中学门口，车趴着，思平对思凡说你当真要问？思凡说，当真。思平说你打电话不就完了，匿名的。思凡说不行，匿名电话没有真实感，你就直接去问，说明困境，相信他会理解，这是刑侦手段。思平撇撇嘴，说这算什么，老妹，别闹了，真的，老魏人不错，他爱玩，反正也不吃亏，小非也上大学了，你正是享受人生的好时候。思凡说，你房贷赶紧还我吧。思平求饶，说好了好了，我去问，借了点钱就成大爷了。思凡静静坐着，一刹那，她也有点怀疑刘燕给的法子是否好使，找一个被戴了绿帽子的男人，说他女人出轨的情形，一旦激怒他，搞不好就玉石俱焚，可刘燕又说她调查清楚了，在他们家，全靠周婷婷挣钱，这男人不会公开怎么样，再一个，周婷婷家族在当地有势力，她丈夫不满，也只可能在私下使力，不会贸然掀开，所以，稍微点一下，他心知肚明，回了家，自然会跟周婷婷闹，这叫围魏救赵，隔山打牛。

思凡叮嘱思平，简单说说，直击要害。学校放学了，学生朝门口拥，过了一会儿，才是老师出门，思凡和思平坐在车里，瞅准了，思平下了车，螳螂捕蝉，思凡就坐在车里，压低鸭舌帽，看着她二姐走向那个男人，思凡心咚咚跳，哦，站住了，她二姐行，向来浑不吝，搞定这点事，还不是问题。思平开始手舞足蹈了，思凡离得几丈远，都能捕捉到思平的唾沫星子，可周婷婷丈夫却似乎不为所动，程思凡拿着望远镜，仔仔细细观察着周婷婷丈夫，个子不高，头有点秃，有肚子，看久了，引人同情，这样一个男人，自己的女人出了轨，是难免吧，程思凡越想越远，思平却跳上车来。走吧，思平大喘气。怎么样？思凡着急知道战果。等会儿！思平猛灌矿泉水。车缓缓开动，上了207国道，思凡踩油门，什么情况？！思平咽了一口水，急赤白脸道，搞什么？！人家早就离婚了，还管你跟谁搞！刹车一踩，车轮摩擦地面，思平没系好安全带，水差点泼在挡风玻璃上。思凡圆睁两眼，说什么？！已经离婚了？

思凡第一次觉得，秋天，竟如此难熬。魏东接连两个周末没回家，小非去兰州读大学，飞鸽入天，思凡觉得儿子甚至把她忘了，她发信息，他要好久才回，有时，甚至完全不理，院里最近也不平静，接连两个同事出问题，因为执法徇私，周婷婷依旧嚣张，根据直觉，思凡认为她和魏东仍"胶着"，她找刘燕诉苦，刘燕说她也没想到，现在的小女孩，这么肆无忌惮，思凡冷笑道，也不小了，八三年的，是我们老了。刘燕笑笑，说女人还是要有自己。思凡说，你呢，离了婚之后就没想着重找？刘燕说我傻啊，重找，再找能有多好，那么多复杂的关系要处理，孩子也大了，我做点生意，有点事做就行。思凡说，有一句话我一直都没好意思问。刘燕愣了一下，放下手中的杯子，说你问。思凡说，你当初看中老魏什么？思凡说完，盯着刘燕的脸看，她恨不得通过她脸上每一条细纹的变化，来看刘燕内心的变化，可她完全看不出来。刘燕这张多年保养细腻白皙的脸，似乎是没有年纪的，这是岁月雕琢出的一张面具，是一池深潭，波澜不惊。刘燕还是笑，说，都是过去式了，但妹妹，我不怕跟你说实话，老魏未必是个好的丈夫，但是一个好的情人。思凡哦了一声，表示不解。刘燕说，跟老魏在一起，能让你忘却现实的烦恼。思凡心里有些不舒服了，尽管问之前，她已经做了充分的心理建设，她苦笑说，他却给我不少烦恼。刘燕说，老魏既世故，又天真，这样的男人，既能给女人疼爱，又给女人疼爱他的空间。思凡恨道，可能射手座都这样，管不住。刘燕笑，你还信这些。思凡说，不能全信，但也不可完全不信，射手座属猴，整个野掉了。刘燕哈哈笑，说你这么一讲还真有点，射手座是半人半马，再加上个猴，真成马戏团了。

是，马戏团，程思凡觉得自己的家也是个马戏团，大姐是羊，见人就顶，但却拗不过命，二姐是鸡，有食就啄，可终究飞不高，她是牛，辛耕苦作，犟头拧颈，可为谁辛苦为谁忙？她一个人开车，夜半，她开着开着就哭了，她不知道自己能去哪里，家，没有温度，她不愿意回，车停在路边，路灯普照，没有人，路旁一条野狗，不小，白色，脏兮兮，隔着马路朝她望，思凡吓得连忙摇上车窗。手机哗哗响了一声，思凡拿起手机看，是商家发的国庆促销短信，哦，国庆到了。过去，一到国庆，她恨不得分分秒秒挤出来，带领全家去旅游，人多，没关系，照上，旅游不光是看景点，关键是把握一家人相处的时间，可今年呢？思凡拨通小非电话，通了，没声音，接着是小声地，他说你等一下。思凡只好挂掉。过一会，魏小非打回来，说什么事，我在图书馆呢？思凡一听，有些愧疚，耽误孩子学习了，小非又问什么事，思凡说，哦，没事，国庆节我打算去你那一趟。小非说，不是才走的吗？一句话噎得思凡气短，但她还是鼓起勇气试探，说上次不是没玩好嘛，怎么样，国庆一起去张掖玩玩？那丹霞地貌不错。小非一口回绝，我没时间。思凡瞬间石化，她没想到儿子会拒绝得如此干脆，其实，去哪倒是其次，她只是害怕孤单。行，他不去，我自己去，程思凡下定决心。可真等坐上火车的时候，思凡有些害怕，同时又有些佩服自己，单程二十几个小时，一来一回，路上就是两个昼夜，还不算旅游时间，这在过去，一个人？不可想象。可这一次，她不知怎么就有无限勇气，哪知上车就吐，先到兰州，看了看儿子，再重新上路，去张掖，大佛寺，平山湖大峡谷。黄，干干的黄；红，赤霞霞的红。天宽地广，却又荒芜寂寞，程思凡对着丹霞群山，蓦地，哭了。她为自己哭。风地里，思凡给魏东打电话，魏东冷静地说，到了啊，程思凡没说话，风哗啦啦刮，魏东说喂，喂，思凡一咬牙，说，我们离婚吧。

两份离婚协议放在桌上，程思凡三个字签得端端正正，魏东站在窗前，抽烟，思凡站在他背后，她不得不将他一军，可魏东对于思凡，向来是兵来将挡水来土掩，他转过头，窗外，他头顶有个月亮，又圆又白，远远看，好像超级赛亚人头上的圈。魏东把烟头压灭，皱着眉，一脸痛心疾首，说我都不知道你整天在闹什么，我不顾家吗？我没拿钱回来吗？家里家外，我哪里没照顾到？没给你面子？让你丢了脸？思凡冷笑，是，你是好演员。魏东说我没觉得我有什么不对。话赶话到这份儿上，思凡不打算藏着掖着，她说周婷婷是谁。魏东反应很快，说你又来了，有完没完，每次回来都闹一场，这还是家吗？思凡说你别装了，周婷婷都跟我通过电话了。魏东说通电话，什么时候，怎么没跟我说，公司的一个小姑娘，做业务的脾气暴点，你跟她一般见识干吗？你可是国家的人，能不能大度点，就是干工作。思凡说干工作干到床上去了？魏东说你要这样说我没法跟你说了，闹了一辈子，要不这样吧，我辞职，回来，家里的钱你负责赚吧，我也歇歇。思凡说魏东，你别模糊焦点，你跟周婷婷，全公司谁不知道？明修栈道暗度陈仓奸夫淫妇不得好死！魏东蹦起来，说都是逢场作戏，走得近一些，仅此而已，如果这样你都要离婚，到哪都说不过去。思凡说你是过错方，离婚你也是净身出户。魏东说我现在就净身出户好不好，都给你。

　　两个人刚说的时候是背对背，说着说着，成面对面了，程思凡盯着魏东的脸，愤怒，天真，好像他从未犯过错，委屈得像个孩子，程思凡胸中气涌，可她告诉自己，不要哭，不要哭，克制，再克制，她和魏东四目相对，时间好像静止了。还是魏东先发难，不信打电话过去，现在就打，再不行我们约周出来，他一双嘴翻飞着，思凡早就不信，做生意的，哪个不能说，又有几句真话？可突然间，那张嘴上面，一条血流从鼻孔坠落，划过嘴唇，滴在地上，思凡叫，血！快仰头！她下意识用手去捂，魏东仰头，可血还是不停，思凡嚷嚷，说你自己捂着，头仰着，她慌忙跑去厨房拿毛巾，冷水乱冲，冲了一身，又跑出来，擦血，捂在魏东的鼻子上，好不容易，血不流了，夫妻俩并排坐着，魏东头靠后，思凡在前，不知为什么，思凡突然觉得无比沮丧。闹，十多年都在闹，闹出什么了？她如果有勇气离婚，早就离了，还能等到现在？叹气，长长地，魏东就脸朝天花板说话，他说现在做生意不是好做的，到处都严，小县城，零售上不去，上头有指标，必须走团购，在小地方团购，大多数政府部门事业机关，没有人脉怎么行，我初来乍到，也是利用利用小周的关系，就这么简单，你看我这身体，我还能闹吗？退一万步讲，我心里没有你吗？如果我想在外面找，早多少年就找了，何必去小县城找这么一个女人？思凡，要是你离开我，就让我没有家，将来就是一条流浪的老狗，我知道我对不起你，人在江湖，你怨我，也正常，都是我活该。话说到这份上，程思凡百感交集，她已经分不清什么真假，就算是假，也是戏假情真，既然都过了二十年，她还计较什么，他有真心，有真情，程思凡怔怔地，魏东不再流血，他直起身子，环臂抱住她，他甚至唱着摇篮曲，催眠的，恍然如梦。魏东伸手够着离婚协议，轻轻地，一下一下，撕了。

9

一冬无雨雪。到过年，江淮之间都干得要命，好多人脸上起皮，可程思凡却容光焕发，院里人都说，程老师年轻，又开玩笑，说不会要生二胎了吧，思凡啐他们一口，可心里是舒服的，魏东整个冬天，表现不错，按时回家，并且，他们恢复了夫妻生活，到年下，更是放了个大假，小非回来，一家三口四处走亲戚，家又像个家了。不过，思凡没放松警惕，她跟朱江保持联系，问情况。朱江说，店总和小周，的确走得没那么近了，小周最近业务干得一般。思凡一听，心放在肚子里，妥妥的，逢场作戏，用完就丢，绝情，得看绝在谁身上，思凡觉得魏东的绝情是好事。有思凡的力挺，朱江往上走得也很快，元旦提了副总，到年，这小子知恩图报，孝敬二十条淮王鱼，全是活的，魏东休假最后一天，思凡拎到娘家，亲自下厨，一次全烧了，大家热闹热闹。老大思念病歪歪的，但已经能上桌了，大姐夫过年没回来，据说忙着赚钱，思念儿子在美国，机票贵，洋节圣诞刚回来，中国新年就不回来了。思念负能量大，饭桌上，思凡给她夹鱼，思念用筷子挡，说不行，我吃不了鱼，过敏，思凡的鱼在桌子上空转了个九十度，放到她老娘碗里。思凡妈说，老大，这可是好东西，多少年没吃过，思念说，吃不惯，有土腥味，思平接过话，说吃的就是这个土腥味，真是沾了三妹的福了。思凡说，二姐，吃不完你带点。老陆和孩子过年还有业务，回娘家是思平一个人回的。小非一直在玩手机，这时刻却突然插嘴，问，二姨，寒寒的微博，是不是"店小二不二"，思平说我不太清楚。寒寒是思平儿子。小非举着手机，就是他，我顺着姨夫的微博找的，他关注了姨夫，姨夫也关注了他，你看他在玩雪呢。思平笑说去了东北就这点好，雪多，又说，现在小孩子都是，什么微博，我就不会弄。思凡说二姐你落伍了。小非说，我爸用，魏东接话道，现在哪还有心思玩这些，工作都忙不过来了。思凡爸到点要午睡，魏东急着要回蚌埠店里，饭吃到一点多就散了，桌上残羹冷炙，思凡妈要留，思凡说素菜别留，致癌，荤的留就留了，思凡妈指着大瓷汤盆里的淮王鱼，说那鱼给魏东带点，思凡说算了，魏东不喜欢吃淡的，思凡妈说，不要紧，魏东爱吃辣，我刚做的剁椒，放点进去。说着，思凡妈就拿勺，从厨房台子上一只大瓷坛子里，挖出几勺剁椒酱，磕在小碗里，又把那淮王鱼汤，倒了不少进保温桶，再撒剁椒，鱼汤染了色，有红有白，点缀着十分可爱。思凡嗔道，对他这么好，他能明白吗？思凡妈说，明不明白，你俩都是两口子，这汤是你做的，他吃在嘴里，总归有几分不同。小非探头进来，说姥姥，搞什么好吃的，思凡妈说，你不吃的，你爸爱吃辣，你这点不随他。吃完饭说了会儿话，蚌埠有车来接，魏东告辞，临上车，思凡让带上保温桶，魏东不要，思凡说你带上，到那边吃，辣的，你喜欢。魏东再三说不用，店里什么没有，思凡说是我做的，魏东嫌麻烦，说下次回来吃，思凡不依，说你带上，给朱江他们吃也行，就是一个家的念想，魏东拗不过，只好带上了。

一顿饭吃完，就算出了年了，小非日日找同学玩，上大学后第一个寒假，高中同学热乎劲儿还没过。这个年，思凡的心定定的，风平浪静了，君君臣臣父父子子，她从未希望得到太多，只希望一切平顺，丈夫像丈夫，孩子像孩子。思凡甚至约了刘燕出来，坐坐，喝喝茶，说说知心话，她问得很深，甚至问刘燕，为什么跟丈夫离婚，刘燕答得很虚，说是性格不合，思凡就没多问。刘燕问思凡，最近老魏怎么样，思凡说挺老实的。刘燕神色凝重，说那个周婷婷还在活动，最近到淮南来抢生意。思凡笑笑，估计在蚌埠混不下去了吧，刘燕说，据说店里，除了朱江就是她了，店总对她不错。思凡神经紧张，但嘴还是硬的，说秋后的蚂蚱，蹦跶不了几天了，过了今年，老魏就不在蚌埠干了，她有多大能耐使多大，跟咱无关。刘燕说，我们老了，现在这些小丫头，我们只能守，不能攻。思凡说你怎么消息这么灵通，刘燕说有微博啊，那小蹄子经常在微博炫。思凡皱眉，说还有这事？思凡不玩微博，干检察工作那么多年，在这方面，她多少有些落后于时代，除了微博，电视剧、广场舞、逛街、美容，她都不喜欢，她的日常，被三件事分割开来：带孩子，工作，盯魏东。

晚上十点，小非进门，思凡猫在电脑前，伸脖子叫，说怎么这时候才回来，打电话也不接，小非说唱歌呢。思凡说，这微博怎么玩？小非说怎么，你老人家也开始搞社交了？思凡说去，你妈我就这么落伍？思凡握着鼠标，乱点着，说要注册，假如我要搜一个人，怎么搜？小非掏出手机，说妈，你怎么还用电脑上，你说，找谁，手机就能看。思凡有点不好意思，说，你搜，叫"周小可爱不可爱"，看看这人有什么动静，小非说妈，你办案呢？

我这光荣！小非握着手机刷着，说有了，我给你念。上了大学，小非已经有点油气，说呦呵，这女的挺绿茶啊，思凡问有没有照片。思凡不敢直面，小非传达，反倒好些。小非说，哦，没有照片，这人挺爱炫的，老发一些买了什么包，吃了什么饭，最近一条是……小非刷到下面，又刷回去，拇指翻飞，他说哦，她最近一条是：老公带来的淮王鱼汤，黄脸婆做的，享受哦。小非没反应过来，嘟囔着，说，这女的怎么跟我们吃得一样，他一抬头，却见思凡额头青筋暴起，她一伸手，便将那"爱疯"手机夺了过来，屏幕上一碗鱼汤，乳白得可爱，偏偏那汤面上，飘着橙红的碎剁椒。王八蛋！思凡大叫，小非这才如梦初醒，说，是她。

10

发威，程思凡脑袋里就这两个字。发威，魏东推不动，就整这女的，她不能再在店里待，就算弄不垮，吃点苦头也好。小非义气，说妈，我去帮你骂这个贱人一顿。思凡感动，眼泛泪花，儿子永远站在她这边，态度有，就够了。她说小非，你也成人了，不过这是上一代的事，你别掺和。小非说，我不掺和，可总不能任由别人欺负我妈。小非握拳头。思凡说，总有办法，总有办法。小非说，妈，你有没有想过跟爸离婚。思凡惊讶，说，你希望离？

小非说，我希望你快乐。

春深了，思凡的心却一天天冷，她见了刘燕两面，刘燕也主张给周婷婷一点教训，思凡想来想去，还是给朱江打了个电话。见面是在上窑，蚌埠和淮南交界的小镇，两个人都开车，见了面，转道去上窑森林公园，边走边聊。程思凡大致说了说，朱江不傻，一点就透。在那个名叫"仙人指路"的桥上，朱江表态说，嫂子你放心，这件事，我来办，上头有走人的先例，作风问题，目前还是个大问题。思凡说，我的顾虑你知道吧。朱江说，投鼠忌器，我知道嫂子的意思，我会保全店总。思凡说，怎么保全？朱江说，现身说法。思凡诧异，现身说法？谁现身？朱江说嫂子到时候就知道了。有这话，思凡放心，朱江一向靠谱，那就等。偶尔，朱江和思凡会通个电话，思凡因工作原因去蚌埠，他们偶尔见个面，地下党似的，说完就走。

由春入夏，特别迅猛，程思凡觉得，好像刚脱了棉服，就能穿短袖衫了，程思凡心如火烧，等着周婷婷的坏消息。她恨不得集团立刻下旨，炒了周婷婷的鱿鱼，就算不炒鱿鱼，最少也应该调离蚌埠店，不让她继续兴风作浪。七月，消息传来，说集团开始下来查情况，思凡问，查谁，查她和老魏？朱江说不，查我和周婷婷。思凡大惊，问怎么回事。朱江说，周婷婷刚来的时候，对我示好，我没理睬，我有老婆孩子呢，但证据我留下了。思凡又惊又叹，惊的是，周婷婷的无节操，叹的是，朱江这么个人，竟比老魏觉悟高那么多，思凡说放心，我保你。朱江笑笑，说，我是嫂子扶上来的，为嫂子做点事，我心甘情愿。

剩下的就是等。公司面上没动静，可底下，早炸了锅，思凡知道朱江的压力，他这一举，是壮士断腕，扳不倒周婷婷，他自己铁定出问题，就是搬倒了周，他和老魏的关系，又怎么处？先做再说。思凡有些兴奋，老魏回家，他不说，她也不提，两个人都在演戏。过了八月，思凡和朱江联系更频，朱说集团处理结果很快会下来，对周不利。思凡说，你办事我放心。就这么又等了半个月，八月快过完了，朱江约思凡见面，还在上窑，还是森林公园。这回朱江先到，在小凉亭等，思凡走过去，看到一个背影。朱江穿西装，笔挺，显得很精神。思凡笑吟吟，说不好意思来晚了，朱江说嫂子坐，思凡就在凉亭横梁台子坐下。思凡不说话，她有种不好的预感，尽管朱江全程微笑，但她仍觉有股凉意。猛然间没话，尴尬，还是朱江挑头，他说嫂子，我马上要调去宿州了。思凡心一沉，果不其然，她问，怎么突然走？朱江说，上头的意思。停一下，又说，不过周婷婷也降了半级。思凡撑不住，不再装淑女，说什么？才半级？怎么回事，是老魏吗？老魏保她？我靠！仪态，还要什么仪态，思凡一只腿跷在横梁上。朱江倒很平静，他说店总有店总的考虑，周的业务量很大，别人比不了，留着她有用。思凡泫然，这一役，损兵折将，她说朱江，你放心，老魏的工作，我去做，你不会有损失。朱江胡噜一下脸，说嫂子，我是平调，没有损失。何况，我和老婆刚离婚，一个人，去哪里都一样。未来的事，未来再说，我做这一场，是为嫂子，只是为嫂子。思凡望着朱江的脸，他的眉眼，无限温柔，他跟着说，我觉得嫂子好。思凡一时不知如何作答，可一细想，她不免自怜，只说，再好有什么用，不过是个落伍的人。思凡背过身，朱江突然从背后抱住她，手箍紧，思凡心快跳出来，拼命挣扎，说小朱，你干吗？这样不行，朱江把头埋在她脖颈，说思凡，别动，就一会儿。思凡不动了，脖颈一阵一阵热气，她觉得痒，但却静静的，四下虫叫得欢，思凡终于扳开了朱江的手，转过身，扶住他的肩，她木着脸要。程思凡这才意识到，朱江竟这么高，窄窄的一张脸，很有几分英俊。去吧,程思凡说。朱江说,我永远是你的朋友。思凡笑笑,她明白,自己只能孤军奋战了。

　　朱江的手续很快就办完,走了之后,某个周末,魏东回来提了一句,说朱江走了。思凡故作惊诧,说去哪儿了,没听说过。魏东说去宿州,主持一个店,那边的店长不得力。思凡笑笑说,那你少了一名得力干将。魏东说,我走也是迟早的事。思凡没搭话,说,你们这个工作,反正是没个定性,早回来早好。魏东说,我争取回淮南店。思凡笑笑,以你自己的工作为准,这么多年,说回来说多少次了,形势比人强,我不强求。话说完,思凡自己都吓了一跳,什么时候她这么洒脱了,是,洒脱,她仔细想想,这话竟是真心话。回来如何,不回来又如何,现如今,她只是不服气,要斗一斗姓周的女人。过了夏天,思凡去蚌埠更勤,多半是交流,一来二去,跟那边的业务尖子都混熟了,但思凡从来不去老魏店里,朱江走了,她没了内应,去了等于羊入虎口,她不去丢这个脸。秋天打头,她跟刘燕又聚了几回,刘燕说,她生意不好做,过一阵儿,可能出去跑跑。思凡叹气,说,跑,跑吧,我们都是四海为家的人。刘燕说嗨,是孩子结婚,让我去上海住一阵,没了丈夫,就随儿女吧。由这话思凡想到自己,她苦笑,我以后可能连孩子都靠不上。

11

周婷婷停职了，出乎所有人意料，风声传出来，说什么的都有。朱江给思凡打电话，说听说周婷婷被抓了，思凡没大惊小怪，只说，她这样的人被抓，正常。朱江说就怕咬出店总。思凡笑笑，正说着，老魏进门，面色凝重，思凡忙挂了电话，说回来啦。老魏魔魔怔怔，说哦，是。思凡说，怎么，今天不是周末，店里不忙。老魏说，是，最近生意一般。思凡问，没事吧？老魏顿了一下，说没事，没什么事。思凡说有事可要跟我说啊，我们夫妻一场，你的事就是我的事，一荣俱荣一损俱损，我肯定帮。老魏望着思凡，像望了一个世纪，许久，才说，凡凡。思凡微笑，内心却无比震动，他叫她凡凡，多久没这么叫了？十年？二十年？老魏继续说，凡凡，你在蚌埠检察院有熟人吧。思凡笑意顿减，什么，难不成，他想捞她？可笑，不过是正常询问，他就忍不住了？这么怜香惜玉。程思凡冷冷地说，不太熟，没什么交流。老魏说哦，那算了，我可能很快就调回来工作。思凡还是很冷，说那是好事，我们夫妻终于团聚了。老魏说，集团最近可能让我去进修。思凡说进修好，她口气淡淡的，她没想到自己竟也能如此绝情。夫妻俩就坐在饭桌旁，没有话，他不说，她也不问，她是胜利者，终于终于，她扳回一城，老魏咳嗽了一下，思凡没递纸，要在平时，早一张面纸抽出来了，不过这一回，思凡倒是帮老魏夹了个

184

菜,说这是你喜欢的回锅肉。

周婷婷的消息没再听到,检察院没查出什么,但她还是去躲风声了,老魏被集团"冷藏",回淮南休息,准备外派进修。真等回来了,思凡倒有些不待见他了,过去盼星星盼月亮,可如今是这样的姿态回归,思凡非得折磨折磨他才过瘾。洗衣服,他洗,做饭,他做,晚上睡觉,一个卧室,一个书房,梁祝都懒得做。思凡开始投身工作,不过,她做事向来有数,她对老魏,只是小小惩罚,敌人打倒了,丈夫还是自己的丈夫,她从来不是敌我不分。她暗示了老魏好几次,马上要有个重要节日,老魏都答,哦,我知道,知道。思凡想,行,知道就行,结婚二十周年纪念,外加她四十五岁生日,都在九月底,到时候她打算大办,好好请几桌,长长威风。有了盼头,思凡就有了生活的动力,她开始忙着采买,哦,这个家很长时间没开伙了,油盐酱醋都不全,另外食材,一律要最新鲜的,她打电话给朱江,问淮王鱼去哪儿买,朱江爽快,说要多少条,思凡说就家里请客,三五条就行。朱江打包票说肯定鲜活送到,临到头三天,鱼果然送到了。一个大白色塑料泡沫盒子,老魏在家收的,没拆开,思凡到家,老魏问是什么,思凡说,淮王鱼,老魏顿时有些色变。思凡冷笑,说,怎么,吃够了?还是不喜欢吃?魏东没好气,说要吃你吃,思凡说,怎么,你不会忘了吧?老魏说我知道。思凡说知道就好。老魏一闷头,看报纸去了,他现在真有点老干部样。

数着数着,思凡的大日子到了,是个周末,一大早,思凡就像所有家庭妇女一样,赶到菜市,买最新鲜的蔬菜,买回来,老魏不在,思凡没理,赶紧做菜,人都快来了。十点多,思平第一个上门,带着礼物,一个Hello Kitty的玩偶,说老三永远是最可爱的,你看你跟它多像。跟着,思凡爸妈来了,到了就给思凡红包,说是压岁钱，思凡笑说，我这岁数，还压什么。最后是思念来，她拎了二斤橘子，思凡知道大姐故意拆台，也不理论，她就是嫉妒，没用，现在该她程思凡风光了。思凡和老母亲在厨房忙着，思凡妈问，魏东呢？思凡说，下去看麻将了吧，老这样，退下来了，有点显老。思凡妈说，老了好，老了就不折腾了。思凡说，折腾？孙悟空再厉害，能跳出如来佛的五指山？哔哔，手机响了两下，思凡正在炒菜，她让她妈代炒，自己空出手，翻看，哦，是朱江发的，一行小字：生日快乐，永远年轻。不知怎么的，思凡竟然眼眶一热，但她赶紧揉了揉，接过铲子，继续炒，一边炒一边说，嗳，这油烟机该换了，熏人。

　　午间十二点，所有菜烧好，正当中，是一盆淮王鱼汤，乳白乳白，思凡解了围裙，落座，众人跟着坐了。思念说，咦，妹夫呢？思平说，对啊，妹夫呢？思凡说我打个电话，真是的，打麻将入迷。众人看着思凡，一通电话拨出去，回音是，您所拨打的电话已关机，再拨，还是关机。老母亲惊惊乍乍，说不会出什么事了吧，老三，你下去看看。思凡也担心，披了衣服，急忙忙下去，找了一圈，没踪影。上来后，没精打采，但思凡知道，面子还要顾，她张罗着，说老魏店里有点急事，我们先吃，嗨，干这个工作，就是没谱，没准。众人疑惑，但还是先吃，饭桌上冷冷清清，唯独思念神气活现，她站起来，一勺一勺喝淮王鱼汤，喝完了吃鱼肉，一个劲说，老三真有福气，真有福气。思凡当然听得出姐姐的讽刺，刚开始忍着，听到最后，思凡一拍桌子，砰，思念吓得一惊，跟着两手捂住脖子，说卡住了，卡住了，喘不过气了。一家人瞬间乱成一团，这个说，用饭顶，那个说，喝白水，七手八脚七嘴八舌了一圈，没用，思念从脖子到脸都红了，没办法，只好送医院，思平叫车，二老扶着思念下楼，思凡忙着去里屋取钱。取出来的时候，屋子里已没人了，思凡蓦地望见一桌子菜，眼泪哗地就下来了，她右手一抹，下楼。

一折腾就是一天。医院里，思念躺在病床上，嗓子里的鱼刺取出来了，可嗓子划破了，更糟糕的是，她有点心脏病发，思平给大姐夫打电话，思念在病床上还不忘阻拦，说不行，他不能请假，请假扣钱很多。思凡看着姐姐，心想，没救了，都没救了。思平心疼思凡，好好的一个生日会，毁得面目全非，她对思凡说，回去吧，这里我看着，睡一觉就好了。思凡回到家，一桌子菜已经冷了，荤油凝结，一盘白冻，素菜凋谢，发黑，中间一盆子淮王鱼汤，还剩一点底，鱼骨头露出来，怪模怪样，满是杀气。手机响，是个上海的号，思凡接了，那边传来个熟悉的声音，是刘燕，她说凡凡。思凡惊得一身鸡皮疙瘩，可人家不管，继续叫，凡凡，老魏到上海来了，你们没事吧，我们在新天地呢，你还别说，老魏舞跳得真不错……话还没说完，思凡随手，啪，挂了，她有些晕，她知道，他就是故意的，故意的！故意在她生日，在结婚纪念日这天玩这一招，他狠着呢！什么一日夫妻百日恩，呸！思凡一会儿哭一会儿笑，一会儿又唱了几段小虎队的《庸人自扰》，这是她从前爱听的歌。唱累了，思凡就扯下沙发上铺着的毛巾被，裹着，躺在地板上，两眼一黑，尽情流泪。天亮了，思凡洗了个澡，她竟然破天荒化了点妆，左看看，右看看，还不算太老。她四十六了。她给院里打了个电话，说要休个年假，主管副院长二话没说就批了，说小程啊，去吧，好好跟家人团聚团聚。思凡不置可否。她的确想出去走走，说走就走的旅行？这在过去是她不敢想的。火车站，售票大厅，售票窗口前，这时节竟排起长龙，轮到思凡了，售票员是个小姑娘，面无表情，说去哪？思凡递上钞票，轻轻说了声，宿州。

PART 5

小儿女

1

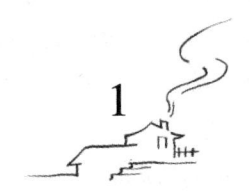

车祸问题顺利解决,小三刚有苗头就被她击退,倒霉催杀千刀的丈夫浪子回头之后,陡然走鸿运升了半级,成为家居城皖淮区副总,她自己则平调,从区土地局转到新成立的吃重部门,领导对其格外倚重;父母检查身体指标也下来了,全部合格,儿子刚大三就落实能硕博连读,她在这三线城市有三套房子,套套都在市中心,房价涨,房租跟着涨,就连她买的银行理财,都比别人的利息高点儿。这不,前一阵,银行理财经理专门给她打电话,说要为她量身定做理财计划,说白了,还是图她有点存款,想留住她,免得她跑去互联网平台理财,她整个人都显得比同龄人年轻至少五岁,同事朋友都这么说,美容店老板娘更一个劲儿夸她肤白貌美,像宋慧乔……慕容筱雅觉得一进入狗年,她的日子突然不像在鸡年那般风号浪吼、兴风作浪、风风魔魔,而是顺风顺水、春风得意、风光旖旎。

也正因为此,前几天发生的一件"小事"更让她觉得,那简直就是一颗老鼠屎!坏了她一锅热气腾腾的好汤!

哦不，不算小。处理好了小，处理不好就是天大的事。关系到儿子的前程、家庭的格局。一不小心是要跌份儿的！

半年之前，慕容筱雅用一个QQ小号加了方一凡，只说是游戏上的朋友，儿子通过了。聊了几句，筱雅匆匆下线，怕露馅。她的目的很明确，窥探儿子的另一面。QQ空间里有儿子大量、丰富、原生态的生活记录，踢球、上课、课外活动，还有心情等等，都是方一凡不会告诉妈妈的、青春期的小秘密。筱雅大开眼界，一下子获得了前所未有的掌控感和参与感。

三个月前，筱雅发现儿子每条说说下，都会有一个叫邯郸一姐的人留言，刚开始说得少，后来一次来回对话恨不得几十条，话也越说越软，越说越甜。筱雅感觉敏锐，不对头，儿子可能恋爱了，对象极有可能就是邯郸一姐。

筱雅上网查查，邯郸，河北省某地级市。儿子在西北读书，生活封闭，一心苦读，感情经历几乎为零。她真怕儿子被骗！好在筱雅还算稳重，等待，观望，只是儿子生日那天，邯郸一姐13点14分给儿子留言，还要送他13块14的红包，筱雅再也忍不住了。一凡马上要去北京新东方学习。北京和邯郸距离较近……难道，或许，不能吧，糟糕……越想越怕。必须行动！

晚上八点，一凡躲在卧室打游戏。这是他课余最大的爱好。筱雅悄悄飘了进去。

"有什么事要跟妈妈说说吗？"筱雅不藏着，一脸笑，是个知心妈妈。也像狼外婆对小红帽。

这么多年，方令伟在外打拼，家中母子相依为命，筱雅和一凡之间感情很深，一度没有秘密。就连令伟跟人有猫腻，筱雅都是带着一凡去捉奸。不要学你爸这样！筱雅曾这样告诫一凡。只是如今一凡大了，懒得听妈妈的唠叨，他觉得妈妈有些烦。

"没什么事。"一凡换了个姿势，手机不离手，耳机也挂在耳朵上。筱雅又问了一遍。一凡不解，"硕博连读不是已经成功了吗?"让儿子做学术是筱雅的心愿，如今硕博连读，提前超额完成任务。

"别的方面有吗?"筱雅口气和煦，听着让人起鸡皮疙瘩。她伸手把儿子的耳机摘了。微笑着。

"没了。"一凡冷冰冰。

筱雅换了一副口气："妈妈不是不许你谈恋爱，你得看人。"这话惊到一凡了。一场秘密恋情，千注意万小心，还是被发现了。一凡没城府，也懒得伪装，心一横，照直说："我喜欢上一个人。"筱雅坐到床边，知心大姐姐状靠近儿子，问："什么人？可不可以跟妈妈说说？"一凡一时不知从哪里说起。筱雅和气地说："这样，我问你答，行么？"一凡点头，靠在床头板上。

"哪里人?"

"河北邯郸的。"

果不其然。筱雅佩服自己的预判。邯郸一姐。

"多大了?"

"跟我同岁。"

女孩成熟早。一凡肯定玩不过她。

"在哪里读书?"

"廊坊。"

天，偏僻。一定不是211，更不是985。

"读什么专业?"

"戏剧影视文学。"

咳，这专业，社会经验丰富。"家庭情况知道吗?""一个弟弟两个妹妹。"

老天爷,负担不一般的重,估计是村里的。

"不是城里的?"

"在涉县。"一凡说。筱雅听得头皮发麻,廊坊,涉县,戏剧影视文学,本科,一弟两妹,每一个关键词都不入她眼,是十足的门不当户不对。可对儿子,筱雅不能这么说,她只好耐下心来,继续问:"怎么认识的?""打游戏一个战队的。"一凡有什么说什么。

筱雅哼哼一笑,"我的傻儿子,网上,那都是虚拟的,不是说了么,网上很多都是恐龙,网上的人能行吗?"

"婷婷不是恐龙!"一凡纠正。

"不是……一凡……你太小……你哪知道网上这人……"筱雅想抓住这一点掰扯下去,说服儿子。

"妈,我该睡觉了,"一凡倒头蒙上被子,"麻烦把灯关一下,谢谢。"筱雅愣在那,她意识到,这事不好办。

翌日一早,筱雅起来就往单位赶,上头要来检查,局里所有人都在准备材料,工作要处处留痕,有据可查。筱雅的顶头上司张美兰分配任务,让她一天之内,必须把迎接检查的材料和讲话稿搞出来。筱雅一阵忙,午饭都是其他部门小姑娘帮打回来的,扒拉几口,继续工作。下午三点,终于敲完最后一个字,筱雅打了一个完美的句号。打印出来,通读,修改,再重新用好纸打印一份,这才送过去给张部长。谁知刚送过去没五分钟,电话就来了,张美兰的口气很不耐烦,"这不行,这哪行,逻辑都不通顺,重弄。"筱雅连忙过去听令,又是一通当面教训,十分严厉。筱雅觉得张部长的态度有点过,说直白点,就是小题大做,她所谓的逻辑不顺,不过是几个句子调整的问题。再就是标点符号问题。这能算问题吗?找原因。筱雅思考到下班,得出结论,问题可能出在一凡硕博连读上。她告诉张部长了，还发在朋友圈让她看到。张部长的女儿今年高考，根据摸底成绩，估计连省内像样的学校都走不了，更别提985、211了。她断定张部长是嫉妒。张美兰的老公是一凡高中的语文老师，通过这层关系，筱雅攀上她，正赶上局里调整，她趁势一动，来到这。没想到这女人这样！目前只能忍。改到下班，筱雅打算压一天，明天交，便开车走了。到家，小姑子方令娟带着女儿琪琪来看哥哥一凡。

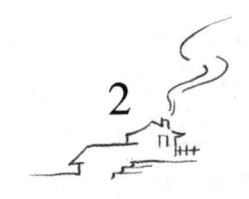

2

一凡硕博连读成功后，令娟突然愿意跟筱雅接触，原因很简单，沾沾学霸气，为女儿的前途做准备。令娟带了两个大榴莲来，筱雅到家，琪琪一个人倒吃了大半个。筱雅买了卤菜，但仍少不了在厨房忙活。令娟站在她旁边，十指不沾水，嘴跟机关枪似的跟嫂子说着她下午的遭遇。"我跟你说我当时我那个恨呀！这是孩子一辈子的事！花钱倒不说了，你说琪琪以后这手指是歪的，怎么办？这等于是残疾了！"筱雅一边忙活一边支应着，大概明白，小姑子跟人吵架了，吵的对象是琪琪的钢琴老师。令娟跟筱雅一般大，结婚却晚一些，长得粗黑笨胖，结果歪打正着，嫁得却不错，这个妹夫原先在市设计院干，后来抽调到省城，再去首都，一路飙升，平步青云。令娟虽然只是个中学英语老师，但妻凭夫贵，她比筱雅还要早升阶。令娟原本是不怎么看得上筱雅的，这两年，哥哥混得不错，一凡又那么优秀，筱雅家有点钱了，令娟才引其为同类。

吃饭时，两个孩子吃得飞快，他们怕听令娟的唠叨。这会儿，筱雅定下心来，才弄懂令娟要表达的核心思想。她三年前给琪琪报了一对一的钢琴辅导，叫大师班，结果今年经另一位老师指点，她发现琪琪的小手指长得有点歪，极有可能是弹琴指法不对导致的，这可让令娟炸毛，到白天鹅艺校闹了一大通，她爸陪她一起，势必让老师下课，让学校负责，不依不饶。筱雅听了，也深感问题严重。"这是孩子一辈子的事，又是女孩子，手多重要。"她站在令娟一边。"这事没完！"令娟筷子拍桌子上，"嫂子，你们公检法系统就不能治治这些无良的老师、无良的机构吗？"筱雅面露难色："哦呦，这暂时管不着，娟，你忘了，我换单位了。不过你要去声讨，我陪你。"这就是最大的支持了。令娟说："声讨有什么用，现在关键是孩子的手指能不能矫正！"筱雅赞同："治病要紧。"吃完饭，筱雅本想让令娟这个当姑姑的从侧面做做一凡工作，让他打消恋爱念头，二十出头儿，三天新鲜劲儿，妈妈不好说，姑姑可以说。

可思忖半天，又觉得让她做工作，难免跌了自家面子，只好作罢。饭后令娟和琪琪玩了一会儿，筱雅叫琪琪过来，看看右手小拇指，似乎是有点歪斜，但不算明显。令娟大呼太危险，幸好悬崖勒马。

晚上九点多，客人走了，就筱雅娘俩在家。筱雅放洗澡水，令伟来视频电话，她忙让一凡跟老爸说两句话。筱雅站在旁边对令伟说："看到了吧，跟你说话的是个准博士，大人了。"一会儿，又补充:"现在心思多着呢。"方一凡看妈妈一眼,明显话里有话。筱雅绷着,爷俩通完话,她忽然说:"你看你爸现在多好,乌七八糟的人从身边拨开,才能过上顺顺当当的日子。"一凡听得明白,老妈是指婷婷。在老妈眼里,婷婷就是乌七八糟的人。"她不是乌七八糟的人。"一凡申辩。蛇引出洞,筱雅跟着就打:"哪个好女孩会在网上随便认识一个,也不知道他是哪来的,什么家庭背景,什么性格脾气,就喜欢上了爱上了?这叫不自重。"一凡嚷嚷着:"不是你想的那样。"

"你是不是打算去北京见面?"筱雅跟着问。

"是的。"一凡诚实。

"真敢!"筱雅惊,"一凡,妈妈不会害你,家里人不会害你,这个女孩不合适你,你在西北,她在哪儿?廊坊,异地,成长背景兴趣爱好都不同,你学物理,她是戏剧影视文学,儿子,你才见过几个女孩,你是被她迷惑了。""没迷惑,她了解我,我也了解她,反正我要去北京。""我不同意!"筱雅不来软的来硬的,"我是你妈,我反正不同意,你忍心让妈妈伤心?"一凡又软下来:"妈,我们是真心相爱的。"筱雅浑身起鸡皮疙瘩:"你是学生,拿什么相爱?都是嘴上说说,你们自己没定型,网上、新闻里不是说了,毕业就分手多的是。"

一凡不说话。筱雅推了一下儿子:"在她身上花钱了么?"一凡几乎叫出来:"妈,婷婷不是你想的那种女孩!"筱雅说:"花点钱爸妈不在乎,别把人搭进去了。"天色不早,关灯睡觉。可越想睡越睡不着。一会儿,又隐隐约约做梦,筱雅梦到发大水,她坐在脚盆里,四顾茫然,水里有蛇,她急得大哭。硬生生被哭醒。接下来就睡不着了,那就揣度一凡的事。筱雅觉得,一凡这次活脱脱成个猎物,邯郸的婷婷是猎手,哼,她当然知道这样的男孩好，理工男，情感经历简单，又是准博士，前途光明，独子，家庭没负担，能钓上这么个男孩子，对她的未来，大有帮助。可对一凡来说就是绊脚石，阻碍他进步。

第二天上班，和张部长虚与委蛇，好歹安抚住。下班去看父母，她老爸要过八十大寿，得提前商量。筱雅有一个姐姐一个妹妹，大姐筱风，三妹筱颂，都没她得父母的心。无他，她最孝顺，给父母买了养老房，一碗汤的距离。筱风从前富过，如今儿子出国留学挥霍光了，筱颂是穷了半辈子，都比不上她。到家，进门，筱雅说了一番定饭店的事，筱风落实。定蛋糕筱颂落实。她统筹全局，是总导演。实在是大寿，人生能有几个八十。她爸那边的亲戚，有的即便不在市里，在偏远农村，这回也全部通知，接过来住酒店，只为做面子热闹显耀一场。

筱雅在厨房洗水果，黑布朗、红富士苹果，还有一小盒本地无花果。她妈问："令伟怎么样了？""都没事了。"筱雅一言以蔽之。她妈什么都知道，装糊涂，可偶尔还想问。她妈说："那就好，孩子回来了，也带着去看看。"筱雅说："就准备去呢。"

3

开车去怀远要一个多小时。筱雅打算利用这段旅途，好好做做方一凡的工作。拉开车门,一凡往后座去。"到前头来。"筱雅命令。一凡耷拉着脑袋,又跑到前座来。"安全带。"筱雅提醒。一凡摆弄好了,戴上大耳机。"摘下来。"筱雅最讨厌这耳机。这是屏蔽,是隔绝,是拒绝沟通。

一凡也有些恼:"妈,你到底要干吗?!"

"我要跟你说话。"筱雅收起好脾气。车开了。"说吧。"一凡很敌对。筱雅说:"你照照镜子。"

一凡果真对后视镜照了照。"看到什么了?"筱雅循循善诱。"没什么,"一凡说,"忘揍大宝。"筱雅嘴角一勾,像是打趣,像是哂笑:"又哭了一夜?看看眼泡,像不像金鱼。"一凡连忙否认。"忘了吧,那种女孩不适合你。"筱雅说。"什么样的女孩适合我?"一凡壮着胆子问。他很少反驳妈妈,倒把筱雅问住了。她只能急中生智:"总得大差不差吧。学校不说是985,怎么也得211,专业不能乱七八糟,水平得跟你差不多,不然怎么交流,以后你做博士搞研究,要找能相互促进的。"一凡说:"婷婷说了,会努力,会进步,提高自己。"筱雅不屑:"怎么提高,起点在那放着呢。"一凡说:"妈,你这是歧视。"筱雅说:"儿子,妈妈真没有,你优秀,我希望你的伴侣也优秀。"一凡变了变姿势,对着他妈:"优秀的定义是什么?普通院校的学生就不优秀?在你眼里有钱有权的才优秀。"

筱雅急了:"儿子,你妈可从来没把钱当回事,你妈注重的是品位、格调、格局,那不是有点钱就能培养出来的,你不想想,你二中教育出来的孩子,跟二十三中教育出来的,能一样吗?如果没有从小悉心的培养,你能走到今天这步吗?这就是现实。儿子,你的未来很美好,不要给自己找麻烦,为什么要为一棵小树苗放弃整片大森林,别幼稚。"一凡小声说:"妈,我们是真心的……"筱雅不耐烦:"你跟你爸说去,你爸每次也真心!"说漏嘴了,筱雅过去斗小三,真心这话,小三给她灌输过。什么真心,都是幌子,都是骗局,都是下三滥!一辆大货车迎面驶来,筱雅心颤,连忙往路边靠靠,差点挤到路边骑三轮车的。三轮车主骂骂咧咧,筱雅连忙开走了,她对一凡说:"看到了吧,跟这些人搅和在一起有什么好,素质!"一凡看窗外,不理妈妈。筱雅找补:"儿子,那这样,一会见到你爸,我们家三个人,举手表态,少数服从多数,行不行?"死马当作活马医。一凡寄希望于爸爸。

令伟的工作像打游击,当领导也是流动性的。从前在济南,后来去天津,再后来上海,再转淮南,如今怀远店开业,总部见他能力强,调来开拓市场。能干是能干,但私人生活上,却也惹出不少事来。筱雅曾气得骂,这个小地方的女人,比大地方的还难搞!令伟干两年,筱雅打小三打了有一年半,直到狗年,令伟从被人做局的事件得到教训,才真正意识到糟糠之妻的可爱。筱雅"摆驾回宫",令伟官复原职,还是好丈夫。到怀远,照例还是要请令伟的下属吃饭,筱雅现在是标准的老总夫人,架子必须有,同时又显得体恤下情。能留下来的下属们个个都是马屁高手,领导夫人给机会,他们自然猛拍。一凡硕博连读的事,少不了拿出来再说一遍,其实慕容筱雅前一阵儿单独来的时候,已经小范围散布过这个消息。也就是说,有的下属、同事早听过了,属于"旧闻"。但这次聚会面积广,少不得二次传播,下属们便也不得不拍二次马屁。筱雅受用,一凡和令伟却不自在。筱雅这个太太当得太兴头,多少失了身份面子。令伟只好努力把话题往别的地方引。一场酒席,筱雅完全是个矛盾体,又要出风头,又说自己喜欢低调,说儿子优秀,又说进步空间还很大,又让令伟喝酒,又不许他多喝。弄得一整个晚上进退失据,首鼠两端,她丈夫、儿子连带下属们都疲惫不堪。宴请结束，回住处洗个澡，根本来不及说一凡的事，两个男人便都睡了。筱雅还要在房里检查一番，直到确认的确没有问题，才上床休息。

次日令伟休假一天，三口子去爬荆山，看白乳泉，相传这山上出过和氏璧。好容易到地方。白乳泉背依荆山，面临淮河，东与禹王庙隔河相望，西邻卞和洞。卞和就是发现和氏璧的那个人。因而泉左建有望淮楼，登临远眺，景色壮美。楼上楹联书：片帆从天外飞来，劈开两岸青山，好趁长风冲巨浪；乱石自云中错落，酿得一瓯白乳，合邀明月饮高楼。此情此景，四下无人，筱雅觉得是时候把一凡的问题提出来。"一凡，跟你爸说说你的事。"筱雅掌控节奏。一凡有些不好意思，打小，尽管是严母慈父，可他跟爸爸的心灵交流不多，支支吾吾。令伟问："硕博连读不是成功了吗？"筱雅点题："你儿子喜欢上一个人。"令伟立刻来兴趣——也是五十的人了，啤酒肚微挺，皮带勒着，笑起来眯缝眼，听到这种男女之事，脸上会有那种老于世故的神色——他经验太丰富。筱雅见这种表情有点来气，父子俩一个德行！她当初执意让一凡报考西北的学校，一来是因为分数够不上北京上海的一流名校，二来也是西北环境枯燥，正好读书。"什么样的人？"令伟问。筱雅抢答："一女的，跟他一般大，老家邯郸农村的，在廊坊上学，读戏剧影视文学，娱乐圈的。家里四个姊妹。"一口气说下来，带着嫌弃。一凡纠正："妈，那是艺术，不是娱乐圈。"

"都一样！"筱雅抢白，"那女的进了娱乐圈，还能有个好？"一凡气得不看妈妈。令伟却不关心这些，他问："有照片吗？"有图才有真相。一凡从手机里调照片，在婷婷的QQ空间里。真是男人，筱雅跟儿子讨论有日子了，她从来没想看过那女孩的照片。筱雅嘀咕："也不知道是疤瘌是麻子。"男人们不理她。调出一张，自拍，尖尖的下巴白白的皮肤大大的眼睛。令伟调侃："现在流行这种。"筱雅激动："你又懂了！这是自拍，跟真人两码事，自拍是西施，真人一泡屎，生活照，不化妆的才是王道。"一凡只好再调出一张。这回是生活照，全身，没化妆，眉清目秀，打扮得体，身段玲珑，是个可爱的姑娘。令伟不言声。筱雅两根手指伸过去，外扩，照片放大了，仔细观察局部："看到没，这叫吊梢眼，狐狸眼，迷惑人。"令伟实在无法忍受老婆指鹿为马，笑说："照你讲，现在大学生都该丑丑笨笨的。"筱雅说："丑笨点好，心思放在学习上。"一凡不想听妈妈编派下去，向老爸求救："爸，我跟婷婷是真心的。"说完低头。在爸爸面前说这话不容易。令伟有些感动，刚准备开口，筱雅拧了他胳膊一下。令伟又不敢说话了。这事不提。

　　下午回到住处，令伟和筱雅端坐在沙发上，他们是"高堂"，一凡搬来个椅子坐对面，像法庭审判。筱雅放下茶杯："现在表态。"看令伟一眼，"同意方一凡和刘婷婷交往的举手。"一凡自己举手。"不同意的举手。"筱雅立刻举手。令伟缓缓举手。"二比一，不通过。"筱雅在民主投票中胜利。

　　一凡憋着气，终于嚷嚷开："不公平，三个人投票不公平，姥姥姥爷也是家里人，还有姑姑，还有琪琪，还有所有人！他们都得投票才公平，这叫公投！"

4

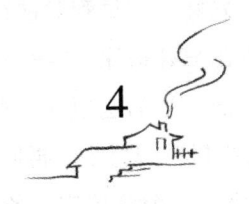

　　筱雅要的可不是公平，她要一个结果。如果来参加寿宴的三四十个亲戚都参加所谓的"公投"，就因为一点恋爱小事，那她的面子往哪搁。她不允许这种事情发生。即便做样子投，也只能是她娘家人投。连令娟都不能参与，不能知道，免得被人笑话去。老慕容的八十寿宴定在君临帝景，包了两大桌，一个超大包间，能容纳四五十客人。投票的时间，经商定，放在寿宴之后，休息时间。一家人方便凑在一块。投票人选划定：爷爷、姥姥、爸爸、妈妈、大姨、小姨，还有方一凡自己。一凡天真地给自己拉票，跟大姨视频，给小姨买东西，陪爷爷钓鱼，给姥姥捏肩。姥姥从前是教师，虽然退下来了，嘴碎的毛病没改，特别循循善诱："你才多大，能保证一生一世吗？"一凡嚷嚷着："就是要一生一世！"姥姥又是一通教训，说得一凡话都接不上。孩子只好发狠："反正要是不行！我就从楼上跳下去！"姥姥大惊："哎呦我的乖孙子！别胡扯！"好劝歹劝，一凡恢复理智，保证不跳楼了。

　　大寿前有个小插曲，出在方令娟身上。她把白天鹅艺术学校的钢琴老师头打破了。她还在为琪琪右手小手指长歪了的事讨说法，非让学校拿出个赔偿方案。可学校拿出了，愿意退还三年的学费，令娟坚决不同意。手弹歪了，还得了！这可是一生一世的事情！但令娟毕竟打人了。令伟奉父母之命，去帮妹妹擦屁股——他自己也有点讨好妹夫。尽管对神经质的妹妹早就厌烦之至，但还是不得不表现出兄妹情深。"我一分钱都不会付！"令娟发狠。在她看来，钢琴老师挨的这顿打，根本抵不上琪琪和她所受的伤害。令伟悄悄去把医药费付了，再回过头劝妹妹："手指歪了，一个要治，尽快治，一个要鉴定，给出鉴定报告，好打官司。"哥哥这句话，令娟倒是认同。暂时消停。老慕容大寿，本来请了令娟，但她要带琪琪去合肥看病，因此不保证能到。筱雅觉得正好，她不来，少点事。反正钱到了就行。

　　八十寿宴是老慕容人生的一场大戏，几乎有点盖棺论定的意思。放眼周围，慕容氏一族，同辈的，能比他慕容永久混得好的不多。他从一个寿县贫民，饭都吃不上的人，能混到如今儿孙满堂——唯一的遗憾是没儿子，住在市中心，电梯房，退休工资不低，还有存款，出门坐车，朋友都是市里有头有脸的人物的爸妈，他已经跳升了不止一个台阶。繁华热闹是要有人看的，演戏的还得仰仗看戏的捧场。因此，这一回，筱雅也是铆足了劲让老爹自在，乡下再穷的亲戚，也都请来住下，共襄盛举。慕容永久也尤其用力。也是，都八十了，谁还期待后头的风光。寿宴当天，君临帝景酒店门口闹哄哄的人，都在拍照，知道的明白是宾客，不知道的还以为在维权。老慕容自然是全场的中心，无论是在户外还是室内，他都一副德高望重的样子。寿宴办得成功极了。宴席上，只有一凡心事重重，他在担心下午茶上的投票。大姨筱风见他不自在，忙着给他布菜。一凡天真地问："大姨，你会支持我吧。"筱风说当然支持。她年轻时候也是自由恋爱，父母不同意她跟一个农村男人，事实证明，现在过得也不错。只不过，筱风理解筱雅的担忧，毕竟年代不同。现在再找个乡村媳妇，换作她是婆婆也不愿意。筱风送儿子去美国留学，嘴上不说，心里却也巴巴地希望儿子认识点有钱人家的女孩。她手里这点钱,帮不了儿子买北上广的房,而她儿子将来必然在大城市发展的。明知是戏,筱风还是跟妹妹知会,她要唱白脸,不唱红脸。不做坏人,当好人。

酒尽羹残,慕容家还不愿离去。老人精神不济,有的回酒店休息,年轻人则到对面棋牌室打牌。慕容一家在包间里坐着,先是拍照,全家福。然后是单个单个照。茶水上的是上好的太平猴魁,取"太平"二字彩头。

一圈坐定,筱雅才说:"一凡,陈述吧。"一凡果真站到厅中间,像在竞选。"我喜欢上一个女孩,跟我同龄,二十二岁,我们想要在一起,是网上认识的,我打算去见她。她家是邯郸的。她在廊坊上学。她是个好女孩,单纯善良。"说到这,筱雅鼻孔里发出哧的一声。一凡不理她,继续:"但我妈说了,两个人在一起不可能不顾家人的感受,所以今天做民主投票,希望大家支持我。"说完,孩子鞠了个躬。解锁手机,把婷婷的照片拿出来,用只茶杯抵着,放在茶几上。大人们都欣赏过婷婷照片,因此并不好奇。

一阵静默。大姨筱风先说话:"我是支持一凡接触接触,但要慎重,总体来说是支持。"她举了一下手。筱雅故意白了姐姐一眼,做戏也要做得真些。小姨筱颂跟着说:"我反对,网上什么人都有,来路不明。我反对。"

一比一。一凡跳出来说:"我解释一下,我和婷婷聊了很久,精神上已经有足够的沟通,我自己给自己投一票。"筱雅立刻说:"我不支持,我反对。"

二比二。说罢,令伟出来唱白脸:"我支持儿子,男孩子又不吃亏,不怕。支持!"一凡向爸爸投去感激的目光。轮到老寿星了。慕容永久清了清嗓子:"老话讲,门当户对,这个不是没有道理的，一凡，就像我跟你姥姥吧，那时候就是门当户对，我们家三个弟兄穿一条裤子，你姥姥家两个姊妹穿一双鞋，都穷，谁也别嫌谁……"筱风、筱颂忍不住笑，老母亲有点尴尬。筱雅实在听不下去这些老三篇，在家早听够了，谁还要到君临帝景听，她不得不提醒："爸，投票。"慕容长久这才从自己的回忆中拔出身来："我反对。"

行了，三比三。最后一票压在老母亲身上。筱雅早跟她对好点了，她会投反对票。一凡跑到姥姥旁边，满眼渴慕，像一只溪水边的小鹿。筱雅喊了一声妈。老母亲有点为难，她忽然想起一凡说要跳楼的话。如果她投反对票，做压死骆驼的最后一根稻草，万一外孙子想不开有个三长两短，都是她的不是。如果她说支持，筱雅势必不高兴。"妈——"筱雅拖着调子，催促。

老母亲颤巍巍地，急中生智，嘴一秃噜："我弃权。"众人哑然。出乎意料。筱雅心焦如狂马："妈，你怎么能弃权呢。"老母亲不说话。三比三平。没结果。事情超出筱雅的掌控，她一拍椅子扶手，激起灰尘来，差点呛到自己："反正网恋就是不靠谱！"一凡乘胜追击："本质上都是恋爱，是精神交流，更纯洁，更神圣。"方令伟批儿子："闭嘴！"筱雅头晕。一凡又说："妈不也网恋过。"众人哗然。筱雅惊得头也不敢晕了。一凡继续说："我高三那会儿，我妈也跟一个网友每天聊到十二点多。"

那时候令伟在外，筱雅独守，心情寂寞，是聊了一个网友，男的。但过了那一阵儿就没下文了。令伟顿时神情肃穆，他自己常在河边走，早湿了鞋，但他觉得自己是男人，湿了鞋那是风流，可如果筱雅湿了鞋，问题就严重了。老丈人一家人在，他也不好发作，只低着声调问："怎么回事？"筱雅只好粉饰太平："我是那样人吗！那是个女的，我同学！"一跺脚，气走了。

令伟傻在那儿，慕容永久血压上来，怒道："还不快追！"令伟连忙往外跑。筱雅没追着，迎面却撞见妹妹令娟带着女儿琪琪走来。她对合肥的医疗条件不满意，对医生也不满意，所以早早回来，看有没有饭吃。令伟问："看到你嫂子了吗？"令娟遥遥一指，说嫂子刚慌慌忙忙跑出去了。

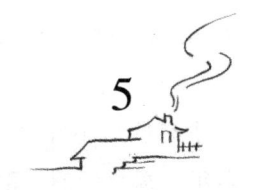

5

解释清楚了，方令伟便"不计前嫌"，原谅筱雅，回怀远了。他自己犯错太多，难得有个机会显示大度，自然不会放过，他相信筱雅是个好女人，公务员出身，正正派派，要出事早出了，何必等到现在。

暑假漫长，这三室两厅的房子里，只有筱雅和一凡两个人，他们都憋足了劲，置气，冷战，都不愿意做先求和的那一个。筱雅气得不给一凡做早饭，让他自行解决，她做的晚饭，一凡又不肯吃。就这么僵持一个礼拜。单位里，张部长也不给她痛快，一次开会，她刚读完报告，张美兰竟当着一众老老少少的同事痛批她一顿，还上升到态度问题、觉悟问题。筱雅抵抗也不行，做小伏低也不行，简直不知道怎么办。她后悔跟了个女上司。假若上司是个男的，总会看在她是女性的分上，给予其一点基本的尊重。

体重秤趴在地上，上面有个数字，65.00。显示不灵，称完不跳表。那显然是儿子目前的体重。瘦了快五斤。往年暑假回家，一凡总会长点肉。筱雅又心疼了。这日，她特地开车去骨里香买了点一凡喜欢的鸭舌头、捆蹄、藤椒鸡，打算晚上和解。方一凡控了一个礼拜的油水，嘴发馋，便也给妈妈一个面子，上桌，狼吞虎咽吃起来。母子面对面，吃一阵，一桌子骨头。

筱雅说："打算怎么办？"

一凡拖着腔："妈，你怎么就不相信真爱呢。"积累了斗争经验，儿子已经有点老油条样子，打算打持久战。八成是邯郸一姐教的！教唆犯。

筱雅顾不上面子，多少有些口不择言："你爸当初对我是真爱，又怎么样呢，这么多年，都会变的，都会淡的，到最后能把两个人绑在一起的，还是共同的利益。"一凡嘴停下，发怔，他不明白老妈怎么突然说这个，在他看来，根本是两码事情。

"这么多年，我一个人带你，你就不想想，多难，是吧，多难……"慕容筱雅喋喋不休着。脑海中，这么多年的辛苦跑马灯一样掠过。脸上一不小心被眼泪冲出许多弯弯曲曲的线条，百川到海地汇聚嘴角，她不得不往外吐唾沫，边哭边说："你不为自己想，也得为大家想一想，为你娘我，为你老爸，为了家族的光荣，你觉得让我们跟那种家庭做亲家合适吗？你忍心让你老妈去那种乡旮旯地方跟一个村妇啰里啰唆当姐姐妹妹？不是你爸妈看不起农村孩子，这个社会就是这样，人往高处走，你清醒点行不行？那个什么刘婷婷，真的优秀到你什么都不顾？先天缺点都能抵消？是吗？是这样吗？你别以为你爸支持你，他就是不愿意当坏人，他根本不愿意跟那些人来往，不愿意跟他们有任何关系！"说到这，筱雅的脸似乎都气得快变形，大口喘气，好像周围的空气都不够她呼吸。人生如登塔，通关打怪，拾级而上，她好不容易爬上来，为什么要主动掉下去？不！她不自甘堕落，也不许儿子这样做。

一凡嘀咕："上次跟爸那女的，不就是颍上农村的……以前还种过地呢……"慕容筱雅顿时觉得五雷轰顶，整个人被震得目瞪口呆，像傻掉一样。"方一凡！"她惊吼，"你要去你去，大学毕业，你想怎么怎么，你跟家庭脱离关系！脱离！你没妈！也没爸！你就代表你自己！永远别回来！"

一凡也被失态的筱雅吓傻了，呆在那儿。他没料到老爸的那点腥膻烂臭的风流韵事，对老妈刺激那么大。他红着脸，一言不发。筱雅抽纸巾擤鼻涕。一会儿，母子俩各自回屋，都趴在床上哭了一阵。

筱雅在床上躺了三天，说不上感冒还是什么，浑身无力。张美兰给她打了两次电话，表面慰问，实则催促她早日到岗。好像单位离了她慕容筱雅就不能转。筱雅只好撑着病体，继续工作。这日下班到家，绿豆汤已经煮好，这一回，是一凡向妈妈伸出橄榄枝。筱雅顺着台阶下，母子俩再度和好。一凡口才比先前好了很多，奉上绿豆汤的时候他说："妈，我觉得这事还是应该多沟通，相互理解。"一听就是刘婷婷教的。她慕容筱雅的儿子才不会那么油滑。筱雅问："怎么沟通？如何理解？"一凡突然说："妈，要不，你跟婷婷聊聊，通个电话。"不用说，这是邯郸一姐的提议。她已经准备好，跟作为一凡监护人的慕容筱雅过招。直接拒绝，显得好像怕了她似的。筱雅在政府部门待了那么多年，什么人没见过，难道还怕她一个二十出头的小姑娘？凭她什么一姐二姐，在我慕容筱雅面前，都是小妹。筱雅唯一担心的是，万一女孩不礼貌，她会失了面子。可当着儿子的面，筱雅不能服软，必

209

须迎战。"也好，聊聊。"

筱雅想见识见识，这女孩究竟是什么三头六臂九尾狐，把儿子迷成这样。

时间是筱雅定的，晚上八点，交流方式由她定。婷婷不介意开视频，筱雅却只批准打电话，她这个年纪，跟小姑娘视频实在没优势，她不愿意"自取其辱"。打电话的过程中，一凡必须回避。因此，这次通话完全是两个女人的过招。筱雅不相信一个二十出头的小丫头能说出大天来。电话接通了，方一凡迅速出屋，留空间给妈妈。听筒里传出个甜甜纯纯的声音，叫了声阿姨好，弄得筱雅反倒有些紧张。婷婷有一副迷人的嗓子。筱雅清清喉咙，说："是刘婷婷吧。"她用那种干部同群众说话的口吻。"你和一凡的事情，我们全家商量过了，结论是，不赞成你们交往。"一上来就定个基调。婷婷说："我听一凡说了，所以今天我想再次向您争取。首先，我和一凡的感情很单纯很美好，我们都是彼此的初恋。"筱雅差点没呕出来，她还初恋？骗人。一凡倒是妥妥的初恋。婷婷继续说："听说您对我的学校不满意，我一定会努力考研究生，提高自己的文化水平，我认为我和一凡很合适，他是理科，我搞艺术，将来如果我参加工作，也可以考虑去西北，这样两个人在一起相互促进。"筱雅声音变了个调，带点嘲讽："这不是你努力不努力的问题，是你们不合适。"婷婷追问："阿姨，具体哪里不合适呢？郎才女貌不是正合适？阿姨，您是对我的家庭不满意吗？我妈已经保证，将来不会给我和一凡添任何麻烦，这一点请您放心。"

哦，天！筱雅惊叹，她那个乡下妈已经知道这事，却不反对，哼，她是不反对，高攀了，有那么好一个准博士女婿，她睡觉都能笑醒。筱雅换个角度："婷婷，你是好姑娘，但是你们确实缺乏了解,其实你们可以考虑断一段时间,如果过了三四年,还觉得对方适合,到时候再考虑也不迟,现在还是学业为主。"她想用缓兵之计,拖一拖,现在孩子心都活,过个三年五载,不怕它不黄了。婷婷却说:"阿姨,现在就是个快速的时代,感觉来了,就是有了,希望您祝福我们。如果您一定不支持不同意,我们还是坚持走自己的路。"筱雅惊叹,这是威胁,赤裸裸的威胁。不得了,现在的小丫头不得了,主意太大了,她这个老江湖竟然都被说得险些乱了方寸。

筱雅只好用一个总结结束谈话,她笑笑:"婷婷,有一点记住,一凡是个孝顺的孩子,他不会因为一个女孩,放弃自己的家庭。"挂了电话,慕容筱雅久久不能平静,这个刘婷婷不简单,她根本就是个捞女,看中猎物,就要拿下,她妈都想到以后结婚了,明摆着要借力发力,更上一层。她不能让她如愿。一凡推门进来,问筱雅谈得怎么样。筱雅绷着脸,语气有些严厉:"这个女孩会害了你。"

一凡打了个寒战,"妈——"他没想到老妈竟如此油盐不进。

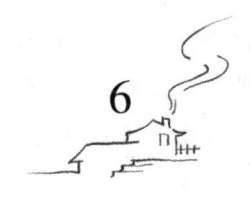

6

筱雅下班到家,发现一凡不在屋里,打电话,通了,但没人接,她第一反应是,方一凡可能赌气离家出走。青春期常有的,她从前也干过。筱雅给令伟打电话抱怨,令伟说,是不是打游戏去了。他说他在开会,十点找不到再联系。筱雅找遍了附近的网咖,里面全是些聚精会神打游戏的年轻人,没有一凡。想来想去,只能打给令娟问问,一凡跟姑姑和表妹走得算近。

"一凡在没在你那?"筱雅问。方令娟说了句不在,就开始吐槽琪琪小手指的事,纠纷还没解决,令娟百爪挠心,这事就是翻不过去。筱雅着急:"一凡失踪了!"令娟的嘴这才刹了车:"不至于吧,就因为那事?不会去外地了吧。"她说得更可怕。"我打算报警。"筱雅说。令娟说你这还不够报警资格,时间没到。"那怎么办,怎么办?!"筱雅在电话里快哭起来。令娟说你别动,我去找你。危难时刻,姑嫂抱起团来,取暖。

只是令娟也没什么好办法。两个女人等到快晚上十点,筱雅的姐姐筱风来个电话,说一凡到了她那。令娟见侄子没什么事,便开车回家。翌日一早,筱雅去单位之前先赶到了筱风家。筱风儿子在国外,丈夫为赚钱去外地工作,年前她办了提前退休,一个人守着五室三厅的房子,买六送七的那种,空空旷旷,显得有几分凄凉。昨夜一凡住七层卧室,筱风住六层,筱雅到的时候,一凡还没起床。筱风劝妹妹:"别把孩子逼得太紧。"筱雅道:"不是我逼得紧,是要面对现实,栋栋在国外,你更要小心。"栋栋从小到大都受女孩子欢迎。筱风笑:"男孩子不怕,再怎么也不吃亏。"筱雅苦口婆心:"我跟你说现在外面多乱你根本就想象不到。"筱风不说话了。

筱雅继续说:"门当户对奉行了上千年,能没道理吗?咱们作为男孩的家长,那种门当户对、正直善良、不自卑、不势利、不物质、待人接物落落大方的女孩我们能不喜欢吗?什么一见钟情、盲目拜物、动不动就耍小心机的女孩,我们就是不应该接受,要帮儿子把好关。"筱风劝:"男孩子嘛,多经历点风雨也好,就让他在实践中找真理,看看那些门不当户不对的女孩,能不能顺他的心。"筱雅哼了一声:"自找苦吃啊?我之所以让儿子争取保送,争取硕博连读,就是不想他那么早出来工作,太辛苦,在学校里待待,多学几年……"两个人正说着,一凡下楼来,见他妈在,打了个招呼,又上去了。筱风说让凡凡在我这住几天。筱雅答应了。

张美兰来了两次电话,要材料。筱雅不得不中午加班写出来,还好,这次没挑毛病。要得急,交得急,没来得及挑。不过慕容筱雅已经想清楚,张美兰想怎么样随她,再过两年,她工龄到三十年,就申请退休,现在出了这个规定。她觉得自己太累,也没有上升的空间,何必在这受气。一将无能累死三军,张美兰是个不值得保的人。这么想,筱雅又觉得美兰有点可怜。孩子不给力,老公不过是个中学老师,她在下属面前虽然威风,但对上,还是得装孙子。她怀疑张美兰已经停经了。上次体检传出来的消息。可悲。

下午令娟找她,说决定起诉白天鹅艺术学校。筱雅自学过法律,又在体制内待那么久,令娟第一时间想到找她商量。何况一凡"失踪",令娟那么帮忙,筱雅抹不开面子,只能陪着一点一点弄,写诉状,去法院递交诉状,交钱,准备证据。在法院办事大厅,方令娟嘴不停:"你说怎么办,琪琪是姑娘家,富养富养还养成这样,这手要是残疾了,嫁人都成问题。"这话说到筱雅心事上,她叹:"管不了,现在孩子主意都大。"令娟见嫂子发愁,排解道:"嫂,至于愁成这样,一凡在跟前,咱们还能没办法?现在的小孩,朝三暮四,谈恋爱跟吃快餐似的,见一个喜欢一个也正常。一凡就是在大西北憋久了,其实让他多接触一点真正优秀的女孩,还怕他忘不了那个什么婷婷?"筱雅眼睛一亮:"你认识吗?"令娟笑:"让我想想。"

不出三天,令娟果真想出个办法,介绍个人来。那家的妈妈原本是令娟丈夫在设计院的同事,只是后来她丈夫煤炭生意发展不错,她便不上班了。可老家还在这,房子有,老娘等一系列亲戚都在。这女人为了照顾老娘,现在多半在本地住,说是省城、上海和美国都有房子。将来不排除移民。只是现在国内形势好,她男人还想再赚几年钱。那小姑娘叫涵涵,现在麻省理工就读,也学物理,跟一凡是同龄。令娟一描述,筱雅电话里便叫起好来:"哎呀,这种女孩不用说肯定特别有家教,从小爸妈教的。"好在令娟爱人面子大,他去提咨询留学的事,涵涵妈给面子立刻就同意了。令娟说请吃饭,涵涵妈客气,说喝个下午茶就行。为表诚意,筱雅邀请她们到家里坐坐,慕容筱雅对自己的这套三室两厅很有信心。令娟转达,涵涵妈欣然应邀。这下可是瞬间激活了慕容筱雅,她跟一凡预告:"儿子,给你介绍一位真正的淑女。"一凡不看妈妈,继续打游戏。筱雅生气:"听到没有?"一凡一抬眼:"知道!"

他还继续跟婷婷保持联络,没放弃。筱雅带点得意,嘴上没了把门的:"人比人得死,货比货得扔,人穷志短……"

一凡打断她:"妈!看书呢。"筱雅只好握着拖把推出去。她这次大扫除的力度,前所未有。还从网上定了紫睡莲彰显氛围品味,她查了,紫睡莲的花语是:梦幻、纯洁、好运。最后一项,她觉得家里茶几实在老土,趁机换了个圆形英式茶几,配上她调制的英式柠檬红茶,堪称完美。

7

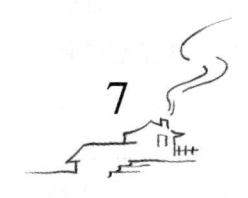

当日，令娟陪着涵涵妈和贺涵涵准时到了。女孩看上去普普通通，穿着比较朴素，戴着个眼镜，乍一看有点呆，也可能是见陌生人拘谨，脸上的青春痘却提醒着大家她的年纪。进屋，坐到紫色睡莲跟前，令娟先给两个孩子做介绍。方一凡和贺涵涵相互点头，问好。筱雅连忙上茶，几个人慢慢聊开，刚开始话题都在孩子身上。从幼儿园开始问，从小读的哪个幼儿园，哪个小学，哪个初中……只不过，涵涵高中就去美国读了，所以方一凡和她的高中生活在这座城市没有重叠。她这次回国，主要是看姥姥。令娟感叹："孝顺孩子，现在这样的孩子，少。"涵涵妈说："她从小是姥姥带大的。"筱雅连忙应和："我们一凡也是姥姥带大的！"聊得实在是干，两个孩子坐在旁边有点尴尬。令娟建议让孩子去书房聊，大人的话他们不感兴趣。涵涵妈跟涵涵招呼了一声，一凡领着涵涵进屋了。令娟看着两个孩子的背影："瞧瞧，身高也搭配，我看着这种懂事的孩子心里就舒服。"涵涵妈没说话。筱雅说："涵涵真不像美国回来的孩子，内秀。"涵涵妈被奉承得舒坦，抿了一口红茶。

书房内，方一凡领着涵涵参观。也实在没什么可参观的，书房小，书也不多。唯一可看的是一凡搜集多年的手办，大大小小的玩具人。"你喜欢火影忍者吗？"一凡问。涵涵说不了解。"你玩吃鸡吗?"他问。女孩说不玩。涵涵问:"你物理什么方向的?"一凡说:"地球物理。"涵涵说我是数学物理。停一下,又说:"知道米切尔·费根鲍姆么?"一凡说知道。涵涵说他是我们学校的。一凡让涵涵坐,涵涵坐了,两个人再没有话,各自刷手机。

客厅里,妇女们的笑声却能把房顶掀起来。筱雅和令娟变着法地让涵涵妈舒坦。令娟对涵涵妈说:"你怎么培养的女儿,我就发愁琪琪,不愿意读书,就喜欢买衣服,见到衣服就走不动路。对比涵涵,一个天一个地,这样的丫头谁不喜欢。"涵涵妈笑说:"我们家也不指望她出去挣钱,可没办法,她自己要求高,就是那么努力,有时候我跟她通视频,凌晨四点还在图书馆呢,我都心疼。"令娟啧了一声,"还是遗传,天生基因好。"又说,"妹妹,你可得小心,这么优秀的女儿,美国那可是花花世界,什么人没有?别被哪个屌丝男拐走了。"涵涵妈忙说不会不会,又说女儿说了,不拿下全美科技项目,绝对不谈恋爱。筱雅拍大腿叹道:"听听,这志气!"令娟又说:"学习归学习,朋友还是要交,像涵涵跟一凡这样志同道合的同龄人,多交流总是好的。"涵涵妈这才问:"凡凡准备出国吗?"筱雅稳住了:"肯定是要出去的,就看哪个阶段,现在国内教学质量也高,他们那个学校本身就是基地班,硕博连读之后,直接到国外就能做研究了,以后是在国内还是国外,都行。"令娟跟着说:"对对,国外肯定去的,就跟那个卖的阳澄湖大闸蟹一样,管他是不是阳澄湖的,反正都要拉到阳澄湖涮一涮。"这比喻,说得好像一凡并非货真价实。筱雅看了小姑子一眼。涵涵妈这才问:"一凡是哪个大学?"也是明知故问。筱雅端住了:"兰州大学,985,国家级学科,有重点实验室。"涵涵妈笑而不语。坐累了,筱雅又带着涵涵妈到各个房间参观参观,连厨房卫生间装修上的细小用心她也要解释一下。令娟却不想让嫂子多说下去,涵涵家住的是山脚别墅,哪会看得上这些,于是连忙说时间不早了,还要去接琪琪下课,涵涵妈也告辞,两家约定找时间一起开车出去玩。筱雅很兴奋,一个劲说焦岗湖的荷花现在开得正好。

这次会面之后,慕容筱雅的兴奋劲久久不退,虽然涵涵谈不上漂亮,但在筱雅心里,贺涵涵才是儿媳妇的最佳人选,是能给一凡的人生加分的女孩。她问令娟,对方感觉怎么样。令娟说涵涵妈觉得你人不错。"就没了?"筱雅觉得涵涵妈的夸奖过于敷衍。令娟劝:"我的亲嫂子,慢慢来,滴水穿石润物无声,这才哪到哪。"筱雅立刻意识到自己过于心急,连忙稍事收敛,赞到底是令娟见过世面。

筱雅问一凡对涵涵感觉怎么样。一凡说:"就那样。"筱雅对这个回答不满意:"这才是上流女孩,懂吗?"一凡不屑:"什么上流,往上数三代也是个农民,不就是个煤老板的女儿吗?"筱雅正色:"就那也比你那个婷婷强十倍百倍!"停一下,又问,"微信加了吗?"一凡说没加,忘了。筱雅批评儿子:"男孩子,要主动一点。"一凡反驳:"我有主动的,你又说对人家不满意。"筱雅觉得简直孺子不可教,嚷嚷:"给你鲍鱼你不吃,你非要吃烂菜头!"一凡拉起被子,蒙住头。他想要和妈妈的世界隔离。

令伟傍晚到家,见茶几换了,问怎么回事。睡莲还在,蔫巴巴的,可筱雅舍不得丢。她原原本本把下午茶的盛况跟丈夫说了。令伟不得不赞同妻子的观点:真谈个麻省理工的,是比找个廊坊戏剧影视文学的有促进。

筱雅非常严肃:"你以后一定更要注意,不是为我,明白吗?为儿子也要注意。"令伟说跟儿子有什么关系。筱雅诧异:"你是真不懂还是装不懂,一凡要是找个上档次的女朋友,人家也要看咱们的,你别给我搞出一些捂屁拉稀的事情,我是公务员系统,没得挑,你在商业系统……"筱雅话没说完,令伟抢着说:"商业系统就得多赚钱。"筱雅白他一眼:"不光是钱的事,是口碑,人品!"令伟笑嘻嘻地:"往上够,你不怕你儿子受委屈?"筱雅严重不同意:"受什么委屈?我儿子那么优秀,配谁配不上,智商长相身材要什么有什么,我跟你说我儿子不能像你,自甘下流!"令伟假作不高兴:"看看,又来了。"筱雅一开头就不得不发挥下去:"你以为那些女人都看中你什么?看重你这个人?肥蝈蝈似的,你要是不干店总手里没两个钱你试试?"令伟不想再听下去,抱住筱雅要亲。筱雅一掌将他打开:"少来!"

8

焦岗湖荷花进八月开得铺天盖地。筱雅觉着是时候组织两个家庭去赏荷。一凡那边消停点了,婷婷似乎知难而退。一凡根本不稀罕妈妈的好意,他也不喜欢贺涵涵,更不想去焦岗湖晒太阳。不过,八月刚开始,家里出了点小插曲,原本从乡下来给慕容永久贺寿的亲戚,有几个趁势住下,再不肯走。慕容家的老房子被占住,老慕容得知十分焦心。请神容易送神难。那房子租出去还能有几百块钱的收入,如今被占,租子没得收不说,那亲戚时不时还上门吃饭，开口借钱，实在为难。慕容永久让筱雅出面去调停，请亲戚——确切地说是个表侄子让出房子。可那表侄子一副天不怕地不怕的样子，说二伯当年还是他爸救下的。言下之意，住你个破房子还不应该。筱雅败下阵来。筱风再去，还是不行。最后多亏筱颂丈夫从老城区找来几个痞子，恐吓着把人吓走了。等都消停了，筱雅才腾出空来，跟焦岗湖景区的人讲好了，再让令娟代为邀请涵涵妈和涵涵。

谁料涵涵妈拒绝得很礼貌，说涵涵水土不服，现在还不舒服，估计去不了，心意领了。这理由没法拒绝。筱雅只能再等，她希望在孩子们开学之前，两家能再来个深入接触，两个孩子也有个二次了解。

令娟的案子正式进入程序，法官给她打电话，首先是调解。令娟的诉求不光是要赔偿，还要求白天鹅艺术学校公开道歉并停止营业。被告不能接受。第一次调解失败。

案子继续往前进行。接下来，令娟需要提供证据，除了琪琪三年来求学的资料、缴费证明，还需要出示伤害证明。令娟打算去北京一趟。琪琪爸在北京，落脚很方便。令娟在网上挂了积水潭医院骨科的专家号，要带琪琪北上看病，并打伤害证明。一凡得知，也要跟姑姑、表妹去北京。他要去新东方学英语。筱雅坚决不同意。借口！去新东方学英语就是借口！方一凡去北京，明摆着就是想去见刘婷婷。邯郸廊坊都离北京太近，十分危险。

一凡老大不痛快，好几天不跟妈妈说话，这让筱雅更加确定，他去北京，是想见刘婷婷。这几日来，一凡体重秤上的数字又降了。心事重，胃口差。筱雅看到，狠狠心，装看不到。小不忍则乱大谋。她认为这是儿子的劫数，熬过去就是另一片天空。糟糕的是令娟马上要去北京，估计得待一阵，再消磨消磨，孩子们开学都飞走了，两家见面机会就少了。她希望在九月之前，两家人无论如何再聚聚。不看荷花也没关系，去金满楼吃吃饭也好。筱雅打电话给令娟，让她想想办法，再约一次。令娟给力，还是让她男人出马。老面子还在。这日，筱雅下班，令娟约她见面、吃饭。筱雅说不清什么感觉，可能好，可能坏，但她对自己说，成不成都没关系。两个人约在新开的环球港购物中心，在火锅店坐下，令娟才笑着说："嫂，真不是咱们不用力，人家现在，真不在国内。"

不在国内？就因为水土不服走了？奇怪。筱雅问什么意思。方令娟嗤了一声，指指头顶："去大溪地了，涵涵妈带涵涵，还有市委秘书长的老婆和他儿子。"筱雅脑子轰的一下。她怕手抖，放下筷子。她们不是没时间，只是没时间跟你啰唆。对秘书长的老婆和儿子，她们有空。而焦岗湖和大溪地比起来，差别大得像超一线城市和不入流自然村。一时间，慕容筱雅又是羞愧又是难过又是痛恨，心跟在红油火锅里煮似的，上上下下翻滚。令娟来灭火："嫂，咱不理这种人，没劲！以为自己有几个臭钱就怎么着了，其实才哪到哪呀，眼睛长在头顶上，也不怕走路摔着！这种人不能交，太假。"她牵的线，现在也是她说不能交。

筱雅呆了一会儿，方才调转目光对方令娟，问："涵涵这丫头你觉得好看吗？"令娟不假思索："我看平常。"筱雅朝窗外指了指："走在路上，十个人里头估计能排个第八。"姑嫂俩哈哈大笑一番，又调侃了一会儿贺涵涵的青春痘，还有她妈的鼻孔——有点外翻朝天，像猪。连带打击了贺涵涵，她鼻子跟她妈一模一样。

这顿饭吃下来，慕容筱雅累得像筋被抽了一样，到家就躺在床上，一动不动，澡都没洗。一凡推门进来喊妈，却冷不丁被他妈的形容吓了一跳。他本来想再次争取到北京学英语，可见他妈这个状态，临时决定闭嘴。"妈，你没事吧？"一凡担心妈妈。

筱雅支着身子瞧见儿子瘦削的面庞，又一阵心疼。她忽然觉得自己是不是该网开一面，让儿子和刘婷婷试试看，至少，刘婷婷比涵涵和她妈更尊重她。筱雅叫了声一凡。她儿子走到床前。筱雅伸手帮儿子整理了一下 T 恤："想去学就去学吧。"一凡没反应过来，问什么。"你不是想去北京学英语吗？"筱雅是个疲惫又慈祥的妈妈。幸福来得太突然，一凡高兴得要跟妈妈握手。"不过，你要去见人，得让你姑陪着。"筱雅补充说明。一凡满口答应，因为他知道，姑姑才不是那种大惊小怪闲着无聊的人。"给你爸打个电话。"筱雅说，"就说我不舒服。"

接到电话，方令伟放下手头的工作，迅速从长丰赶了回来。这姿态令筱雅欣慰。不一样，到底在一起过了几十年，他还是在乎她的。见到令伟，筱雅抱着他哭起来。方令伟有些不知所措，他自认进入狗年之后遵纪守法洁身自好，是个好领导好丈夫好爸爸。"谁欺负你了？"令伟问。筱雅说了一个字："你。""我什么都没做啊！"令伟申冤。筱雅破涕："谁让你不是市委秘书长！"方令伟一头雾水，但他丝毫不想深究下去，这就是他的妻子，偶尔发发神经是她的特权。有人跟他说，你老婆估计到更年期了。令伟深信不疑。

9

　　整理箱子是筱雅的特长。虽然她没去外地读过书，可整理箱子，从小在她的印象里，就代表着远方，有点罗曼蒂克的意思。她喜欢整理箱子，收拾得也细致。这次一凡去北京，她作为妈妈，理所应当要考虑周全。吃穿用度，都要包含在这一个箱子里。吃，一凡爱吃的要提前买好放进去。令娟说："嫂，北京什么没有，大老远还带这个，也不怕坏。"筱雅给一凡带了香肠和咸鹅。筱雅做人情："又不是给他吃的，给妹夫的，家乡味道。"穿，换洗衣服都带齐，她叮嘱儿子，内衣裤别让姑姑洗。是大人了，要知道难为情。用，洗漱用品就不用说了，还有喝茶的杯子，坐车用交通卡等等。度，就是钱。她给了一凡现金。令伟从微信上转了钱给儿子。
　　一凡要住培训班的宿舍，筱雅和令娟坚决不让。姑姑家有房子，干吗住宿舍，筱雅怕有故事。令娟是觉得没给她脸。一凡没办法，只好顺从。只是每天还得从公益西桥坐车到中关村，不大方便。令娟口气大："放心，你姑父派车接送。"他姑父混得好，职位已经升到派得动车了。
　　筱雅一层一层细整理着，她力求每个部位都能利用上。每个拉链里她都得放点东西，这叫物尽其用。都弄好了，她又想起来应该把观音寺求来的护身符放进箱子里，保儿子外出平安。箱子侧面的薄夹层，小小的口子，放护身符正合适。筱雅伸手进去，咦，好像塞了个正方形塑料袋。掏出来，筱雅像被蛇咬了一般。儿子的行李箱里藏了两个避孕套！转瞬之间，慕容筱雅脑海中电影播放，真是恐怖片，这谁给他的，谁让他带的？难道不是刘婷婷？她真不敢往下想，万一生出孩子怎么办？那他们家方一凡可真就被套牢了！筱雅这才忽然意识到儿子此行的风险。她偷偷把避孕套没收。她本想发作，可又一想，现在发作，未免打草惊蛇。她打算跟令娟、琪琪和一凡一同北上。她横下心要跟着一凡见见刘婷婷，她倒要看看，这女孩究竟何方神圣。

上了高铁，车过徐州，一凡才发现妈妈筱雅也在这班车上。筱雅跟令娟对好了点子，可没提前跟一凡说，怕他激动。筱雅的解释是：要去北京出差，还有事情跟他姑父谈。一凡当然不信，一个人生闷气。列车从德州站开出的时候，一凡跟妈妈对调了座位。筱雅和令娟、琪琪坐在一块了。令娟安慰嫂子："小孩，不懂事，你为他他还不知道，以后慢慢就知道了，也许见本人是个鬼，自然没兴趣了。"筱雅苦笑，说是鬼倒好了。她觉得自己现在的处境有点难受，上不去，更不愿掉下去。但她总觉得有人想拽着他们这种家庭，比如刘婷婷。光脚的不怕穿鞋的。

手机响，是令娟的电话。她接了，刚说了几句，就忘了自己是在公共场合，大声抱怨起来："我跟你说这是孩子一辈子的事，不是钱不钱的，赔我钱孩子的手指能回去吗？我跟你说为这事我天天睡不着，挂了好长时间的号终于挂上了……对对对……那个专家只有周三出诊，是……北京积水潭医院骨科……"这话听着太熟悉，筱雅有些恍惚，看看窗外景色迅速后退，她才意识到小姑子在讲车轱辘话，跟谁都要复制粘贴一遍。她忽然觉得令娟有些魔怔，她伸手拉住外甥女琪琪，摸摸小手指，似乎是有点歪曲，可又仿佛只是自然生长。令娟还在念她的紧箍咒，嘴唇翻飞着，比唐僧还忙。筱雅闭上眼，努力不去理会，无论如何，她还是应该站在令娟一边，因为马上去北京还要麻烦人家。好不容易，令娟挂了电话。走到对过的旅客搭了一句话，问是不是去积水潭医院，他也去过。令娟立刻抓住话头，把刚才的话又说了一遍。琪琪跑开了，她似乎也躲避妈妈的唠叨。

出站就有妹夫派的车接，令娟觉得在筱雅面前很有面子。到家，房子虽不大，但妹夫住单位宿舍，两个女人带孩子够住了。一凡还是不怎么跟妈妈说话。第二天，筱雅和一凡先陪令娟母子去积水潭医院，打算病情确定再去中关村报名。诊室里，令娟的声音最大："大夫，你再看看，这个弹琴损伤的。"大夫却很坚定："看片子没有什么问题，属于先天性的，如果你很担心，可以再拍个片子。"筱雅站在旁边，不知道说什么。走出诊室，令娟还在嘀咕："这什么医院，到底行不行，什么叫先天性的，那怪我喽？我生孩子没生好？搞笑！什么权威，狗屁！"筱雅只好挽住她。不过刚出了医院门，方令娟就恢复理智，给她爸爸打电话表明同意和解，只要对方赔偿三年的学费，这就算了了，她让她爸尽快和律师沟通。又打电话给她丈夫，当街就骂起来，令娟让他尽快给安排工作调动和孩子转学的事，她在老家一天也待不下去。

报了名就开始上课。每个礼拜休一天。方一凡只能休息那天跟婷婷见面。头一天晚上，还是筱雅睡床，一凡打地铺。过了十二点两个人都还没睡着。一凡翻了个身。黑暗中，筱雅忽然问："恨不恨妈妈？"一凡咽口水，咕嘟一下。不等儿子回答，筱雅继续说："以后你就知道了，将来等我离开这个世界，这样内心真心心疼你的人，估计就不会有了吧。"筱雅说得自己都动容。一凡也有些感动，但他却说："妈，还睡不睡了。"筱雅问："你跟她说了吧。"

"谁?"

"刘婷婷。"

"说什么?"

"说我也会去。"

"说了。"一凡撒了个谎。其实他还没说,他怕婷婷听说就不来了。"睡吧。"筱雅强迫自己闭上眼。

第二天早起,慕容筱雅化了一个小时妆。只是刘婷婷的车中午才到北京站,筱雅只好先跟令娟去超市买菜,回来又帮着忙活家务。妆被热花了。时间不多,筱雅只好勉强再补补。吃完饭娘俩出门,令娟说要找车,筱雅说:"就坐地铁,地铁里还凉快点。"四号线转二号线,直达北京站,还算方便。中午,地铁里人依旧不少,一凡上地铁就躲着筱雅站,不停地看手机屏幕,好像在跟人聊天。到北京站十二点四十。

两个人选错了出站口,又过地面天桥去站前广场。天桥脚下一个面目狰狞肢体残缺的乞讨者吓得筱雅差点摔了一跤。找了个阴凉地站着,筱雅问:"几点到?"一凡说是十三点十四分到站。又是1314。可恶!哪那么巧!筱雅在心里骂。

只是,生生等到一点半,也没见刘婷婷出现。筱雅不耐烦,对儿子说:"你给她打个电话,大热天,我是长辈,还这么等。"一凡说可能在出站。筱雅不耐烦:"天安门也走到了。"又等了一会儿,抬头看站楼上的大钟,已经下午一点四十了,刘婷婷还没出现。方一凡也一头汗,打电话无法接通,发微信过去也没人回复。

筱雅埋怨:"看到了吧,这就是素质!门不当户不对,爹不管妈不教!"一凡急得快出泪。他在地铁上才告诉婷婷他妈也来,一定是被吓得不敢出现。一定是!或者婷婷根本觉得这是个侮辱。

225

一凡跟筱雅知会了一声，说去旁边的冷饮铺子买水。筱雅摆摆手让他去，说自己要一瓶矿泉水就行。

　　汗流得太多，她掏出纸巾擦擦。粉迹子留在纸巾上，脏兮兮的肉色。约莫过了十分钟，筱雅感觉不对，一凡还没回来。她忍不住朝冷饮铺子的方向喊了一声一凡，张望张望，没人。掏出手机打，听筒里却传来关机的通告声。

　　"方一凡！"慕容筱雅冲到太阳地里，"一凡！"她大喊。进站的出站的人在她身边穿梭，仿佛都是人海中的鱼。她也只是其中一条，并没有什么不同。

　　"方一凡！"筱雅的嗓子有点哑了。她像被冲上了岸，太阳汩汩地蒸发着身上的水分，她需要水。一个中年妇女凑到她身边："八达岭长城一日游要不要，旅店住宿钟点房便宜了。"筱雅急得大嚷："不要！"她跌跌撞撞爬上天桥，茫然四望，却怎么也找不到一凡的身影。

PART 6

心事

不知咋的，买彩票的人没过去多了，一年前我还没意识到这事。我盘下这个彩票投注站之前，这地方人热闹得很，人挤人，眼珠子都盯着屏幕，还有人恨不得就住在这儿，把这儿当家了，不为别的，就为等一场暴风雨般的好运气。然而，当我接手这里后，情势却来了个一百八十度大转弯，大概是因为那场大流行病，人们不愿意再聚在一块了，彩票站不再是做梦人的家，骤然就没人了。

　　一个人坐在台子后面的时候，我忍不住多想，哎，我这五十多年过得那叫一个失败呀！家里拆迁，房子全让给弟弟们了；夫家又拆迁，我还是没占到便宜。没办法，没那运道，等夫家拆迁的时候，我已经跟孩儿他爸离啦！没我啥事啦！唯一的小产权房，还是他爸"可怜"我，让我用儿子的抚养权换的。儿子跟了他爹，奶奶姑姑等人整天给他灌输式"教育"，对我自然也疏远了。我儿子很少给我打电话，过节也不来看我，我五十五大寿那天，他倒是来了个音，不是为祝我长寿，而是让我准备当奶奶，帮忙伺候他那外地来的老婆和亲孙子。我才不受那罪，儿子都指不上，还孙子？眼珠子都没用，还眼眶子？于是我借口腿脚不好，婉言拒绝，跟着就包下这个彩票站，算有个自己的事儿做。

　　上一任站长也是个中年女人，年龄跟我差不多，她说要回老家了，不想再在大城市发展了。接手后，我准备做窝打铺，在这儿养老了。虽然照目前看，这玩意不怎么滚钱，但终究是个活，这点小收入加上一点村里给的退休金，虽不及城镇户口的人有社保,但对我这独身女人来说,也能凑合。什么?再婚?我可没那打算,也不想自找麻烦。我这年纪再找,是往下找个年轻的呢还是往上找个老的呢。找年轻的,没人搭理我,找老的,我犯得着去当老头子的保姆吗?我就把这彩票站当成自个儿的家,偶尔关门晚了,就在店里的小床上将就一宿。我备了电磁炉,想做饭时就做,懒得动弹时就点外卖,或者走几步去隔壁的那家串串香店点个盖浇饭。

开店这一年,我跟左邻右舍基本混熟了。小街南北向,店门朝东。我北边原本是家生鲜水果超市,后来黄了,现在改做旋转小火锅。南边是个推拿按摩的小店,老板是个沉默寡言、黑不溜秋的中年人,大家都管他叫小傅。可以确定,小傅是七零后,具体哪年的没人能说准,有人说他属龙,串串香的孙大姐则坚持说他属蛇(小龙)。

我每天早上九点开门,小傅比我晚一个钟头,但他关门也晚,冬天十一点,夏天客多,能干到半夜。但因为墙壁薄,我知道小傅一般八点多就醒了,好几次我一到店,就能听到他在隔壁刷短视频的声音。小傅就住在店里,一楼开店,二层小阁楼自住,省了不少房租。挨着小傅那边是寿衣店,再旁边卖古玩和蛐蛐。

我跟小傅挨得近,他那又是个团购提货点,我在网上买东西,时不时就要麻烦人家,一来二去也就熟了。偶尔店里有个重活,搬这弄那的,我还得麻烦小傅,小傅每回都不计较,肯下力气。饮水机没水了,我也去他那儿蹭,他也大大方方。他管我叫马姐,我管叫他小傅,话就那么多,不瞎扯。我老觉得他这个人吧,好是好,但防备心比较重,不放松,总保持距离。串串香老板娘开玩笑:"马姐,小傅不会对你有意思吧?"她属月老的,最喜欢撮合人。我让她别胡说八道,人家可能有老婆。老板娘笑道:"这个你放心,他没老婆,还是个光棍儿呢!你们要真有点小火花,也不犯法!"我皱着眉头:"光棍儿?是离了还是一直光着?"串串香道:"没结过婚,还是个小伙子呢。"这消息真让人意外,小傅怎么着也四十开外了。

我把自己知道的关于小傅的信息在脑子里拼凑起来:七零后,山东农村的,至今孑然一身,一直在休闲娱乐场所干,几年前出来自立门户,手艺精湛。没社保。老实说,这年头这样的情况想找个伴儿,不容易。这一年来,小傅没回过老家。我想着今年过年他怎么着也该回去了。今年年早,二月就过年,雪来得也早,刚进十一月就来了场大的,一化雪,空气更冷了,可暖气却按部就班,来得晚,雪后才通上,而且来了之后温度总上不去,我这屋就是这样,光听到水管子咕噜噜响,跟老烟枪似的,就是做不到春暖花开,我的小发财树都被冻死了。

这天,我不得不去隔壁问问情况,推门一看,却见小傅店里站着个女人,一身带大毛领子的豆沙色羽绒服,头发根油黑,尾部焦黄,皮肤白净,眼睛小,颧骨高,一米六几的个头,骨架大。她的双眼皮贴很不自然,掐进眼皮里,眼神迷蒙得很,跟没醒透似的,见我来,微微一笑,没说话。小傅从里头走出来,看到我,似乎有点尴尬,他叫了声马姐。我直接问:"暖气热吗?"小傅伸手摸管子。"不太热。"无奈地笑,"年年都这样。"那女的突然插嘴:"打市长热线!"五十年的阅历告诉我,她绝对不是北方人,不知道是大舌头还是口音的缘故,她说话像是含着水,但她不怯生,分析起来头头是道。说温度达不到就该市政负责,每年都交了暖气费的,还说这就是欺负穷人。小傅听不下去,终于打断她:"不是供暖不行,是管子不行,老化了,堵。"女人较真:"管子不行那不也是供暖的事么。"小傅不抬杠,转头往屋里去。直到我走出店门，他也没介绍这女的是谁，但都能理解，人在江湖，不问出处，反正就那么回事儿，不是姐姐就是弟弟，不是哥哥就是妹妹，见怪不怪，妖魔自败！

但这次过后，这女人出现得就勤了，每次都在小傅这待上好几个小时，有时还让小傅给她揉揉肩，捏捏腿，或者来个全套服务，连按摩带足疗。她总抱怨这疼那难受，看她那劲儿，也是个身子骨不怎么样的。我偶尔也能在店里撞见她，她跟我话不多，我拿快递的时候，她就抬一下眼，笑笑，顶多扔句"又买东西啦"，然后就继续刷她的短视频。也有人给她打视频电话，她就这么旁若无人地聊，哪怕小傅手上有客人，她也毫不在意，自顾自说着。但她跟小傅似乎就没啥可聊的，她问，小傅就答，要么是手机坏啦，要么是不会用支付宝啦，要么是不懂得怎么签到啦，要么想让小傅帮她垫付啦……虽然小傅耐心，但我就是觉得这俩，不亲。有一回我跟串串香孙大姐聊起这女的，孙大姐说："白姐啊？那可是个人物。"我一听有料，赶忙求教。孙大姐说："就是一个特厉害的姐姐。"我问："小傅跟她啥关系。"孙大姐说："姐弟。"

"口音不像。"我戳破了。

"表姐吧，反正挺近的。"

孙大姐这么一说，我也就不再追问，而且说白了这事跟我也没关系。

年前工商来查了一趟，说以后不准在店里住宿，给了整改时间，年后必须到位。这让我有些为难，我这小阁楼上摆了明明白白的住家模样，这么要紧，我这也没法狡兔三窟了。开春，我去找小傅请教，他是常年住店的。上午十一点，我拉门进去，屋里暖烘烘的，我喊了声"小傅"，没人答应。楼上有动静，我往前走了几步，到楼梯口站住脚。"小傅？在吗？"我小声喊着，还是没回应。楼上传来淡淡艾草香。我调转身子，准备退出去，可好奇心又驱使我往前上了两步，阁楼入口处的一双粉色皮鞋赫然挡住去路。我直觉得情况不对，赶紧撤退，刚到门口，小傅回来了。我强作镇定，问他怎么应付工商的要求。小傅说："把床收了就行，你就说你没住，中午休息用的。咬死了就行。"我问："那你这儿呢？你上面可是全套。"小傅笑着说："那是理疗床，客人做艾灸用的。"这理由听着挺硬气。不过，我可是一辈子遵纪守法的老实人，工商既然要求了，我也懒得撒谎扯皮，反正我有家，就是远点，阁楼上我就搞个折叠床，随用随收，干脆利落。

那天我正站在门口抽烟，那人高马大的女的又来了。她看我店门口挂着喜报，笑道："哎呦姐，您这可是福地，中这么大一注。"五万块的刮刮乐，算不上啥大奖。我回了个笑脸，打了打哈哈，随手递过去一支烟。姓白的女的接了："我不抽，我帮小傅收了。"又说，"马姐，瞧您这拿烟的架势，老江湖！"我心头舒坦，嘴上依旧谦虚："啥老江湖，老废物罢了。"后来聊得多了，我知道了这女的姓白，南方人，一会儿说是贵州的，一会儿又说老家湖南，反正跟小傅家隔着大半个中国，但她强调自己确实是小傅的表姐，铁铁地沾着亲。我比她大，她叫我马姐，我也叫她白姐。出门在外，大差不差，反正都是个"姐"。她还说去年在超市上过班，太累，她住在小王庄，时不时来看看弟弟。她跟我一样离过婚，也有个儿子。这天聊着聊着，白姐忽然叹气："我这弟弟，就是太老实！但凡心要狠一点早发财了！以前多少老板要投他，跟他合着干，他就是犹豫！仗着自己有点手艺，不贪大，但这年头，就得大模大样大刀阔斧，不能这么小打小闹！靠自己一个人一个人地按，挣到啥时候是个头？"白姐一激动，眉毛都竖起来了。她忽然问:"大姐,没见您老伴过来?"这问得有点不礼貌了。可我虽然尴尬但也敞亮,哈哈一笑,直接说没老伴。白姐皱皱鼻子咧咧嘴:"跟我一样?"

"对,咱俩一样!"说出来就不尴尬了。白姐又唠唠叨叨分析,说这年纪再找人,就是自找没趣,去伺候老头子,当免费保姆,哪有那闲心。我觉得她说得在理。因为相似的处境和命运,我跟白姐一见如故了,偶尔,她也会从按摩店踱步到我的彩票店来闲聊,不过她从没买过彩票,双色球,福彩3D,七乐彩,快乐8,她都没兴趣。刮刮乐她倒是弄过一张,我送她的,啥也没刮着,她因此更加坚信自己这辈子没偏财运。

白姐会给我带吃的,她自己做的,但我谨慎,怕吃坏肚子,婉拒了她的好意。白姐还想跟我学普通话,我倒乐意教,可她三天打鱼两天晒网,学了没多久就放弃了。时间一长,有一天,白姐忽然向我推荐减肥产品,我浑身一紧,心想这一天终于来了,交三教九流的朋友,就容易被拉下水。"妹妹,"这会儿我叫她妹妹了,"不是姐不支持你,是算命的说了,我这一身肉,命里带的,不能减,减了运气不好了。"白姐信这套,也就不再强求。但没几天,她又来推销鼻炎药。是,鼻炎是我的烦恼,去医院治了多少回都还是反反复复,医生建议我手术,我死活不肯,依旧原装。这会儿白姐这么力荐,我可没办法不给面子了,于是要了几百块钱的,结果柳杨花飞的时候,我那喷嚏照样跟打雷似的。白姐进进出出听到了,只是笑,并不觉得尴尬。等我腰疼病犯,找小傅帮忙调理的时候,白姐私自做了小傅的主,坚决不让我给钱。那我可不干,两个人在店里差点没掐起来。"不是,老白,你听我的,开门做生意就得收钱,你要真不收,财神爷都得绕道走。"我好言相劝。白姐道:"哎呀,这都邻居,朋友,不算外人,举手之劳。傅在这支个门脸，还得靠大家照顾。"我忙说照顾啥呀，我自身都难保。白姐认认真真地说："再怎么着，马姐，您是这儿的老人了，肯定比傅强！您一个指甲盖也够我们挣一辈子了。"我还要言语，不承认这种说法。白姐说好歹您有房子，有自己的窝，这就比我们强多了。的确，我也就这点优势了。

连着按了两天，效果显著，第三天一早，我就去找小傅巩固。白姐没来，店里已经有客人。一个长头发化着浓重眼线的中年女人站在治疗床边，一个半大孩子趴在床上，小傅正耐心地给他捏脊。"有人。"我招呼一声。小傅抬头看到我，说还有二十分钟。我赶忙说不着急，过会儿再来。二十分钟后，我再推开门，那女人正在帮孩子穿鞋。老实讲，这也是我佩服小傅的一点，他对时间的把握极其精准，无论是你按全身还是做局部，只要定了套路，他就一定能在规定时间内将整套完成。我微笑着向女客人打招呼，边说话边坐在另一张按摩床上，脱了鞋，小傅已经换好了蓝色的一次性床单。我俯身将头放进床板的洞中，小傅搓了搓手，开始为我治疗。

说实话，我体验过许多不同流派的推拿，小傅的手法堪称出众，关键他肯下苦功，从不偷懒，全程手指发力，不借助手掌或者胳膊肘省事儿。从第一秒到最后一秒，他都保持一定的节奏，完全的老黄牛风格。每次推拿，他都能让人睡一觉。我迷迷糊糊不知睡了多久，也不实，意识飘忽，跟坐在船上还遇到大雾似的，恍惚间，我感觉有人推了一把，我醒了，重回人间："转过来。"小傅下令，我赶紧翻过身，跟电饼铛上的厚肉饼似的，小傅开始揉我的胳膊，我们面对面了。

其实这也挺尴尬。趴着，头朝下，不用眼对眼，不必刻意找话题，但躺着或者坐着时，礼貌似乎要求我们得聊点什么。这次的话题是我发起的。

"那女的来了几次了吧?"

"办了卡。"

"给孩子推的?"

"对,小孩脾胃不好,老吐。推推好些。"

"那大姐年纪看着不小了,孩子才这么大。"

我这么一说,小傅笑了笑,没吭声。我不明白这笑的意思,追问他怎么了。小傅这才说:"人家是奶奶,不是妈妈。"天,原来如此!当妈妈确实老了点,当奶奶又过分年轻!我不由得感叹,虽然我也是当奶奶的人了,可是我这奶奶看着都名不副实。我感叹了两句。小傅的感叹比我还大:"人家那么年轻,孙子都抱上了,我这儿子都还没影呢!"

这话头引出来,那就是我的主场了。"想找个啥样的?"我又媒婆附体了。

"不想这事儿。"小傅憨憨一笑。

我替他着急:"别啊!你别不想,你干吗不想啊,你得想,还得大大方方地想,你心都不想事咋能成呢?"小傅可能被我这一通突突吓得不敢说话了。我不好意思,换了个方向劝:"弟弟,你放心,姐帮你留意。"我这纯属大话了,我能认识几个毛人?那周围那些个,全是支棱八叉不靠谱的。小傅拖着调子说了声谢谢。我刨根问底:"弟,这大事你咋不早点上心呢,还等到现在。"小傅难为情,手上节奏都乱了:"过去忙,没顾上,等顾上的时候,晚了。"我给他鼓劲儿:"说晚也不晚,男人四十一枝花,正是时候!"店里又开始上人了,这会儿来了个小老太太,听口音本地人,她给小傅拎了点江米条、大麻花,直夸小傅手艺好,揉好了她的腰腿疼。我也给小傅捧场,晚上吃面,我叫了一盘烤串给端

236

过去，小傅手上有活儿。一个少说有两百斤的大哥趴那儿，肉山似的，纹丝不动，还打着呼噜，小傅干得吃力，每下一指都跟愚公移山似的。过了半小时，客人做完走了。小傅又把一盘串给我端过来了，我赶忙从台子后边绕过来："哎呀傅，你吃呀，微波炉热热，还是说你要炭火的？我给你端过去过过火。"小傅忙说不用，但我送佛送到西，还是给端去串串香，走了一趟火，回来的时候，小傅已经切了几片瓜，还带着一盘焦叶子，两听啤酒，他还给我递了根烟。

一聊话就多了。他问我的历史，我问他的过去。小傅来咱这十多年了，刚开始在市里的大会所干，那时候生意好，人愿意消费，小傅年轻力壮，能熬，跟了两个师傅，加上长期实践，水平噌噌涨。小傅放言，到他手底下做推拿的，就没几个不满意的。"像那大哥，那一身膘，一般人根本摁不动他，但到我这他就办卡，"小傅头一回这么眉飞色舞，"像他这样的，按得多啦，什么场子没见过？你只要一上手他就知道行不行。"我赞叹道："手艺人，还得靠手艺，像我们这没手艺的，就差点意思了。"小傅大声道："哎呀大姐，这么说吧，命好，比什么都重要。"小傅还说他的客户遍布世界各地，我起初不信，但等他说得有鼻子有眼的时候，我就不得不信了。比如，他曾经去过格鲁吉亚，给一个导演推拿，那导演在中国享受过他的服务，后来出路费请他去的。再比如，大流行病开始之前的每年夏天，他都要服务一个俄罗斯来的私人旅行团，跟着走，同时提供服务。他们一起去过泰国、云南等地。按天收费。但这几年生意差，没人来了。

小傅老家也没啥人了，就上头一个姐姐，老母亲跟着姐姐过。我问他八月十五回不回家，小傅说不回了，来回折腾，钱都砸在路上了。虽然我不认为回趟老家的路费是笔大开销，但小傅节省是真的。他手比我紧多了，从不点外卖，去串串香吃饭都少，就在电磁炉坏了那会儿，去吃过几顿盖浇饭。平常他自己做饭，就在通往阁楼的拐弯处。那两平米不到的地方，简直是个多功能乐园。既是厨房，又是洗手池，还挤了个洗衣机，洗衣机上搁着台电脑。对了，小傅爱炒股，和我讨论过几次，一谈起股票来，他神态超级丰富，俨然大学教授，什么市场走势、个股分析、新闻热点、投资策略，一套一套的，但当发现我连K线图都看不懂的时候，就不再啰唆了。

冬天又来了。立冬过后，专家就开始预测，说这会是个异常寒冷的冬天。那么暖气就特别重要了。不知是群众投诉还是政策变动，市政早早地就开始检查管道，我们这排的老管子全部免费更换。老管子拆了，新的还没装，我跟小傅共用的墙壁上多了些透光的孔。调皮的孩子还从那眨眼睛呢。

这天，将近十一点了，我还没关门。实际上，好一阵儿我都在店里凑合。我网上认识了个男的，简直泼皮，属牛皮糖的，沾上就甩不掉。这家伙居然还摸到我家门上了，我为了"免灾"，只好暂时"离家出走"。隔壁传来女人的声音，听口音，应该是白姐了。偶尔小傅也回应几句。刚开始白姐声音不大，我听得不真，慢慢地她几乎嚷起来："你只要投，就稳赚不赔！都是有保障的，我多少姐们都在里头，月月有利息，美得不要不要的！"小傅轻咳了一声。白姐又讲："还是说，十万你都拿不出来？"小傅讲话了："拿肯定是拿得出来，但现在这玩意儿不稳定，万一……"白姐斩钉截铁："没有万一！就不可能有这个万一！"我大概听出点门道，瞬间对白女士好感尽失，你骗谁也不能骗小傅的呀，小傅赚钱多不易！都是血汗钱！

第二天快到中午，我在小傅这还有十分钟下治疗，白姐又来了。一到就问小傅中午想吃啥，她给做。明显糖衣炮弹，小傅说随便，她提议炒个肉丝。从冰箱里拿出肉，放微波炉里化冻，微波炉转动时，她探头问："上午几个人呀？"小傅说就马姐一个。白姐立即道："看看，晚上没人，下午没人，上午没人，这样下去怎么弄？傅，真不是你不努力，更不是你手艺不好，是环境走到这一步了。"小傅沉默不语。白姐加重语气："傅，识时务者为俊杰！"这话都出来了，心真急了。傅还是沉默。实际上，小傅听力不太好，跟他说话，第一遍容易听不见，你得说第二遍，他才能接收信息。但有好几回，我跟小傅站在门口抽烟的时候，我说第一遍他就听到了。所以不好说，真真假假，小傅有时候是真没听到，有时候也是演戏。比如现在，白姐说话他就基本听不到，那就是演戏。白姐收拾着洗衣机旁边搭着的木板上的作料，发现缺醋，颠颠跑出去买了。我下了治疗，坐在床上，忍不住提醒傅别买乱七八糟的金融产品，容易掉坑里，血本无归。小傅大声说肯定不会上当。

　　我见缝插针问："傅，别怪马姐多嘴，你这姐姐到底啥来路？"小傅一愣，道："过去在超市上班，也干过美容……"我打断他："不是……她真是你姐姐吗？"

　　"是。"小傅迅速回答。有故事。

　　"那就行了，"我斜眼观察小傅的反应，"不过也难说，现在亲戚坑人的也不是没有。"

　　小傅说："那玩意我肯定不能买。"

　　我又问他白姐现在干啥，小傅说她目前休息，正在找工作。太累的干不了，赚得少的又不想干。

　　我看她也是个懒，到哪儿都一躺，跟没骨头似的。

　　这一年的暖气到来之前，我们这排的门面租约都到期了。房东果然涨了价，我勉强接受了。小傅旁边的寿衣店也继续开，但隔壁的文玩店关门大吉了。我旁边的水果店也收摊子走人。店主小刘是个快五十的男人，还算有点人情味，我平常没少顺他家的水果，他要走，我自然要请一顿。单请有点沉闷，我拉上小傅，我们仨到串串香撮一顿。这天收了工，外面有点下冷子，正是吃烤串的好时节。小刘举着铁钎子，灯光照射下，他脸皱得跟老橘子似的。小刘抱怨："这生意没法干，全给房东累了，真是一年不如一年！"我接话："都是撑，糊口而已。"小刘对小傅："傅那应该还行，我看一直上人。"小傅摇头："也不行，我也可能走了。"我惊了一跳，他冷不防这么一说，我还有点舍不得。我们追问情况，小傅说房东不让步，房租要涨，还要求半年一签，这种签法明显是想频繁涨价。我抱不平："凭啥呀！你这是长干的，起码一年一签！没听说过干生意还半年一签的！太不稳定了。你就咬死，别让步！"我这间跟小傅那间是两个房东，但我大概知道小傅那主儿是个矫情巴拉的中老年离婚男，难缠得很。"你要谈不下来，我帮你去谈！我还就不信了！这天底下就没有过不了的火焰山！"小傅听我这么说，千恩万谢，敬了我好几杯。还别说，我马姐一出马，这张老脸还真管点用，房东过去跟我们村待过，能叙上老根，我再稍带喂点奉承话，他就软化了，同意一年一签。小傅想两年一签，我两边劝着，各退一步，最后定下一年半，租子不许涨。这事就这么成了。

好么，不用走了，小傅高兴坏了，于是打算重打锣鼓另开张，把那小阁楼也好好整整，二楼原本只能摆张床，局促得很，重新吊了板子后，彻底成复式了。楼上跟楼下面积相等，各摆两张床。楼下还加了个足浴椅，楼上添了个小柜子。他还在店里修了个厕所，就在楼梯旁边，没窗户，那就安个换气扇。厕所装修得挺讲究，贴了暗绿描金印花墙布。至于空调、电饭锅、电磁炉、洗衣机、水池，还有炒股用的电脑，所有生活所需品都整齐地放在楼梯口。麻雀虽小，五脏俱全。

又入冬了，小傅这来了"师弟"小吴，半盲人，三十出头，挂在小傅这接生意，他早上来，晚上走，没有单的时候，就坐在店里最里头的床边，或者在厕所旁边的布帘后头守着。据小傅说，师弟挂这儿，是按比例分成，多做多拿。但小吴初来乍到，没什么客源，人多的时候，小傅会帮他推业务，可客人们见到有健全的推拿师傅，自然不大愿意选择视力障碍的。小吴给我按过一次，老实讲，那功力跟小傅比还是有一段距离。没活儿的时候，小吴就坐在那听短视频，脸上的表情总是紧绷。特别白姐在时，他那紧张感立马增加一倍，鼻子都有点抽抽，嘴角也朝一边歪。白姐几乎不跟他说话，当他不存在，小吴在不在旁边，她来了都跟回自己家似的毫不客气，喝水、吃东西、看短视频，哈哈大笑。有一回小吴实在受不了白姐的聒噪，忍不住提了一句："姐，能小点声吗？"白姐哦了一声，声音小了，但很快又恢复原样。

白姐来我店里的时候表达过对小吴的不满，她认为小吴对噪声的敏感，主要是视力不好造成的。"他看不见，只能靠听，过分敏感，一点声他都受不了。"但打心眼里，我跟小吴一样，并不认同白姐的做法，开门做生意，环境很重要，你这样喧哗，客人啥感受？这次忍了你，下次还来不来？这影响的是小傅的生意。

一天，我到小傅那接水，小吴坐在里头，布帘子挡着，我没注意他，等接完水喝了一口，他才跟我打招呼。我吓了一跳，问小吴好，说你怎么不出声。小吴说自己不小心睡着了。我随口问："生意怎么样？让傅老师多给你引荐点客源，慢慢也就做起来了。"这纯属没有依据的鼓励。小吴礼貌道谢。我又问："小傅呢？""出去了。"他最近总出去。"忙啥去了，不做生意了？"我接着问。小吴冷笑道："这我就不清楚了。"又说："我在这儿估计也待不长了。"我连忙劝小吴别想不开。话虽如此，又觉得实在多余，去留都有定数，我又何必非劝人家留下来呢。不过我还是本能地劝和不劝分，继续说漂亮话，两头夸。小吴倒实诚："不是我不想干，是实在没办法待！"停了一下，"那女人就是个祸害！"我没接茬。一时间房内静得出奇。他显然是在说"白"。用"祸害"两字，可见他跟她矛盾已深。我又喝了两口水，试图缓解尴尬氛围："小吴，你听我的，别硬碰硬，老话讲，疏不间亲，人家毕竟是亲戚，你这再好也是外人。"小吴冷笑："什么亲戚？你真信？有这样的亲戚吗？我眼睛是不好，但我不聋不瞎！但凡我真聋真瞎，可能也就继续待下去了。"这话里内容可丰富了，我着急一探究竟，推拉门被拽开，小傅回来了，我也就不好再问了。

　　小吴的白大褂终究留了下来，挂在墙上，吃猪脚饭滴上去的两块圆形褐色汤汁跟一对眼睛似的，呆呆地注视着店内的一切。我还常去小傅的店，腰疼好多了，但我爱借用他的厕所——年纪大了，夹不住尿，天冷更是懒得跑公共厕所。作为回报，我在网上团东西时总会给小傅带点儿。

　　冬日里，我儿子生日，我这当妈的送了他一叠刮刮乐，这层关系我得维护，毕竟是亲儿子，我不考虑现在，也得想想未来呀，人都会老，总有动不了的那天，我现在对儿子好，将来他不管怎么说也不至于完全丢下我不管。当然，我的想法还是乐观了，别说我这种没怎么带儿子没大培养感情的，就是见天在跟前放着的，那不孝顺的孩子也多了。我跟小傅讨论过这事，说这话的时候，小傅正在给自己做艾灸，艾烟缭绕，弄得屋里跟仙境儿似的，我戴着N95口罩，小傅赶紧开换气扇。他听完我的抱怨，说："亲生的还是不一样,就算将来住养老院,外头有个儿子,里头工作人员也得有个忌惮。"艾灸结束,小傅放下裤腿,走到门口把推拉门开到最大,然后转身收拾东西。近来我看他说话时头总是微微摇晃。我知道老年人容易得这个病,没想到小傅也这样了。推拿这活儿,耗精气神。但我没点破,别人的难事,装看不见为妙,毕竟我也操不上心。我故意问小傅:"白姐最近怎么没来?"

"也来,你可能没注意,她忙。"

"忙啥呢?"

"忙着挣钱呢。"

钱难挣,我的彩票店也是,过去农民工常来,今年明显少了许多。我存心打听,原来好多打工的都回老家去了。我延长了营业时间,勉强维持。这天,我没回村里,晚上十点多关了门,就在店里凑合着。突然,有人敲卷闸门,我开门一看,老朱那泼皮终于找到这儿来了。是福不是祸,是祸躲不过,我只好让他进来。这人一进门就不老实,嘴恨不得贴到我脸上。我不同意,在这儿搞什么不雅的,太不美好了,我虽然老了,但对生活还是有要求的。真正美好的故事,至少应该有一张正儿八经的床。老朱哄我说这次先将就,伸手就来了。我一把推开他,毫不客气地说:"老实点!一分钱不花就想吃甜头,天底下没那么便宜的事儿!"老朱也恼了,指着我骂:"瞧瞧你那样,值那个价吗!"一来一回,声音越来越大,我跟老朱动了手,操起板凳往他身上砸,老朱推开卷闸门往外逃,小傅正站在外头。

"马姐,没事吧!"小傅朝我喊。我羞得没脸见人,躲在屋里,忙说没事。这年纪了,还闹出点桃色新闻,真是丢人。"他非说自己中了奖,跟这儿闹呢。"我给老朱扣了个罪名。老朱也要脸,灰溜溜走了。老白却从小傅店里出来,笑得跟朵石榴花似的:"还有诈和的?"我走出店门:"呦,白姐,还没走呢?"姓白的答得干脆:"电动车没电了,刚充好,走不走?捎你一段?"我恭敬不如从命,收拾好东西,坐上她电动车后座。耳边风声呼啸,姓白的大声说:"哎呀,正常!人都有七情六欲!"好家伙,还真荤素不忌,跟我谈上这个了!也是,走江湖的人(我也算一个),哪在乎什么男盗女娼。

不过,自从我这点"绯闻"爆出来后,白姐和小傅似乎也把我列为了自己人。白姐来得更勤了,小傅这块儿呢,经常锁门,而且,总爱从里面反锁。晚上自不必说,有时候中午也锁,那位两百斤的大哥敲了好几回,没人开,他便拨打门上的号码,手机铃声从二楼传出来,却始终无人应答。我知道小傅在里面,我能听到声儿,还能嗅到味儿,说不清道不明的味儿,有时候是香水味儿,有时候是艾烟味儿。我跟串串香孙大姐隐晦地透露了我的观察,孙大姐嗨了一声说:"你管他呢,人家乐意,一个愿打一个愿挨,又不犯法。"我心里几乎能确定,小傅和老白,不是亲戚,没有血缘关系。

夏天湿热,再加上吹空调,我的风湿性关节炎又犯了,连带着犯了肩周炎、肌腱炎、眼周神经失调。我只好在右眼睑贴了一小块白纸压着。左眼跳财,右眼跳灾,我觉得是个好兆头。

小傅说我受了凉,给我点了隔姜灸放在脸上。我静静躺着,闭着眼,不大会儿,门响了,一听脚步声就知道是老白。她手重脚沉,一见我这样就笑着:"哎呦,马姐,面瘫啦?"这两字儿真刺耳。老白不肯放过讽刺我的机会:"这麻烦,难治!还不能喝稀饭。"小傅纠正:"就是眼不能眨,嘴没歪。"要不是顾及场合,我真想骂人:老娘面瘫了也比你矜贵。

其实,我早感觉到老白对我的微妙态度,她总是半开玩笑地贬低我。刚开始我不理解，明明一直友好邦交，为啥突然这样？后来大概懂了，可能人家会觉得我跟小傅有啥，所以吃醋啦！

火慢慢往下烧，我脸上铜钱大的地方越来越烫，我示意小傅，他连忙帮我调整位置。老白拉门出去接电话，门没关严，断断续续能听到说话内容：什么要去妇幼挂号啦，"看看妇科"，还有关于子宫之类的。接完电话又进来问小傅移动支付的事。这女的，表面"请教"，实际就想让小傅花钱。她偶尔还发表一大套理论，"嫁汉嫁汉穿衣吃饭"是她的口头禅，但每次都没人搭理她。呵呵，人家小伙子干吗找你这半大老婆子呢。

下第一场雪之前，小傅把寿衣店旁边卖蛐蛐文玩的小铺面拿下了。简单装修，然后，老白进场了，一起来的，还有她两个姐们。都是半老徐娘，天南海北的口音，说不上来的那股劲儿，看着就不像干事儿的人。她们仨联合，连带小傅这股东，开了个养生美容的馆。什么都做：艾灸、推拿、美容，应有尽有，但没一个真正懂行的。仨娘们都是懒人，要手艺没手艺，要态度没态度，刚开业还有点熟人捧场，半个月后，就"门可罗雀"了。

老白抱怨过几回。怪地点不好，说隔壁就是卖骨灰盒的，不吉利。我几乎是被押送着享受过这仨人的服务，白姐的大姐，一个东北大妈亲自上阵（呵呵，她还不乐意呢，一身的花枝招展，打心眼里不认自己是个伺候人的）。给我做足疗，那叫一个糟心！天冷，她偏不关门，小风嗖嗖吹，脚一泡，出汗了，更难受。我让关门，大妈说我体虚。

水盆端上来了，半热不热，那大妈姗姗来迟，闪亮登场。一双鸡爪子似的尖瘦手，比不了小傅的肉手，就是比我的她也差远了。一边做一边聊，还死问我过去那点破事儿：怎么跟丈夫离的？跟儿子还走动吗？跟儿媳妇谈得来吗？孙子长得像谁呀？全是个不挨边不着调。我看在小傅白姐的面子上，有一搭没一搭地敷衍着，如坐针毡地熬了一个小时，总算到点了。这大妈还厚着脸皮问："姐姐，妹妹这手艺还行吧？舒服吧！记得好评啊！"我气不打一处来，可又不能发作，因为据说这大妈也是个苦人。我就当做善事了。不到仨月，这店就黄摊子收工了。年景稀薄，盘不出去，房租小傅扛了。

又是新年了，这一年我依旧无处可去。娘家爸妈都走了，亲戚也越来越少，仅存的几个，往来也稀疏。现在人都现实，因为不肯出钱出力，我儿子也不待见我。这条线我暂时不想了，所以只能寄情工作，年三十中午关门，下午回去睡一觉，晚上看春晚连带喝点小酒。年初一上午，我就又开门营业了。难得，小傅竟也没走。我一身大红站在他门口，门一开就作揖拜年。小傅也跟我说"新年好"。我问他怎么没回家，他说没抢到票，过完年再回也是一样。我思绪乱飞，道："也是啊，农村孩子多，过年回去，那压岁钱都得不老少。"小傅咧嘴笑，说没孩子是个亏本买卖。他给了我一大瓶老家寄来的麦芽糖和两沓煎饼。我拿人手短，也确实承这份情，就打算初二中午请小傅下馆子吃顿好的。

初二一早，我店里上人了，小傅那还是没人。将近十一点，一个粉红色的身影进了他屋，跟着隔壁就传来吵嚷声。"不是……傅，你不能这样……都什么时候了你还一毛不拔？我这是为了谁呀，我这么大年纪了我容易吗？这钱你不出你都不是人！"有戏！我赶忙站起来，凑耳朵靠近墙上粘着透明胶的孔听。小傅嗫嚅："我没说不出……这不没到时候么……"女人怒道："啥时候到时候？……你告诉我啥时候到时候？……只要结果，不问过程？没过程哪来的结果？你好意思吗？……要真这样，我去告你个强奸！"小傅急了："我也没干吗呀……"女人接着骂："还没干吗？

还想干吗？大过年，要这么闹心吗？你可别气我！我现在我身上两条命……"小傅说："你先别急……"女人根本不给他说话的机会："谁急啦！是你急吧！我急什么呀我有儿子！到底是谁急！"当啷一声脆响，玻璃碎在地上了。八成是火罐。这动上手了我可看不下去了，我赶忙冲出去，一把拉开店门："怎么回事呀！这么大动静！"那女人猛回头，是老白。不过今儿抹得格外鲜亮，大概因为感冒，嗓音粗了。我呦了一声："妹妹，新年好。"老白的气并没有消，恶狠狠对我："马姐，麻烦您出去行吗？这是我们家务事，你别管！"我被怼得很不舒服，侠义之心顿起，我单手叉腰，声大气粗："谁的家务事也不能打人。"老白来火了，她逼近我撸袖子："不是……跟你有关系吗？你算哪根葱啊！"眼看就要动手，小傅连忙拦我俩中间，哀求："马姐没事儿真没事儿。"这是要送客了。我实在没办法在这儿站着了，我一肚子火，一脑门儿气，愤然离场。我一走，老白又在店里充霸王了。那骂得难听得，我都觉得她不是个女的。关键是，她骂，小傅也就听着，怎么就这么没气性啊！简直不像个男的。足足骂半小时才消停下来，人咣当摔门而去。

晚上我请小傅去吃串串香，他先是不肯，我又三请四邀，终于把他拽出店门。搁饭馆坐下，我递筷子，摆碟子碗，语重心长地说："傅，你脾气也太好了。"小傅干笑笑，露出烟熏黑的牙，尴尬得很。"有事儿说事儿，她骂什么呀！"我抱不平。小傅道："她就是脾气急。"嚯，还给那女的找借口呢。我追问："到底啥事儿呀，这么吱哇乱叫的。"

"借钱。"

呵呵，果然。这种女人，还能有啥正经事。

"给了吗？"

"给了一点。"

"一点是多少？"我不知趣了，刨根问底。

"没多少。"

"借了干吗使呀？"

"大外甥工作了，要买房子结婚，挺急的，大姐找我周转点儿。"

我一听就来火："不是……你自己还没房子呢，还给别人周转？大外甥跟你毛关系？儿子都指不上还外甥！"

"菜瓜打锣，就这一回，也没下次了。"

呦呵，还想有下次？秃子头上拔根毛，再来就光蛋。于是我苦口婆心劝道："傅，别人不知道，马姐这见天看着。你挣钱多不容易啊，真不能往无底洞里扔，还得留着养老呢。"这话题有点沉重了。我们都是身后没人，脚下没根的主儿。

孰料还没出十五，白姐又来了。这回直接冲我店里，红指甲盖敲敲玻璃柜面，"来几张。"她要刮刮乐。我没给她好脸："哪个？五块十块二十？"白姐嘴一撇，笑得跟喇叭花似的："那必须二十呀！来十张。"呦，有喜事，出了大血了。我调侃她："怎么？捡着金子啦？"老白道："我倒想！刚从娘娘庙回来，人懂行的说，我今年走偏财运。"这也信，天真。我踢凳子到她屁股底下，把硬币丢给她，敦促她揭开谜底。老白不含糊，趴桌板上低头猛刮，一会儿叫，一会儿笑，到倒数第二张时，她突然站起来，对着门外的光瞅半天，又喊我过去看。"马姐，你看看，这是中大奖了吗？"寸劲！这丫头竟中了五千！成本两百净挣四千八！老白随即狂放大笑，小傅也被引过来了。老白手舞足蹈地嚷："傅，我中了五千！一个跟着一个来！好事它就得成个双！"

中午这顿，老白不请就不像话了。但她不想在串串香凑合，我知道,她讨厌孙姐,不愿意做她生意。于是,高低去周围最高档的餐厅,请了一顿豪的,点了一桌子菜。我坐一边,小傅坐我对面,不经意看过去,这两人还真像夫妻。我故意问老白:"妹妹,还打算再找吗?"老白愣了一下,说:"找啥?再过几年,我都能抱孙子了!干吗找那不痛快,我当初离婚的时候就立了个誓,这辈子我白莲凤,就一张结婚证。"我又转向小傅:"傅呢?"小傅嘿嘿干笑,给我夹了块干炸带鱼。老白接过话茬儿:"大姐你多余问,傅才多大,男人四十刚一枝花,他肯定要找呀。"又抛问题给我:"大姐,你是不是也有想法?上次那人,那叫一个猴急。"一句话把我整害羞了。还没等我辩解,老白继续说:"还是说,大姐对傅有什么意思?"傅急得拍她胳膊。老白嘴不收:"也没差几岁!"这下对准傅说了:"跟马姐好,你只有赚没有亏,人可是在这儿有老根儿的!真要成了,两家店并一个老板,多美!"我脸皮逐渐厚起来,笑着回应:"傅跟我不合适,我年纪大了,没办法传宗接代。"老白一下激动了:"哎呦喂,看保养吧!我在南方时,我们那老板娘,五十岁了还得了个老疙瘩呢。"我摸着脖子自嘲:"我也有个'老疙瘩'。"——甲状腺结节。"你在南方混过?"我顺势问她。老白来劲儿了:"按那懂行的说,我这命,适合南方不适合北方,南方属火。想当年,一晚上开三五万的酒水也不是没有过……"我听了诧异:"酒水?什么买卖?"老白窘在那儿,没正面回答,反倒问我要不喝点酒。我心情不错,来者不拒。小傅却说老白不能喝酒,他陪。我和他三杯下肚,我们没晕,白女士话匣子却打开了。她劝我要和小傅相互关照,还说她就这一个弟弟,老实本分……该说的不该说的,哩哩啦啦全倒出来。饭后,又非拉我们去小河边溜达。

河面结冰了,一路往南延伸,宛如一条垂死的苍龙。几只怪鸟在冰面上蹦跶,见我们来了,扑腾着飞走了。冷风呼啸,老白偏不怕,头巾也解了,站在河边手也支棱起来了,跟泰坦尼克号里的人似的。我捡块石头砸冰面,一咕咚下去,冰纹丝不动,石块却滚出老远。这回冻彻了。

闹腾完,我们仨回店里,老白头疼脖子疼,我腰疼,都指望小傅帮我们揉揉。老白打先儿,她不愿意趴,就侧躺着,小傅一按,她哼哼唧唧,说自己这头疼病,多少年了,跟西游记里的百花公主似的,可就是没找到个黄风大王给她治病。小傅不吭声,手下动作细密得很,力度轻,速度快,一寸一寸处理,像种庄稼。随着小傅的节奏,老白闭眼打起轻鼾。房间内弥漫着淡淡的艾烟味儿。我靠在足疗床上,也闭眼沉入昏黑世界。

梦里,我走到通天河边,怎么也过不去。一只老鼋游过来,说能驮我过去,我还诧异怎么这情形跟唐僧遇到的一模一样,正当我疑惑,老鼋提要求了,让我嫁给它、生几个孩子……我吓得夺路而逃,一脚踩空掉进河里,全身湿透……我惊叫着醒来,只听到耳边传来白姐的埋怨:"干吗呢,发癔症啦!"深吸口气,我起来跺跺脚。白姐已经做完,正从按摩床上慢慢坐起,轮到我了。我走到跟前,白姐起身晃了一下,她给腾地方,把屁股挪到旁边的床上。小傅去洗手了。我正准备爬上按摩床,一低头,却见床单上一片血红。我又是一声大叫。小傅赶忙凑过来,看看床单,又看白姐。白姐脑门上铺了一层汗……

小傅骑着电动车带白姐走了。这天,他回来得很晚。我也还没关门,但我什么都没问。第二天也是如此。但自那以后,老白再也没来了。

夏过了是秋,秋短,一晃神,我们又跌进冬了。这大半年,小傅心情不好,生意也懒得做。开门晚,关门早,有时白天还锁着门,人不知跑去哪儿了。不过进了冬,外面冷嗖的,小傅猫在店里,营业时间变长了。这天,那年轻奶奶又带孙子来推拿。小孩长得快,一转眼就抽条了。我去小傅那接水撞见他们祖孙俩。还是那套老对话,"您真有福气,这么年轻就有孙子了。"那奶奶笑得跟黄瓜花似的:"二孙子都有了。"小傅面无表情,手还是匀速操作着,冷不防,我瞥见他右眼下眼睑猛地抖了几下。

过年了,小傅回家,关了半个月的门,年三十走,十五才回来。房租估计要涨,我跟小傅打包票,说再去帮他砍砍价。小傅道:"谢谢马姐,不用,不差这点钱,也没处花。"我一时接不上话,只能微笑。这条街上的店陆续开张,可能因为年景不好,也可能人都还没回来,街面冷冷清清,只偶尔有公交车驶过制造点声响。我生意惨淡,小傅那也没个人影,我坚持晚上九点准备关门回家。一拉卷闸门,转身,我看见小傅坐在店里,他个头不高,靠在足疗床上脚就悬空了。他闭着眼,好像睡着了。他睡着的时候比醒着更显苦相,两道深深的竖纹夹在皱眉间,嘴角下垂。翻过年来,小傅更黑更瘦了。